Gertrud Fussenegger

Echolot – Essays, Vorträge, Notizen

Gertrud Fussenegger

Echolot

Essays · Vorträge · Notizen

Herausgegeben vom
Adalbert-Stifter-Institut des Landes
Oberösterreich

Schriften zur oberösterreichischen Literatur
Folge 2

Schriften zur oberösterreichischen Literatur

Folge 2

CIP-Kurztitelaufnahme der Deutschen Bibliothek

Fussenegger, Gertrud:
Echolot: Essays, Vorträge, Notizen / Gertrud Fussenegger. Hrsg. vom Adalbert-Stifter-Inst. d. Landes Oberösterreich. – Linz: OLV-Buchverlag, 1982.
(Schriften zur oberösterreichischen Literatur; Folge 2)
ISBN 3-85214-371-3
NE: GT

Herausgeber:
Adalbert-Stifter-Institut des Landes Oberösterreich
Dr. phil. Johann Lachinger

Umschlaggestaltung:
Lukas C. Dorn

Gesamtherstellung:
Oberösterreichischer Landesverlag Gesellschaft m.b.H., Linz

ISBN 3-85214-371-3

Inhaltsverzeichnis

Zum Geleit

Gertrud Fussenegger feierte am 8. Mai 1982 ihren siebzigsten Geburtstag. Dieses herausragende Lebensfest der Schriftstellerin, die seit mehr als zwanzig Jahren in Oberösterreich lebt und wirkt und zweimal, 1951 und 1962, mit dem Adalbert-Stifter-Preis des Landes Oberösterreich ausgezeichnet wurde, ist der willkommene Anlaß für die Herausgabe des vorliegenden Essaybandes „Echolot“ in der Reihe „Schriften zur oberösterreichischen Literatur“ des Adalbert-Stifter-Institutes.

In diesem Band sind Texte von Gertrud Fussenegger versammelt, die außerhalb ihres rein künstlerisch-poetischen Werkes als Zeugnisse kritischer Reflexion den geistig-ideellen Standort der Autorin in der zeitgenössischen Wirklichkeit markieren. Mit den Essays, Vorträgen und Notizen aus den vergangenen zwei Jahrzehnten werden wie in Schlaglichtern Positionen erhellt, die für die Autorin in der Auseinandersetzung mit Geschichte und Gegenwart weltanschaulich Gültigkeit erlangt haben.

„Echolot“ – in diesen Essays peilt die Schriftstellerin punktuell und flächenhaft Tiefenstrukturen des gesellschaftlichen Wertgefüges unserer Zeit an, Strukturen, die die Verhältnisse an der Oberfläche bestimmen. Und von ihren Positionen aus registriert sie nicht nur, sie antwortet auch auf die Befunde. Dazwischen stehen Aufzeichnungen der Vergangenheit, Bilder aus der europäischen Kultur- und Geistesgeschichte. Es ist gewissermaßen ein Sondieren in horizontaler und vertikaler Richtung – im Schnittpunkt aber steht die zentrale Frage nach dem Humanum. Das Humane als das dem Menschen Wesentliche und Notwendige – es wird gezeigt in seinen geschichtlichen Entfaltungsmöglichkeiten in Kunst, Literatur, Religion und philosophisch begründeter Ethik und in seiner Bedrohung unter den Bedingungen unseres rationalen wissenschaftlichen Zeitalters mit dem ihm eigenen Relativismus in grundsätzlichen Wertfragen.

Die Sammlung bietet in ihrer Vielfalt an Gegenständen und Perspektiven, im Wechsel von anschaulich erzählter Vergegenwärtigung von Erlebtem, reflektierender Betrachtung und argumentierendem Diskurs ein vielgestaltiges Bild vom kulturhistorischen wie zeitkritischen Denken der Autorin. So können diese Texte als Beiträge zur geistigen Biographie Gertrud Fusseneggers gelesen werden, zugleich versteht sich das Buch gemäß den andeutenden Signalen sozusagen als Logbuch einer Erkundungsfahrt durch unsere kompliziert gewordene Welt.

Dr. Johann Lachinger
Adalbert-Stifter-Institut des Landes Oberösterreich

Orientierungen

Die Banknachbarin

Eine kleine Psychologie der Erpressung *(1973)*

Wahrscheinlich war das Wort im Lesebuch gestanden, der Lehrer wollte es uns erklären. „*Baß*“, sagte er, „*baß* heißt soviel wie gut oder stark.“ Ich neigte mich zu meiner Banknachbarin hinüber und flüsterte ihr zu: „Also kann man sagen: Gott ist *baß!*“ Meine Nachbarin sah mich mißbilligend an. „Was du da redest!“ pfauchte sie. „Das ist Gotteslästerung. Ich werde es dem Lehrer sagen, daß du Gott gelästert hast.“

Ich erschrak, ich war ein ängstliches Kind, ich dachte: Was hat sie nur, ich habe doch Gott gar nicht lästern wollen. Trotzdem regten sich Zweifel in mir: Vielleicht war es wirklich verboten, das fremdartige Wort *baß* auf Gott anzuwenden. Gedäftet zog ich mich auf meinen Platz zurück. Doch die Nachbarin rückte mir nach: „Ich sag’s dem Lehrer, daß du Gott gelästert hast“, flüsterte sie. „Aber wenn du mir *das hier* gibst, sag’ ich es nicht.“ – *Das hier* war ein Holzkästchen in Form eines Henkelkorbes, es diente mir als Behälter für meine Handarbeit, manchmal auch als Spielzeug. Es war mit Brandmalereien verziert, meine Mutter hatte es mir ans Herz gelegt: Gib acht darauf, verlier es nicht, zerbrich es nicht, es ist sehr hübsch. – Jetzt sollte ich es hergeben. Das war schlimm. Aber die Furcht davor, der Gotteslästerung beschuldigt zu werden, war noch viel schlimmer.

So gab ich das Körbchen her. Meine Nachbarin nahm es mit der Miene einer grollenden Obrigkeit: gerade noch zur Not beschwichtigt.

Einen Tag darauf, wir waren in der Kirche, es war eine lange Messe, ich blätterte in meinem Gebetbuch, ein Bildchen fiel heraus, ich hob es auf und steckte es wieder in das Buch. Gleich darauf hörte ich ein Wispern neben mir. Ein anderes Kind hatte das Bildchen erblickt und wollte es für ein eigenes tauschen: Madonna gegen Jesuskind, Goldgrund gegen Spitzenrand. Der Tausch kam zustande, beiden waren zufrieden. Aber: „Du hast mit Bildchen gehandelt“, sagte meine Nachbarin, als wir in der Schule wieder zusammentrafen. „Ich habe es genau gesehen, wie du gehandelt hast, und wenn du mir nicht dein Gebetbuch gibst, sag’ ich’s dem Lehrer.“

Nach dem Körbchen – das Buch, das war hart. Aber angezeigt zu werden wegen Bilderhandels in der Kirche, das wäre noch viel härter gewesen. So war ich das hübsche, in braunes Leder gebundene Büchlein los, ein Erbstück meiner Patin.

Eine kleine Weile später entdeckte die Nachbarin eine neue Verfehlung von meiner Seite – und wieder drohte sie, setzte mir zu und bekam, was sie wollte. Diesmal mußte ich mir eine geliebte Puppe vom Herzen reißen. Drei Monate später war ich so ziemlich abgelaust. Meine Habseligkeiten waren bis auf einen kläglichen Rest zusammengeschmolzen. Meine Mutter – sie war einige Wochen im Krankenhaus gewesen – kehrte zurück und wurde aufmerksam. „Wo hast du denn das Körbchen?“ – „Welches Körbchen –?“ „Na, das aus Holz, mit der Brandmalerei.“ Ich log, ich wisse es nicht. „Dann geh' und such' es!“ Ich tat, als ob ich suchte. Natürlich vergeblich. Meine Mutter hielt Nachschau. „Ja, wo ist denn das Gebetbuch, wo ist die Puppe, wo ist . . . wo ist?“ – Schließlich gestand ich alles, heulend und außer mir. Meine Mutter setzte ein ernstes Gesicht auf – das tat sie immer, wenn sie wieder einmal mehr ein Symptom haarsträubender Lebensuntüchtigkeit an mir entdeckt hatte. Sie fragte nach dem Namen und der Wohnung der kleinen Erpresserin. Dann ging sie mit mir hin. Ich mußte vor dem Hause warten. Sie war nur zehn Minuten drinnen. Als sie zurückkam, hatte sie alles wieder: Körbchen, Gebetbuch, Puppe . . .

Das war die Geschichte, wie ich das erstemal einer Erpressung begegnete und – zum letztenmal – einer Erpressung erlag. Zu früh und darum auch zu deutlich hatte sich mir eingeprägt, daß es nutzlos ist, Erpressungen nachzugeben. Sie ziehen immer nur andere hinter sich her, und eine wird schlimmer als die andere sein.

Wir leben in einer Welt, in der Erpressungen an der Tagesordnung sind. Erpressungen hat es sicher schon immer gegeben. Aber sie spielten sich eher am Rand, als einzelgängerische desparate Straftaten ab. Sie berührten nicht das System.

Damit fing es erst vor etlichen Jahren an, und im Nu, wie eine Seuche, breitete sich das Übel aus. Wo sich aber ein Übel zum Usus erweitert, muß Verführung im Spiel sein.

Und in der Tat: die Erpresser werden zur Erpressung verführt, zu Kidnapping, Flugzeugentführung und Geiselnahme. Die Hand am Ölhahn, wessen Hand sie auch gewesen sein mag, zeigte den Griff in den Kern des Systems. Wir alle zittern.

Die Voraussetzungen, unter denen Erpressungen zustande kommen, scheinen mir zwei zu sein:

Erstens: Einer will ein Ziel erreichen, will einer Sache habhaft werden. Der gerade Weg zu diesem Ziel ist ihm verwehrt, sei es, daß er den offenen Kampf scheut oder scheuen muß, sei es, daß er den offenen Kampf durch

flankierende Maßnahmen an anderen Orten unterstützen will. Solche Maßnahmen können an den entlegensten Stellen erfolgen und sie werden umso wirksamer sein, je unerwarteter sie dort sind.
Damit ist schon die zweite Voraussetzung angesprochen: der Erpresser operiert aus der Deckung, er muß – in gewisser Weise – auf den Gegner eingehen, er muß ihn auskundschaften, um sicher zu sein, daß er beim Zugriff die schwächste Stelle treffen wird. Jedes System hat eine offene Flanke, von hier aus kann es aufgerollt, gesprengt, womöglich dienstbar gemacht werden.
Fragen wir uns einmal, wie es begann. Es begann vor nicht einmal fünf Jahren, vergleichsweise harmlos. Einzelne Männer verschwanden, Diplomaten, Botschaftsräte, Techniker. Der Alarm war weltweit. Geheimnisvolle Stimmen meldeten sich, sie verlangten Geld, aber sie verlangten nicht nur Geld allein, sie verlangten z. B. die Freilassung politischer Häftlinge.
Mit solchen Forderungen gewannen die Erpresser die Aura politischer Motive und damit auch moralischer Berechtigung.
In Eile spielten Telegramme und Funksprüche über den Ozean. Ja, ja, das Geld sollte ausbezahlt, die Häftlinge sollten freigelassen werden. Eine reiche, ihrer Mittel sichere Gesellschaft war fast begeistert bereit, etliche Millionen hinzublättern – und es sollte schließlich auch nicht darauf ankommen, eine Handvoll Strafgefangener laufen zu lassen nur um das denkbar Kostbarste zu retten, das auf dem Spiel stand, ein Menschenleben.
So schritt man zur ersten Konzession und bedachte nicht – oder wollte die Bedenken nicht aufkommen lassen, daß dieser Fall andere Fälle zur Folge haben müsse, mit Naturnotwendigkeit.
Ich habe mich damals manchmal gewundert, wie einhellig der Beifall war, den man dem Loskauf spendete. Sah man denn nicht voraus, was kommen mußte? Ich stellte mir nämlich die Lage vor, in die die Erpresser geraten waren dadurch, daß man ihrer Erpressung nachgegeben hatte.
Die Erpresser und ihre Gesinnungsgenossen gerieten in eine Zwangslage. Wieso? Stellen wir uns einmal vor, wir selbst steckten in ihrer Haut. Uns sei es heute gelungen, unserer Sache – der Sache einer verfolgten und unterdrückten Gruppe – eine große Summe Geldes zu verschaffen. Millionen in Kassen, in denen sonst nur die Pfennige der Armen geklingelt haben! – Nicht genug, es ist uns überdies gelungen, die Freilassung eingekerkerter, gepeinigter, womöglich gefolterter Kameraden zu erzwingen (ich denke da an Südamerika). Der Erfolg ist berauschend, berauschend für den Augenblick. Doch schon in der nächsten Stunde meldete sich ein Bedauern zu

Wort. Hätten wir denn nicht noch mehr verlangen sollen, hätten wir nicht, wären wir nur kühner gewesen, das Doppelte, Dreifache, ja, Zehnfache erhalten können? Die Millionen, die uns gestern ein unermeßlicher Schatz erschienen, schmelzen in unseren Augen zu einem Bettel zusammen. Aber noch schwerer, quälender setzt uns ein anderes zu: Sitzen nicht noch andere, nicht noch viele, ja vielleicht zahllose Gesinnungsgenossen hinter Gittern? Warum haben wir nicht auch sie gefordert? Was müssen sie von uns halten, daß wir nicht auch ihre Freiheit erzwungen haben? Sind wir denn nicht verpflichtet, auch ihnen gegenüber Solidarität zu üben?

Solche Fragen und Bedenken steigen auf, und bald hat uns die Reue den errungenen Sieg verbittert.

So zeigt es sich: Das Glück, das der politisch motivierte Erpresser gestern hatte, fordert ihn auf, auch morgen sein Glück zu versuchen. Die erfolgreiche Aktion verlangt nach neuen Aktionen – und das umso gebieterischer, je leichter sich der Erfolg erringen ließ.

Ist der Ohnmächtige einmal zur Erkenntnis gelangt, daß ihm Machterwerb offen steht, so wird er sich den Verzicht darauf als Schwäche, ja als Verrat ankreiden müssen. Auf diese Weise ist die Underground-Gruppe unter den – quasi – moralischen Druck geraten, das an sich Unmoralische zu unternehmen.

Dieser Mechanismus ist, einmal in Gang gebracht, nicht mehr so leicht abzustellen.

Da sind – schon zur Garnierung des Alltags gediehen – die Flugzeugentführungen. Sie erfolgen am laufenden Band. Das ist begreiflich: ein hochspezialisierter, hochdifferenzierter Apparat lädt dazu ein, seine schwebenden Risken auszunützen. Da geschieht, nun schon seit Jahren in wachsender Häufigkeit, Bankraub durch Geiselnahme. Eine besonders eindrucksvolle Variante, wenn der Terror innerhalb großer aufwendiger Unternehmen in Erscheinung tritt und sich damit ein weltweites Podest verschafft: das Beispiel München. Die Abwandlung ins Witzig-Groteske: Der Weihnachtsmann zieht die Pistole. Ein schauderhaftes Accessoire: das abgeschnittene Ohr wird postalisch zugestellt. Die psychologisch-dramatische Variante: die entführte Millionärstochter wird von ihren Entführern als Gesinnungsgenossin gewonnen. In breitem Fächer liegen die Möglichkeiten auf und werden täglich um Varianten bereichert.

Es gehört zum Bild dieser Entwicklung, daß sich in ihm von allem Anfang an politische mit kriminellen Motiven mischten und daß die abenteuernde Phantasie, die sich sonst in einer zivilisatorisch eher verkarsteten Welt zu-

meist nur mit dürrer Nahrung begnügen muß, hier in nahezu unbeschränkte Weidegründe auszubrechen Gelegenheit findet.
Machen wir uns doch einmal klar, daß jedes Verbrechen (beinah jedes) zuerst einmal in der Phantasie des Verbrechers geschieht, durchgespielt und abgewandelt wird. Die Lust an diesen Phantasien ist nicht unbeträchtlich. Sie saugt jeden Reiz, der sie entzünden kann, gierig in sich auf. Der Reiz des Beispiels ist ein fascinosum und das umso stärker, je erfolgreicher, je triumphaler – wenn auch vielleicht nur für Augenblicke – sich das Beispiel darstellt.
Man stelle sich etwa einen Gescheiterten vor, einen entlassenen Häftling, einen kleinen Dieb oder auch nur einen Arbeitsscheuen, den die Gesellschaft für seine Verweigerung büßen läßt. Er ist in einer kläglichen Lage. Ein warmes Nachtquartier, eine ausreichende Mahlzeit, ein Viertelkasten Bier wären ihm schon höchst willkommene Güter.
Nun aber wird er Zeuge durch Zeitung oder Funk, Zeuge einer Gewalttat durch Erpressung.
Banküberfall durch Geiselnahme. Was geschieht? Ein Irgendwer, soeben selbst noch armer Ganove, Strandgut am Rande der Gesellschaft, hat sich einer oder mehrerer Personen bemächtigt und zwingt ihnen durch Drohung seinen Willen auf. Er diktiert. Mit einem Sprung ist er ins Zentrum gelangt, ins Zentrum monetärer Macht. Er fordert Millionen. Sie werden ihm gebracht. Er fordert einen schnellen Wagen. Schon wird er vorgefahren. Er stellt noch andere Bedingungen. Sie werden erfüllt. Solange es ihm nur gelingt, seine Waffe auf das Opfer zu richten, solange ist er reich und mächtig, allmächtig beinahe. Die Fernsehkameras sind auf ihn gerichtet. Bankdirektoren, Polizeipräsidenten, ja sogar Regierungsmitglieder hält er in Atem. Einige Stunden lang scheint das ganze System, der verhaßte Apparat einer feindlichen Gesellschaft, aus den Angeln gehoben, um ihn zu kreisen. In diesen Augenblicken erfüllen sich alle Phantasien, an denen ein Verzweifelter vermutlich jahrelang gesponnen hat; aber in diesem Augenblick wird auch die Phantasie anderer labiler und an den Rand gedrängter Existenzen aufs unheilvollste befruchtet. So triste der Ausgang sei, mit Flucht, Verfolgung, Verhaftung oder gar Tod, das alles zählt nur wenig, wird kaum in Betracht gezogen. Nur die Momentaufnahme des Triumphes wirkt als Nachbild fort, das Beispiel zündet und fordert zur Nachahmung auf.
Bis vor kurzem war die Öffentlichkeit durchaus d'accord, daß kein Opfer zu hoch sein dürfe, wenn es gelte, ein oder mehrere Menschenleben zu retten. Jetzt allmählich sickert die Erkenntnis ein, daß die Bereitschaft zum Opfer

bittere Früchte getragen hat. Das gesparte Blut führte zu Blutvergießen. Die Lage wird gefährlich.

Daß es binnen einem Jahrfünft zu diesem Stand der Dinge kam, kann leider nicht nur als Symptom hoher Humanität definiert werden. Das schlechte Gewissen unserer Gesellschaft hat sich den Loskauf zu einfach gedacht und ihn sich an falscher Stelle oktroyieren lassen. Die Eskalation zeigt sich immer deutlicher als eine Folge mangelnder Voraussicht und mangelnder Kenntnis des Menschen. Und das ist Schuld.

Ich denke – beinahe mit Wehmut – an das kleine Mädchen zurück, an meine Banknachbarin von ehedem. Sie war sicher ein armes Ding, sie hatte eine lahme Hüfte und hinkte, und sicherlich fühlte sie sich auch durch meine kleinen Habseligkeiten – diesem bürgerlichen Kram – und vielleicht auch durch meine ganze Person herausgefordert. Vielleicht war sie selbst erschrocken, daß ich mich so schnell von ihr erpressen ließ. Meine Ängstlichkeit und auch mein schlechtes Gewissen luden sie ein, immer nur dreister zu werden. Ich hoffe, ich habe sie nicht für immer korrumpiert. Ich hoffe, sie konnte mir später meine Feigheit vergeben.

Mensch und Landschaft und etliche Sorgen

Ein Vortrag *(1977)*

Ich war in der 3. Klasse Volksschule und keine zehn Jahre alt, da fiel es mir zum erstenmal auf, daß es zweierlei Menschen und zweierlei Orte gibt. Das kam so:
Wir übersiedelten damals nach Tirol, ins Oberinntal, in eine kleine Marktgemeinde mit Namen Telfs. Das Dorf war nördlich des Inns gelegen, also sonnseitig, in einer breiten Talbucht am Fuß der Hohen Munde. Die Hohe Munde ist ein riesiger Kalkklotz, 2700 m hoch, kahl, zerrissen, zerklüftet, mit einem Doppelgipfel. Die Mitte des Berges spaltet eine tiefe Schlucht, aber auch rechts und links gehen Schluchten herab, im Winter tosten die Lawinen, im Sommer die Muren – und nach jedem schweren Gewitter konnten wir mit freiem Auge sehen, wie die Sturzbäche über die Felsen fegten. Der Fuß des Berges steckt in einem bewaldeten Gebiet, halbhohe Hügel und Schwellen, alte Moränen. Telfs war damals kein großer Ort. Er liegt dort, wo keine Mure und keine Lawine hinreicht. Da liegt die Kirche, da liegt ein Kloster, etliche Bauernhöfe – und was sich da sonst in letzter Zeit herumgruppiert hat. Auch eine Fabrik ist da.
Aus diesem Ortsteil kamen diejenigen meiner Schulkameradinnen, die in den vorderen Bänken saßen, die immer saubere Schürzen anhatten, ordentlich gezopft waren und ordentlich gewaschen. Sie hatten keine Läuse, und solange wir auf Schiefertafeln schrieben, jeden Morgen einen gespitzten Griffel. Sie konnten auch ihr Vaterunser, ihr Einmaleins und was wir sonst noch lernen sollten. Sie hießen Lindacher, Pullacher, Rabeder. Und eines Tages, als die neuen Glocken für die Kirche eingeholt wurden, durften sie neben dem Glockenwagen hergehen und Girlanden tragen.
Wir hatten aber auch andere Mädchen in unserer Klasse. Sie hießen Zotz und Zonta, Monz und Pellin, sie hießen „die Karrner“. Und sie wohnten in einer Gegend, die abseits lag vom Dorf, die Gegend hieß Sagl. Sie lag ganz nahe dem steilsten Lawinenstrich der Hohen Munde, an einem Bach, der jedes Jahr über die Ufer trat. Dann schwemmte er Sand und Steine in die Äcker und Gärten – sofern es dort überhaupt Äcker und Gärten gab. Denn da war ein elender karger Boden, Schotterboden, kaum begrünt, man nannte ihn den Sprüdrich, weil er so spörr und spröde war. Ihn überließ man den Karrnern. Sie waren Ortsfremde, galten für Ortsfremde, auch wenn schon die Großeltern zugezogen waren. Sie waren in einem Karren ange-

kommen wie Zigeuner, das hing ihnen nach. Von ihnen hieß es: sie stehlen. Die Frauen – nicht nur die Männer – tranken Rum, einen schlechten Fusel, und lagen dann betrunken vor ihren Hütten. So erzählte man es, gesehen habe ich es nie. Gesehen habe ich die harten, schmalen, hageren Gesichter meiner karrnerischen Mitschülerinnen, ihre Hautfarbe war grau und oliven. Einige kamen in zerfetzten Kleidern zur Schule. Die meisten überragten uns um Kopfeslänge, mit vierzehn saßen sie noch in der dritten Klasse, so oft hatten sie sitzenbleiben müssen. Sie galten als dumm und faul.
Soweit meine Erinnerung.
Sie können diese kindliche Erfahrung soziologisch und psychologisch deuten. Aber sie könnten auch geographisch abgelesen werden, aus der lokalen Situation:
Das Bergland als Nebeneinander sehr verschiedener Lebensbedingungen, sehr verschiedener Siedlungsmöglichkeiten. Denn abgesehen von der breiten, absolut menschenfeindlichen, absolut unkultivierbaren Zone des Felsens und des extremen Steilhangs haben wir da zwei Zonen sehr verschiedener Art: die eine bereits beruhigt, abgesetzt von den Erosionsfurchen, von Lawinen, Überschwemmungs- und Erdrutschgebieten; hier hat sich seit Jahrhunderten, vielleicht schon seit Jahrtausenden fruchtbares Kulturland gebildet; hier stehen stabile Gebäude. Hier war auf den Boden Verlaß; hier setzte sich schon seit langem Planung durch auf längere Sicht, darum der Markt, die Kirche, das Kloster.
Dort aber im Sagl, am Sprüdrich: immer Gefahr, immer wieder unkontrollierbare Erdbewegung und mögliche Katastrophe. Darum natürlicherweise keine Planung. Darum nur die elende Hütte. Wer wollte dort hausen? Nur der Ortsfremde und Verpönte, dem etwas anderes nicht übrigblieb, startete einen Versuch, sich trotz der Ungunst des Ortes zu behaupten. Hätte sich die Lage als gar zu unerträglich erwiesen, hätte er wieder seinen Karren besteigen und weiterziehen können.
Soviel zu Telfs und seinen zweierlei Orten.
Aber mir scheint: die ganze kontinentale Erde könnte so betrachtet werden, als ein einziges riesiges Feld, auf dem sich Leben anzusiedeln sucht, hier in lockerer Streuung, dort in dichten Nestern, einmal in gesicherten, einmal in gefährdeten Zonen.
Und die Geschichte könnte vielleicht als die Bewegung beschrieben werden, die für den ethnischen, für den sozialen und typologischen Austausch zwischen diesen Zonen sorgt. Denn es ist klar, daß die Leute vom Sagl zuletzt in die bessere, in die stabilere Gegend drängen – und ebenso klar, daß

sich die Marktbewohner zur Wehr setzen. Trotzdem werden die Plätze nicht einfach getauscht. Die Topoi haben ihre Gesetze.
Aber das alles wissen Sie ja längst. Was werde ich Ihnen Neues sagen können? Sehr wenig oder nichts. Nun, vielleicht gelingt es mir, einige von den Ihnen längst bekannten Dingen in einen Ihnen ungewohnten Blickwinkel zu rücken und damit ein neues Muster sichtbar zu machen.
Das wäre schon viel.
Mensch und Landschaft ist unser Thema.
Oder sagen wir es noch einfacher: Mensch und Raum. Der Mensch ist ein raumzeitliches Wesen. Er lebt *in* der Zeit. Aber was er *erlebt,* ist vor allem der Raum und dessen Qualitäten.
Durch Raumerlebnis hat er Zeiterlebnis. Zeiterlebnis konstituiert sich ihm durch Veränderungen im Raum. Seine Sinne vermitteln ihm vor allem Informationen über seine Umgebung, also über Umraum.
Das Kind entwickelt sich durch Eroberung seines Umraums. Es lernt um sich greifen, sich aufsetzen, aufstellen, die ersten Schritte tun. Dem trägt die Sprache Rechnung: Immer, wenn der Mensch zu einem neuen Tun ansetzt, kehrt sie in der Metapher zu diesem Bild zurück: einen ersten Schritt tun, einen Weg antreten, eine neue Bahn einschlagen.
Auch das Gedächtnis des einzelnen spiegelt die Raumbezogenheit des Menschen wider: rufen wir uns erste Erinnerungen zurück, wir werden sie manchmal nur mit Mühe in der Zeit fixieren können. Waren wir drei oder vier oder fünf Jahre alt? Aber ganz deutlich steht uns der Raum noch vor Augen: Das Bett, der Tisch, der Spielwinkel; ein bestimmter Korridor, ein Hof, eine Gasse. Vielleicht sogar schon eine ganze Landschaft.
Auch das Tier erlebt den Raum als Revier, das es verteidigt – oder als Wanderweg. Trotzdem hat der Mensch vermutlich ein ganz anderes Raumerlebnis als selbst seine nächsten tierischen Verwandten. Er hat sich aufgerichtet und die Achse seines Körpers um 90 Grad gekippt. Das heißt: von nun an gab's für ihn nicht nur ein stures Vorwärtstraben, Sich-weiter-Schnüffeln, Fürbaß-Grasen, sondern ein Oben, ein Unten, einen weiten Rundblick, einen rundum schwingenden Horizont; das aber hieß im Laufe der Jahrmillionen auch einen Gewinn an Chancen, eine höhere Auswahl der Möglichkeiten, ein Angebot der Wählbarkeiten, kurzum Freiheit.
Der Mensch lernt seine natürliche Umgebung, das Festland verlassen, er lernt Gewässer befahren, sogar das Meer überqueren.
Er lernt auch auf andere Kräfte als auf die eigenen bauen, er züchtete Zugvieh, Reittiere, erfindet das Rad, das Geschoß, alles das dient zur Erobe-

rung und Nutzung des Raumes. Der Raum fordert den Menschen auf, sich seiner zu bemächtigen. Die Zeit mißt man. Das ist alles, was sie uns gestattet. Aber keine Macht der Welt kann ihr auch nur einen Sekundenbruchteil entreißen oder sie zu dessen Wiederholung zwingen.
Aus Eroberung und Nutzung des Raumes resultiert im Lauf der Geschichte die jeweilige Kulturlandschaft.
Hier halte ich wieder inne.
Kulturlandschaft, was ist das? Ich meine, ich kann nicht von Kulturlandschaft reden, wenn ich nicht zuvor mindestens andeutungsweise zu verstehen gegeben habe, was ich unter Kultur verstehe.
Ich will das in zwei Sätzen sagen:
Kultur ist Umgang des Menschen mit seiner Umgebung, ist Umgang mit seinen Mitmenschen und Umgang mit sich selbst – doch nur insofern, als der Umgang im Hinblick auf eine höhere Wertigkeit erfolgt. Kultur ist eine Veranstaltung, die zur Sublimation auffordert oder mindestens ein gewisses Angebot sublimativer Motivationen bereithält.
Nur die Landschaft, von der sich die Wirksamkeit solcher Motivationen ablesen läßt, kann als Kulturlandschaft gelten. Daraus wäre zu folgern, daß der Begriff der Kulturlandschaft vom ursprünglichen Wortsinn Kultur, colere, hegen, pflegen, sich sorgen, kaum abzutrennen ist.
Darum kann eine im Raubbau ausgebeutete Landschaft nicht als Kulturlandschaft bezeichnet werden, ebensowenig vermutlich das total vermarktete Gelände.
Ich wiederhole: Kulturlandschaft entsteht dort, wo der Mensch Umgang hat mit dem Raum im Hinblick auf eine höhere Wertigkeit.
Nun muß ich leider noch einmal ausholen:
Was ist unter WERT zu verstehen?
Man möchte jedem, der heutzutage wagt, von Wert zu reden, nicht nur konservative, sondern reaktionäre, ja sogar faschistoide Neigungen unterschieben. Man will uns weismachen, daß Wertbegriff nicht zeitgemäß sei, daß er nach Bürgerlichkeit und muffiger Moral rieche und daß er durch den Mißbrauch, der – zugegebenermaßen – schon mit ihm getrieben wurde, ein für allemal verdorben sei.
Bei näherem Hinsehen freilich stellt sich heraus, daß auch diejenigen, die die Vokabel WERT ausgepieen haben aus ihren Mündern, auf die Sache nicht verzichten können. Der Mensch kann ja gar nicht handeln, geschweige denn argumentieren, ohne daß das Gewicht eines Wertes mit ins Spiel kommt. Täglich, stündlich, ja fast minütlich vor Alternativen gestellt,

müßte der einzelne wie Buridans Esel zwischen den Heubündeln verhungern, würde er nicht durch Wertbegriffe, Werterlebnisse und Wertziele zu jeweiliger und oft blitzschneller Wahl befähigt. Sogar unsere einfachsten täglichen Verrichtungen wie das Aufstehen am Morgen, die Bemühung um Pünktlichkeit, der Weg zum Arbeitsplatz, das Verhalten hier und im Betrieb setzen Ziel-, das heißt Wertvorstellungen voraus, die alle Bewegungen lenken und sinnvoll koordinieren. Unser banalster Alltag vollzieht sich in einem System finaler Strebungen und wäre gar nicht zu bestehen, wenn uns nicht ein oberster, oft gar nicht mehr formulierbarer, nicht mehr verbalisierbarer Wert motivierte: er bildet die Spitze einer Pyramide – vielleicht ist diese Spitze gleichsam im Nebel – sie wirkt doch bis in die Basis unserer täglichen Existenz.

Habe ich mich mit diesen Überlegungen von unserem Thema zu weit entfernt?

Möglicherweise. Aber ich wollte klarstellen: Kulturlandschaft ist nicht etwa eine willkürlich aufgeputzte, mit dekorativen Elementen bestreute, unverbindlich aufgehübschte Landschaft, sondern intakte Kulturlandschaft spiegelt Wertsysteme wider – und Wertsysteme sind – gemäß einer konstitutiven zentralen Finalität – auch immer Werthierarchien.

Von einer Kulturlandschaft werden wir zumeist mühelos das in ihr wirksam gewordene Wertsystem ablesen können.

Nun, die Kulturlandschaft kat'exochen ist die Stadtlandschaft. Sie ist gleichsam das Nonplusultra, was der Mensch in der Landschaft bewirken konnte; ist seine intensivste kulturelle Landschaftsbewältigung.

Freilich ist dabei hinzuzufügen: die Stadt wie sie war. Die alte Stadtlandschaft.

Schauen wir uns ein altes Städtebild an: es bietet uns einen klaren Spiegel der jeweiligen Werthierarchien. In zentraler Position das Münster oder der Dom. Nahebei Rathaus und Sitz der Amtsgewalt. Der Markt daneben als Ort der Begegnung und des durch das Recht geregelten Handels. Ringsum die hohen Häuser des Patriziats. Dann die minderen Quartiere der Zünfte. Schließlich sehr mächtig, das ganze umspannend und in den Toren akzentuiert: der Ring der Befestigungen. Außerhalb der Mauern, als auch außerhalb kommunalgarantierter Sicherheit, gleichsam zur Probe ausgelegt, das bunte Gewimmel der Vorstadtbauten. Oft genug wird die ehemalige Vorstadt zum neuen Schwerpunkt, freilich nicht dadurch, daß sie sich einfach ausbreitet und krebsartig wuchert, sondern indem sich dort ein neuer *Wertakzent* etabliert: das kann in einer mittelalterlichen Stadt Kirche und Kloster von Minderbrüdern, in einer barocken Stadt das Palais eines Dynasten oder eines Adeligen gewesen sein – oder: ich erinnere an Rom, wo im Mittelalter die ganze Stadt dem Grab St. Petri auf die rechte Tiberseite nachwanderte und wo sich später, bei Erstarkung des Nationalstaates, dieses Schwergewicht wieder auf das linke Ufer und rund um den Sitz des Königs am Quirinal rückverlagerte.

Weiters: was wir in der alten Stadtlandschaft, also im Großen feststellen können, nämlich einen genau ausgewogenen Organismus der Wertigkeiten, das wurde durch die Architektur im Detail großartig nachvollzogen. Das Vorstadthaus war nun einmal anders gebaut als das Haus im Zentrum. Es hatte seinen Typus. Der Kommunalbau hatte seinen Charakter. Die Hauptkirche präsentierte sich anders als eine vielleicht ähnlich große, die ihr untergeordnet war. Und so weiter. Mit welcher Feinheit wurde zwischen Innen- und Außentor unterschieden. In wie zarten Abwandlungen wurden Fenster, Erker, Kamine gestaltet, je nachdem ob sie für Fern- oder Nahsicht und für welche Funktionen bestimmt waren. Welche Skala stand zur Verfügung von Feierlichkeit, Drohgebärde, Prunkgehabe auf der einen Seite, für Bescheidenheit, Nüchternheit auf der anderen Seite; bis in die geringsfügigste Kleinigkeit reichte der Fächer der Abschattierungen hinein. So haben wir in der alten Stadtlandschaft in ihrer Ganzheit und in ihren Teilen ein genaues Spiegelbild religiöser und sozialer Wertigkeiten.

In unseren Augen setzt sich das um in ästhetischen Reiz.

Was uns aus der Stadtlandschaft eindeutig ablesbar wird, ist auch aus der ländlichen Kulturlandschaft deutlich abzulesen. Auch hier gibt es Wertigkeitsdominanten und Zeichen sublimativer Bemühung. Ich nenne die Kirche, die Kapelle, den Wallfahrtsort, das Marterl am Weg; ich nenne die Burg, das Schloß, die wehrhafte Anlage, die den Straßenknotenpunkt bezeichnet; aber auch die Art und Weise, wie sich die dörfliche Gemeinde als solche darstellt, in Dorfplatz, Dorflinde, Dorfbrunnen, Friedhof und nicht zuletzt in der Flurform.

An ihr zeigt sich die Organisation der bäuerlichen Gesellschaft.

In den Mischkulturen war die Vielfalt menschlicher Bedürfnisse abgebildet, in der Streuung oder Agglutination der Höfe hatte sich ein Stück Geschichte niedergeschlagen. Nicht selten auch Erdgeschichte, wie wir heute schon gehört haben. – Der Garten gehört bereits zum persönlicheren Bereich des einzelnen. Er ist zwar vielfach Nutzgarten, zeigt aber doch schon intimere Geschmacksrichtungen und individuelle Schattierungen. Er ist auch der Bereich der Frau; hier lebt sie sich aus.

Auch in der Anlage der Pfade und Wege, der Zäune und Raine hat sich individuelles Temperament und der Rhythmus persönlicher Gewohnheiten in das Landschaftsbild einschreiben können. Natürlich bildeten sich auch da wieder Traditionen, aber sie waren elastisch und gaben neuen Notwendigkeiten nach.

Nun freilich: die Demonstration der Wertigkeiten erreicht hier am Land nicht die beinahe abstrakte Stringenz wie in der Stadtlandschaft, denn hier ist der Partner des Menschen die Natur noch immer. Die Natur kann vom Menschen domestiziert und in seinen Dienst genommen sein, das wird vielfach im Flach- und Hügelland der Fall sein. Anders vielleicht am Meer, in einer Stromlandschaft; vollends anders im Hochgebirge. Im Hochgebirge wird auch die intensive Kulturlandschaft von der Natur dominiert. Das macht ja auch den irgendwie rührenden Zauber des Hochgebirgstales aus: in äußerster Armut zwischen drohenden Gefahren, in ausgesetzter Position wird Leben gelebt nicht nur als Nur-Überleben, als ein Irgendein-Dasein-Fristen, sondern in sehr genauer Richtung auf eine übergeordnete, streng sublimative Welt.

Es mutet vielfach nahezu wie ein Wunder an: man ist irgendwo in einem unwirtlichen Hochtal. Man sieht, wie mühselig das Hausen ist auf diesen steilen Leiten, wie armselig die Erträge sein müssen auf diesen kargen Böden. Dann aber betritt man die Kirche: da flirrt es von Gold. Altäre und Kanzel sind in den schwingenden Formen des Barocks gestaltet, oft hochkünstlerisch und deutlich rückverweisend auf die Formen, die zu gleicher Zeit in kulturellen Zentren für die sozialen und intellektuellen Eliten entwickelt worden sind.

Oder – noch schöner, herzergreifender und rührender: hinter und unter der barocken Ausstattung hat man frühe gotische, romanische, ja vielleicht sogar karolingische Reste entdeckt. Man legt sie frei und stellt fest, daß ihre konstitutiven Stilelemente an die zeitgenössische Hochkultur anbinden und kaum vergröbert, oft sogar großartig verinnerlicht übernommen wurden, so daß Byzanz, Ravenna und Aachen den einfachsten und abgelegensten Dorfkirchen Pate gestanden haben.

Angesichts solcher Zeugnisse male man sich aus, wie gefährdet und armselig das Leben gewesen ist derer, die diese Kunstwerke schufen oder in Auftrag gaben, wie hart sie ihr Brot erringen, wie oft sie hungern mußten, wie gering ihre Lebenserwartung war. Trotzdem mochten sie nicht darauf verzichten, ihren Glauben würdig repräsentiert zu sehen, d. h. das sublimative Wertsystem zu ehren, auf das sie hofften, in dem sie sich geborgen wähnten.

Niemand sage mir, daß eine solche Verhaltensweise von außen aufgezwungen und von den Mächtigen der damaligen Zeit mit Gewalt aufgepfropft worden sei. Dagegen sprechen die vielen höchst privaten Zeugnisse lebendiger Religiosität, angefangen vom Herrgottswinkel in der Stube bis zu St. Leonhard im Viehstall, von der mit Kreuz und Heiligen bemalten Truhe bis zum altgermanischen Flechtornament an Scheunen und Altanen. Jedes Schmuckelement evozierte Bedeutung, Segen oder Abwehr böser Gewalten.

In Südtirol fällt uns auf, daß auf fast jedem Acker- oder Wiesenstück ein Kreuz aufgerichtet ist, an ihm jeweils ein Korpus, nicht selten von erstaunlich hoher plastischer Qualität.

Mit diesen Kreuzen sind die Fluren gleichsam gesiegelt. Wir schauen heute flüchtig darüber hinweg, weil wir uns gar nicht mehr die Zeit nehmen, uns klar zu machen, was diese Kruzifixe bedeuten: die Hereinnahme des Gottes in den Arbeitsalltag des Menschen. Also Kulturlandschaft in Richtung höherer Wertigkeit. In Richtung Sublimation.

Meine Damen und Herren, ich habe jetzt ein wenig über das Land geredet, in dem ich lebe – oder lang gelebt habe: „Wess' das Herz voll ist, läuft der Mund über . . ." Das Thema „Mensch und Landschaft" ist – wo es heute auftaucht – ein Thema der Klage.

Die Ästheten, die Ökologen, die Soziologen – alle beklagen die Zerstörung der Landschaft und die daraus resultierende Verstörung des Menschen. Ja, jetzt ist es beinahe so weit, daß der Müll im Spiegel der Bildenden Kunst, der Literatur und der Massenmedien den Charakter eines neuen Elements annimmt, neben Feuer, Wasser, Luft, Erde – den alten Elementen. Er wird als eine Art neuer mythischer Größe, eine Art apokalyptischer Heimsuchung empfunden.

Das Apokalyptische ist überhaupt im Vormarsch: man überbietet sich gegenseitig in Voraussagen eines nahen Endes, Ende der Energiequellen, Ende des klimatischen Gleichgewichts, Endes des Sauerstoffs, Ende des menschlichen Lebens überhaupt.

Etwas wie eine generelle Panikstimmung breitet sich aus – oder soll ich sagen: die Allüre einer Panikstimmung? Man trägt heute Zivilisationspessimismus, ohne sich in weiteren zivilisatorischen Bemühungen stören zu lassen. Im Auto räsoniert man über die Motorisierung, bei Cocktail und scharfem Drink über den Alkoholismus.

Man klagt über die Verhäuselung der Landschaft und beschließt in gleicher Stunde den Bau eines Ferienhauses. Man entsetzt sich über das Problem der Mülldeponien, aber man würde es von sich weisen, die Bonbons, die man als Gastgeschenk mitbringt, im Tütchen, statt in der siebenfachen aufwendigen Luxusverpackung zu präsentieren. Die allgemeine Einsicht, deren mindestens partieller Wahrheitsgehalt unbezweifelbar ist, ist zwar mächtig genug, unsere Stimmung zu verderben, aber nicht mächtig genug, unsere Gewohnheiten abzubiegen, oder gar zu brechen.

Nun freilich: unser neuerdings in Schwung gekommener Pessimismus – weithin recht jungen Datums – hat sich vor der Kulisse eines betriebsam hektischen selbstsicher-präpotenten Fortschrittglaubens entwickelt. Ist unser Pessimismus nur ein Gegenschlag auf die Zivilisationseuphorie des letzten Jahrzehnts, beschreibt er nur eine Pendelbewegung? Ist er also nur eine Mode?

Ich glaube, hinter diesen vordergründigen Vibrationen der Stimmung geht etwas Allgemeineres und Grundsätzlicheres vor, und zwar:

Es ist unleugbar, daß unser Wertbewußtsein ins Rutschen geraten ist. Daß der Konsens, was als Wert zu betrachten ist, sich immer mehr verflüchtigt – und daß vor allem der sublimative Anreiz, der unsere Kultur durchdrang, mehr und mehr erstirbt.

Es tut mir leid, daß ich im Zusammenhang mit unserem Thema auf die alte und so oft abqualifizierte Unterscheidung von Kultur und Zivilisation zurückgreifen muß. Aber ich kenne keine anderen Termini, um mich verständlich zu machen: Kulturlandschaft ist etwas anderes als Zivilisationslandschaft. Und was sich in unseren Ländern ausbreitet, ist Zivilisationslandschaft; und was in Rückentwicklung, ja in vollständiger Destruktion begriffen ist, das ist die durch Wertsysteme gestaltete, auf Wertigkeitsausdruck stilisierte Kulturlandschaft von ehedem.

Die Dinge liegen doch so: die Technik hat uns ungeheuere Mittel, Energien und Apparate zur Verfügung gestellt, die Natur nicht nur mitzugestalten, sondern sie unter künstlichen Schichten geradezu zu begraben. Die Beton- und Asphaltdecke, mit der wir die Erde überziehen, die gigantischen Dämme und Rampen, die wir aufschichten, die Prankenhiebe, mit denen Bergflanken und Talgründe aufgerissen werden in Steinbrüchen, Schottergruben und anderen Abbaustellen; die neu aufgeschütteten Halden, Staustufen und Bohrlöcher, sie alle weisen die Macht des Menschen aus, die Macht, Massen in Bewegung zu setzen und in neue Konstellationen zu transportieren. Doch der letzte Sinn dieser Bewegungen bleibt dunkel, die Sinnfigur fragwürdig.

Die Ergriffenheit, mit der die Plan- und Arbeitslandschaft besungen worden ist als die große globale Werkstätte, in der ein neuer Menschentypus aus Feuer und Eisen geschmiedet wird, der kämpferische Proletarier des Frühmarxismus oder der heldenhafte Arbeiter, wie ihn Ernst Jünger sah, diese Ergriffenheit ist einer Ernüchterung gewichen. Die pathetische Interpretation der Industrielandschaft ist – vielleicht noch im Osten en vogue – bei uns auf der Strecke geblieben.

Der Stolz darauf, Massen bewegen und das Bild unserer Landschaften beinahe von heute auf morgen verändern zu können, dieser Stolz hat sich schnell erschöpft. Das von Wohlgefallen geblähte Selbstgefühl im Angesicht gigantischer Industrien, unermüdlich arbeitender Fördertürme und himmelwärts steigender Rauchgebirge, dieses Selbstgefühl ist bis auf Reste abgebaut. Der Arbeiter, der es sich früher einmal zur Ehre gerechnet hatte, die Spuren der Arbeit an sich zu tragen und sich selbst als Träger der gewaltigen Kräfte vorzustellen, die er im Arbeitsprozeß lenkte, zeigt sich zum Angestellten domestiziert; sein Image schlaksig – zwanglos locker, mehr Playboy als Hephaistos, statt des Hammers die Cola-Flasche in der Hand. Trotzdem läuft die Industrie und soll auch laufen, und trotzdem wächst die Macht des Menschen über die Materie und soll auch weiterwachsen – darüber sind sich alle einig.

Aber das Wertbewußtsein ist davon abgerückt.

Abgerückt ist das Wertbewußtsein von der Arbeit überhaupt und damit auch von der Veränderung der Natur durch den Menschen. Ratlosigkeit greift um sich – und ein erschreckend schneller Verfall des allgemeinen Consensus. Was eben erst gestern vorzüglich, notwendig und einleuchtend vernünftig schien, wird heute schon als unnötig, unsinnig, ja verdammenswert abgetan.

Auf welche Werte soll, darf, kann man sich überhaupt einstimmen?

Vor 25 Jahren applaudierte man dem Wiederaufbau unserer Städte, jetzt sieht man die Art und Weise, wie er betrieben wurde, weithin als verfehlt an. Vor 20 Jahren wurde die allgemeine Motorisierung samt Straßen- und Brückenbau als Symbol der Freiheit frenetisch bejubelt. Heute stöhnt man über Gift und Lärm. Vor zehn Jahren spiegelte man sich voll Entzücken in Swimming-pools und Glasfassaden. Plötzlich mag man sie nicht mehr. Und die babylonischen Türme unserer Hochhäuser – Stolz der späten sechziger

Jahre –, man hat sich angewöhnt, in ihnen die reinsten Menetekel zu erblikken.

Ich möchte bezweifeln, ob diese raschen Stimmungsumschwünge immer viel mehr sind als die reizbaren Launen einer verwöhnten Population.

Ich glaube, darauf hinweisen zu dürfen, daß wir die Leistungen nicht übersehen sollen, die da vollbracht worden sind. Hätte man uns vor 50, ja auch nur vor 40 Jahren gesagt, es werde binnen kurzem möglich sein, Millionen Menschen in sauberen, hygienischen, trockenen und gut belichteten Wohnungen unterzubringen, Zugang und Wärmezufuhr zu garantieren und jeder Familie ein gekacheltes Bad zu geben – nun, man hätte das bereits für den Himmel auf Erden gehalten. Jetzt müssen sich diese Himmel gefallen lassen, als Betonwüstenei und Brutstätten von Neurosen beschimpft zu werden.

Und dabei war doch alles gut gemeint.

Man meint es auch weiterhin gut und zerbricht sich den Kopf, wie sich die Umwelt besser anbieten und menschenwürdiger gestalten lasse. Was läßt man sich nicht alles einfallen auf Kinderspielplätzen und Erwachsenenspielplätzen: Strände, Sport- und Fitneßpfade, Bowlings und Malwände, Erholungsnischen, Meditationsräume und Schlammbäder – happening und speaker-corners bis zur bekriechbaren Plastik. Mit einem Wort: Die Erholungslandschaft, die uns kreative Spontaneität suggerieren soll? Sehr schön das alles und irgendwie rührend als Bemühung des Menschen um den Menschen. Aber ich fürchte: in Summe Totgeburten.

Denn das Angebot, das hier gemacht wird, spricht den Menschen eher in seinen *regressiven* als in seinen sublimativen Tendenzen an. Man gibt ihm Narrenfreiheit und gängelt ihn damit zurück in eine scheinhafte, gespielte, simulierte Kindheit, eine Afterkindheit – statt ihn zu fordern. Der Mensch will gerufen sein, dann fühlt er sich berufen. Auch durch seine Umwelt – im Hinblick auf eine Überwelt.

Nun freilich – diese Überwelt läßt sich heute kaum in Umrissen ahnen. Ihre Neuentdeckung wird die Leistung der Zukunft sein müssen, wenn die Menschheit selbst Zukunft haben will. Sie wird, wie ich hoffe, die Findungen des Christentums enthalten, dabei östliche Weisheit integrieren; sie wird vermutlich Elemente aufnehmen, die wir heute parapsychologisch nennen und die von der Mathematik behauptete Vieldimensionalität der Welt mit in Betracht ziehen – und sie mag all diese Ingredienzien lange und gründlich amalgamieren und ihre Kräfte nicht in vorschnellen Entwürfen verschwenden.

Ich kehre noch einmal zu unserem Thema zurück: Mensch und Landschaft. Es drängt sich folgende Beobachtung auf: Nachdem die Kulturlandschaft weithin im Rückzug und die Zivilisationslandschaft weithin im Vormarsch ist, haben wir auch eine neue Gliederung der Landschaft festzustellen: früher war sie gegliedert in Bauernland, Brachland und Stadt, so ist sie jetzt gegliedert: in Stadt mit Industrie und Wohnland, in Farmerland und Erholungslandschaft. Wobei freilich zu bemerken ist, daß die Stadt ausufert und über ihre Grenzen in städtisch charakterisierte Siedlungen ausläuft, die heute bereits in den Ballungszentren von Stadt zu Stadt reichen und vor allem die Verkehrswege dicht einsäumen. Auch hier wird städtisch gelebt, d. h. abgesetzt von der Natur.

Daß der Bauernstand einem Schmelzprozeß ohnegleichen ausgesetzt ist, wissen wir alle. Aber selbst dort, wo er noch besteht, hat er seinen Charakter verändert. Aus dem Bauer wurde ein Farmer. Besitzer eines Maschinenparks, mit dessen Hilfe die Erde zur Produktion von Nahrungsmitteln veranlaßt wird.

Was bedeutet das?

Es bedeutet, daß sich in den Umgang des Menschen mit der Natur ein rationales, ein abstraktes Element eingeschoben und die alte Unmittelbarkeit der Beziehung aufgelöst hat.

Daher resultiert eine ganz allgemeine Berührungsangst gegenüber der Natur.

Gebrochen ist das Verhältnis gegenüber allem, was nicht zuvor zivilisatorische Prozesse passiert hat. So besteht eine heftige Abscheu vor allem Rauhen, Schmutzigen, Zerfallenden, vor allem Wildwüchsigen, Dickichthaften. Darum die geschleckten Gärten mit monotonem Zierrasen und sauber beschnittenen Zierbüschen, auch auf dem Land! Darum der geplattete Gartenweg, die asphaltierte Hoffläche, das hektisch betriebsame Fortschaffen von gefallenem Laub und sonstigem natürlichen Abfall. Deshalb auch der kontrollierte Kanal, pfeilgerade wie mit dem Lineal gezogen, statt des verschlungenen Wasserlaufs in der womöglich versumpften Wiese. Deshalb das Ausroden der Büsche auf den Feldrainen, deshalb der Forst statt des Waldes, deshalb auch die grauenhaften tierquälerischen Hühner- und Schweinefarmen statt des gackernden Feder- und grunzenden Borstenviehs nahe bei menschlichen Wohnungen.

Gewiß, für alle diese Maßnahmen lassen sich ökonomische Gründe anführen. Doch nicht immer sind sie stichhaltig. So müßten doch etwa auch unsere Vorfahren darauf gekommen sein, daß der buschbewachsene Feldrain vielleicht geringen Ertrag in der wenig besonnten Randzone bringt. Sie haben die Hecke doch nicht gerodet. Vermutlich deshalb, weil ihnen das wuchernde dornige Dickicht weniger widrig ins Auge stach als uns. Dafür hat ihnen die Hecke den Wind gebremst und die Austrocknung des Fruchtlandes verhindert.

Oder ein anderes Beispiel: Man weiß z. B. längst, daß es für eine Landschaft desaströs ist, wenn man die Wasserläufe kanalisiert und damit die so bitter nötige Feuchtigkeit so rasch wie nur möglich hinausbefördert. Trotzdem reguliert man weiter; man verhält sich also ganz arational, wahrscheinlich weil sich der Mensch nicht dazu entschließen kann, die Nachbarschaft eines nicht domestizierten Systems zu dulden.

Witzigerweise wird daneben die Natur ständig hochgelobt und angepriesen. Vor allem die Werbung, die sich ja unserer untergründigen Sehnsüchte so vorzüglich zu bedienen weiß, bietet uns die Industrieprodukte als Natursurrogate an: Wer wollte da widerstehen? Quellfrische Getränke, wolkenleichte Gewebe, prickelnde Frische der Brandung in Tube, Flasche und Büchse handlich verpackt – kosmische Allgefühle aus dem Warenhaus.

Wird sich also der Mensch immer weiter von der Natur entfernen und sich immer enger in die Zelle der Zivilisation einschließen – sei es auch nur unter romantischen Ausbrüchen und nostalgischen Gesten?

Unsere Sorge ist eine zweifache: zum ersten die Furcht, daß wir unsere Lebenslandschaft durch Hypertrophie der Zivilisation selbst zerstören – zum zweiten die Furcht vor äußerer Bedrohung, d. h. Krieg.

Eine dritte Sorge aber sollte uns vielleicht am tiefsten beunruhigen: die Sorge über den Schwund der letzten sublimatorischen Antriebe in unserer Gesellschaft.

Ihm müßten wir uns widersetzen in uns, in unseren Kindern und Enkeln. Denn *Landschaft, die verwüstet werden kann, ist nicht nur draußen. Sie ist auch innen.*

Ein Fremder klopft an ...
oder
Die Ungeborenen

(1972)

Es gibt politische Probleme, die mehr sind als Probleme der Politik. Sie alarmieren uns in einer tieferen Schicht als in der, die sich für gewöhnlich in politischen Belangen aktivieren läßt. Sie dringen wie Sonden durch die Lederhaut unserer Gewöhnung, durch die Fettpolster unserer Bequemlichkeit, sie treffen uns ins Mark, das heißt in die Schicht unserer Person, die sich den gängigen Beschwichtigungsversuchen widersetzt. Wir sind von diesen Fragen betroffen, weil wir alle auf die eine oder andere Weise in sie mitverwickelt sind; mitverwickelt wissen wir auch alle anderen Menschen, die wir achten und lieben, unsere Eltern, Verwandten, Freunde, unsere Allernächsten, mitverwickelt auch unsere Kinder, Enkel, die künftigen Generationen unseres Landes. So geht der Streit um das Abtreibungsverbot weit über den Kreis der Fragen hinaus, die wir sonst in demokratischer Übereinkunft abzuklären gewohnt sind.

Rings um den Streit häufen sich die Argumente. Es sind, wie mir scheint, nicht immer die besten, weder auf der einen noch auf der anderen Seite. Die Regierungsparteien drängen auf Liberalisierung unter sehr breitgefächerten Bedingungen. Die Opposition erhebt Einwände, die Kirche protestiert. Angeheizt wird die Dikussion durch gleichlaufende Diskussionen im Ausland. Schon hat man fixe Termine genannt, der Wettlauf um die Zeit hat begonnen.

Jedermann weiß, wo der Zielpunkt der Liberalisierung liegt: Jede schwangere Frau soll darüber entscheiden können, ob sie die Leibesfrucht austragen oder abtreiben will. Das klingt, als sollte damit der Frau ein größeres Quantum an Freiheit und Menschenwürde geboten werden. Das klingt recht gut – für den, der sich nicht die Mühe nimmt, auf die reale Lage der Schwangeren einzugehen. Er setzt voraus, daß sich die Frau in objektiver Übersicht ihrer Lage, unbeeinflußt von den Wünschen und Interessen ihrer Umwelt, in Ausübung ihrer personalen Mündigkeit in dieser oder jener Weise entschieden hat. Er setzt voraus, daß die Frau (auch die sehr junge!) ihre eigenen Wünsche und Ängste souverän zu interpretieren vermag, er setzt also eine sittlich autonome Persönlichkeit voraus, also etwas, was es nur im Idealfall, mithin so gut wie gar nicht gibt, und damit basieren seine Argumente auf einer Illusion. In Wirklichkeit ist die Lage der Schwangeren eine ganz andere.

Wenn die Strafbarkeit der Abtreibung fällt, wird es natürlich ebenso erlaubt sein, die Schwangere in Richtung Abortus zu beeinflussen. Der Mann als der Nächstbetroffene wird ein gewichtiges Wort dabei zu sprechen haben. Möglicherweise wird er seine Rolle als Vater akzeptieren. Ebenso aber kann er die Frau zur Abtreibung drängen. Auch die Familie, Eltern, Schwiegereltern, Geschwister, alle, die durch das zu erwartende Kind irgendwie mitbetroffen sind, dürfen – nach gefallenem Tabu – die Schwangere unter Druck setzen, je nachdem, ob ihnen der Nachwuchs erwünscht oder unbequem erscheint. Der Arbeitgeber und die Mitglieder des Arbeitsteams, in dem die Frau tätig ist, werden sich jetzt gleichfalls ermächtigt fühlen, ihre Interessen in die Waagschale zu werfen, kurz, jede Form von Herrschaft wird die junge Schwangere unter den Beschuß ihrer Argumente setzen.

Ihre Lage ist also keineswegs beneidenswert. Gesetzt den Fall, sie nimmt ihre Mutterrolle an, so wird sie diese in vielen Fällen gegen Verärgerung, Klagen und Vorwürfe ihrer Umgebung zu verteidigen haben. Dieser Zwang zur Selbstverteidigung ist freilich in dem hochsensibilisierten Zustand der Schwangeren doppelt unnatürlich; denn die werdende Mutter verlangt nichts inniger, als daß die Gesellschaft, in die sie ihr Kind gebären will, dieses Kind willkommen heißt. Bis jetzt konnte sie – im Windschatten des Gesetzes – wenigstens mit einem Minimum schweigender Duldung rechnen. Auch wenn das Kind nicht eben erwünscht war, zeigte sich die Gesellschaft meist bereit, sich dem Machtwort der Natur zu beugen. Jetzt wird jedes Bezugssystem sich ermutigt fühlen, seine Interessen durchzusetzen.

In einer Zeit, in der der fremdgesteuerte, außengesteuerte Typus nachweislich überwiegt und immer noch zunimmt, wird die kindgewillte Mutter nur unter Überforderung ihrer psychischen Kräfte zu einer ungestörten Identifikation mit ihrer Mutterrolle gelangen. Sie wird ihre Liebe zu ihrem Kind nur mit Haßgefühlen gegen die Gesellschaft konstituieren können. Damit ist ihre emotionale Isolierung eingeleitet, und von einem Zuwachs an Glück und Freiheit kann keine Rede sein. Das Versprechen des Gesetzgebers, Ausweg aus Konfliktsituationen zu weisen, hat sich ganz unter der Hand in eine neue Konfliktsituation verwandelt. Dabei hat sich der Staat an die Seite jener gestellt, die die schlechteren Ratschläge zu geben hatten. Ist das in Ordnung?

Zugegeben: wir stehen heute unter dem Druck eines allgemeinen menschheitlichen Problems: unser Planet ist übervölkert und die drastische Verringerung unserer Zuwachsrate dringend geboten.
Zugegeben: kein seriöser Verfechter der Liberalisierung hat die Abtreibung als probates Mittel zur Geburtenkontrolle empfohlen. Immer wieder wurde auf die Notwendigkeit anderer flankierender Maßnahmen hingewiesen.
Zugegeben, daß die Illegalität der Abtreibung – vor allem früher – ein gewissenloses Pfuschertum wuchern ließ; es hatte in vielen Fällen Siechtum und Tod zur Folge.
Zugegeben, daß der Jurist angesichts der zweifellos hohen Zahl der vorgenommenen Schwangerschaftsunterbrechungen ins Gedränge gekommen ist, wenn er den Charakter als Straftat im Hinblick auf die Deviation definieren sollte. Ist denn, was so vielfach geschieht, noch als Abweichen vom normalen Verhalten zu betrachten?
Zugegebene außerdem, daß es uns Unbehagen bereitet, ein so fundamentales und zugleich sublimes menschliches Verhältnis wie die Elternschaft durch Strafandrohung zu erzwingen.
Zugegeben schließlich, daß uns Strafandrohung beziehungsweise Strafvollzug nach keinem wie immer gearteten Vergehen oder Verbrechen noch eine vollgemäße, sinnvolle Reaktion darzustellen scheint. Die Überzeugung früherer Jahrhunderte, daß Strafe bessert oder sühnt, ist erschüttert. Die Menschheit ringt um ein neues Verständnis in diesen Bereichen, aber sie ist noch weit entfernt davon, einen hier gangbaren Weg zu finden.
Wir alle wären allerdings, meine ich, übel beraten, wenn wir gerade dort das Gesetz zu demolieren unternähmen, wo es bis jetzt – schlecht und recht, doch immerhin – dem Schutz der Wehrlosesten gedient hat.

„Argumente“

Ich vermute, daß mir schon dieser Ausdruck „Schutz des Wehrlosesten“ sofort den Vorwurf der Emotionalität, der Sentimentalität einbringen wird. Man bestückt die Debatte lieber mit einem unterkühlten Vokabular, das sich einmal hemdärmelig vulgär, einmal elitär wissenschaftlich gibt. Ein Streit mit Worten ist auch immer ein Streit um Worte, denn Worte haben vielfach ihre eigene Argumentationskraft. So möchte ich mich gleich einmal mit dem einen oder anderen anlegen, um nachzusehen, was an realer Bedeutung und damit echter Beweiskraft in ihm steckt.

Es war neuerdings öfter zu hören, daß die Leibesfrucht vor allem in den ersten Monaten noch keineswegs als menschliches Wesen, sondern lediglich als *genetisches Programm* anzusprechen sei. Als solches aber sei es doch wohl in das Belieben der Frau gestellt, wenn sie es abzubrechen und zu anullieren wünsche.

Im ersten Augenblick ist man düpiert: Ja, ein Programm kann jederzeit storniert werden. Die Neuheit der Vokabel hat uns überrumpelt. Aber leider: wenn wir fragen, wann denn nun das Ungeborene aufhöre, „ein genetisches Programm" zu sein und statt dessen beginne, ein Mensch zu werden, stoßen wir auf die Entdeckung, daß alles Lebende, auch der geborene, der erwachsene Mensch, niemals aufhört, ein genetisches Programm zu sein. Vielleicht sind wir durch Krankheit oder Alter stillgelegte genetische Programme, doch Programme, seit wir gezeugt sind, bis zu unserem Tod. So nimmt der Ungeborene – wenigstens aus diesem Grund – keinerlei Sonderstellung ein, kann also – aus diesem Grund – keinerlei Sonderbehandlung unterworfen werden.

Ein zweites populäres Schlagwort, das durch die Diskussion geistert, ist das vom *„Boß im eigenen Bauch"*. Hier strapaziert man nicht die Wissenschaft, hier tut man, als hätte man dem Volk so recht aufs Maul geschaut. Wer will denn auch nicht Boß sein und noch dazu im eigenen Bauch, das ist doch das wenigste, was in unserer Zeit der Mitbestimmung einem jeden – und einer jeden – zusteht. Aber auch hier erweist sich bei näherem Zusehen einiger Irrtum im Spiel: denn wir haben uns – weitab von allen Streitfällen – damit abzufinden, daß uns Herrschaft über unseren eigenen Körper in den weitesten Bereichen unserer organischen Existenz von der Natur verweigert ist. Mit keiner Willenanstrengung können wir etwa unseren Herzschlag beschleunigen, unseren hormonellen Haushalt dirigieren. Von der Natur aus ist uns unser Körper keineswegs als unser Herrschaftsobjekt angeboten. Auch die Medizin, die heute so viel vermag, kann uns nur bestätigen, daß sich unser Soma jedem willkürlichen Dirigismus aufs entschiedenste widersetzt. Wer sich als „Boß im eigenen Bauch" fühlen will, möge doch erst einmal versuchen, mit dem groben Mechanismus der eigenen Peristaltik willkürlich zu Rande zu kommen, ehe er von seinem Herrschaftsanspruch das Recht ableitet, in ihm angesiedeltes Leben zu vernichten.

Es ist eben so, daß dieses frivole und brutale Schlagwort genauso wie das andere, eher hochgespielte, schein-elitäre vom „genetischen Programm" aus der Welt der Technik und des Betriebs, der Machbarkeit geliehen ist und unbesehen, ungeprüft auf den Menschen übertragen wird. So sind die

beiden Slogans nur symptomatisch dafür, daß hier ein Versuch gestartet wird, den Menschen zum Objekt seiner selbst und, unter Vorspiegelung seiner Befreiung, manipulierbar zu machen.
Sehen wir uns nach weiteren Gründen um, mit welchen für die Freigabe der Abtreibung geworben wird.
Da wird beispielsweise auf jene Länder verwiesen, die die Freigabe bereits vollzogen haben. Man zeigt uns im Film und Fernsehen Kliniken in England und Schweden, von außen zumeist gutgepflegte freundliche Fassaden in hübschen, gutgepflegten Straßen. Blitzblanken Wagen und Taxis entsteigen eilige Gestalten, junge Frauen, hübsch gekleidet in Miniröcken oder Hosen, mit frischgelegter Frisur. Manche von ihnen sind in Begleitung, dann trägt der Mann das Köfferchen – als Kavalier. Sie drücken die Klingel, die Tür geht auf, die Ankömmlinge schlüpfen hinein, um einen Bruchteil zu schnell, um eine Nuance zu wendig, trotzdem hat die Dame den Vortritt, sie verschwinden, die Tür fällt zu. Der unterlegte Text hat uns über den Zweck des Hauses mit nur wünschenswerter Klarheit unterrichtet.
Auch die Entlassung wird gefilmt. Die Tür geht auf, die Entlassene tritt heraus, wieder mit munterem Getrippel, wippenden Röckchen, das Köfferchen schaukelt in der Hand, der Wind spielt im Haar, die Fröhlichkeit scheint kaum getrübt.
Man versichert uns: Gegen anfängliche Widerstände habe sich die neue Praxis in jenen Ländern reibungslos eingespielt. Zwar sei die Dunkelziffer der ärztlich unkontrollierten Abtreibungen immer noch betrüblich hoch, aber eines sei jedenfalls nicht geschehen, was die Gegner der Liberalisierung vorhergesagt und mit Kassandrarufen prophezeit hätten: Ein *moralischer Dammbruch* sei nicht erfolgt und werde auch in unserem Land nicht zu erwarten sein.
Sehr gut, weil sehr beruhigend. Doch möchte man uns einmal genauer erklären, was unter einem moralischen Dammbruch wohl zu verstehen sei? Wie zeigt sich ein solcher? Und wie weit müssen wir gelangen, um einen moralischen Dammbruch registrieren zu können?
Was mich betrifft, so konnte ich im Alltag der NS-Zeit keinerlei moralischen Dammbruch feststellen. Nach wie vor war es verpönt zu stehlen, zu betrügen, seine Frau zu mißhandeln. An anderen Orten wurde Entsetzliches vollbracht. Ich bin weit entfernt davon, Vergleiche zu ziehen. Aber mit Schrecken habe ich erst neulich gelesen, man habe in Frankreich zwecks Propagierung „progressiver Lösungen" eine öffentliche Abtreibung geplant. Ich weiß nicht, wie ich mir die Menschen vorstellen soll, die auf solche

Pläne verfallen: die Ärzte, die da handeln, die Frau, die sich zur Verfügung stellt, die Zuschauer, die sich dort versammeln sollen? Es ist vielleicht unerlaubt zu sagen: Hier habe man die öffentliche Hinrichtung eines garantiert Unschuldigen inszenieren wollen. Aber die Widrigkeit des Vorgangs ist nicht zu überbieten.

Grundsätzliches

Ich könnte in dieser Polemik fortfahren, aber sie würde dem Ernst der Sache nicht gerecht. Wir müssen uns hier wohl der Unbequemlichkeit einer grundsätzlicheren Fragestellung unterziehen; vier Fragen drängen sich mir auf:
1. Ist es heute noch sinnvoll, von Sittlichkeit zu sprechen und sittliches Verhalten nahezulegen? Wenn ja, die 2. Frage: Ist es unter gleichbleibenden Umständen für sittlicher zu erachten, ein Kind auszutragen oder abzutreiben? Die Antwort dürfte lauten: Von extremen Ausnahmefällen abgesehen, ist es doch wohl für sittlicher zu erachten, das Kind auszutragen. Die 3. Frage: Ist vom Staat zu erwarten, daß er das sittliche Verhalten seiner Bürger erleichtere oder eher behindere, behindere etwa dadurch, daß er die Versuchung zum weniger sittlichen Verhalten unbillig vergrößert? Die Antwort kann doch wohl nicht anders lauten als: Der Staat soll das sittliche Verhalten seiner Bürger erleichtern. Die 4., letzte Frage: Was ist mit dem Ungeborenen, so daß es zum Objekt sittlicher oder unsittlicher Handlungen und Verhaltensformen werden kann? Worauf bezogen sich die Tabus, mit denen die Gesellschaft und die Kirche den Ungeborenen bis heute schützten? Waren da nur falsche Vorstellungen und Spekulationen im Spiel? Als was sind Embryo und Fötus zu betrachten?
Als Mensch, sagt die Kirche, vom Augenblick der Zeugung an, Träger einer unsterblichen Seele, Teilhaber an der transzendentalen Menschenwürde und damit vollgültiger Repräsentant des Menschengeschlechts. Eine Anwort, die höchste Ansprüche involviert, die aber, daran ist nicht zu zweifeln, für viele oder die meisten Zeitgenossen keinen nachvollziehbaren Aussagewert mehr hat. Da das transzendente Menschenbild abgebaut wird, ist auch der Ungeborene von diesem Abbau betroffen. Freilich: keinesfalls werden wir abstreiten können, daß es sich bei ihm, wenn nicht um einen Menschen, so doch um menschliches Leben handelt, denn was für ein Leben sollte er sonst schon sein? Trotzdem kann man den Ungeborenen schwerlich als bereits vollgültiges Mitglied der Menschheit bezeichnen, vor

allem wenn man vollgültige Mitgliedschaft von der Repräsentanz des betreffenden Mitglieds abhängig macht.

Mit welchen Eigenschaften kann nun der Ungeborene auf Repräsentanz Anspruch erheben? Er hat zwar Eigenschaften, sehr viele sogar, nämlich seine gesamte genetische Struktur, aber seine Eigenschaften sind noch verborgen. Sein Handikap besteht in seiner Unsichtbarkeit, in seiner Stimmlosigkeit. So nähert er sich uns gleichsam als Fremder. Seine Rolle scheint sich darin zu erschöpfen, daß er Einlaß begehrt. Kann er mit vollem Recht abgewiesen werden? Oder ist seine Forderung auf Mitgliedschaft berechtigt?

Das ist die Streitfrage, die wir nur lösen können, wenn wir einen zweiten Ansatzpunkt finden. Unbestreitbar findet jede Zeugung in einer bestimmten sozialen Gruppe statt. Von allem Anfang an hat der Ungeborene eine Mutter, einen Vater, Großeltern und Verwandte. Er ist Kind, Enkel, vielleicht Geschwister. (Diesen Umstand hat das Erbrecht auch schon immer berücksichtigt.)

Soziale Gebilde sind auf Dauer angelegt. Nicht nur die Ungeborenen, auch die Toten gehören dazu. Auch sie genießen einen gewissen Rechtsschutz. Es ist kaum denkbar, daß ein kulturell relevantes soziales Gebilde auf die Dauer durchgehalten wird, wenn es nicht auch seine (bereits individuierten) potentiellen Mitglieder mitberücksichtigt. Viele Institutionen sind ja bereits im Hinblick auf diese künftigen Mitglieder gegründet und nicht nur solche, die sich ihrer annehmen, sondern auch solche, die von ihnen Leistungen erwarten werden. (So rechnen wir alle, in unserem Alter auch von heute noch nicht Geborenen miterhalten zu werden.)

Deshalb scheint es nicht zulässig, die Zuteilung der Mitgliedschaft in das Belieben des einzelnen zu stellen und beliebiges Handeln gegen den „Fremden“ zuzulassen, um so weniger, als sich ja alle vollgültigen Mitglieder – ausnahmslos! – vor ihrer Geburt in derselben Lage des um Mitgliedschaft anhaltenden Außenseiters befunden haben und alle ihre Rechte auf Grund der einfachen Tatsache geltend machen können, daß ihnen selbst einmal Aufnahme gewährt wurde. Immerhin mögen Fälle vorkommen, in denen dieser Grundsatz der Billigkeit durchbrochen und Eingemeindung des Fremden verweigert werden muß. Diese Fälle müssen aber streng eingegrenzt und präzis indiziert sein.

Politische und soziale Gründe?

Die Freigabe der Abtreibung ist ein alter Programmpunkt der Sozialdemokratischen Partei. Dieser Programmpunkt wurde aufgestellt in einer Zeit, da die Masse der Werktätigen unter erbarmungswürdigen Umständen ihr Dasein fristete. Hunger herrschte in den Familien, Frauen und Kinder waren von Tuberkulose zerfressen, in stumpfer Ergebung gebaren die Mütter Jahr für Jahr in das schwärzeste Elend.
Niemand kann leugnen, daß wir heute im Wohlstand leben und daß dieser Wohlstand breitest gestreut ist. Niemand kann auch leugnen, daß die Geburtenrate während der letzten Jahre in steiler Kurve abgesunken und weiter im Sinken begriffen ist. Trotzdem bestehen die Sozialisten darauf, daß gerade jetzt – und zwar schon demnächst – das strafrechtliche Abtreibungsverbot gestrichen oder bis auf Rudimente abgetragen werden soll. Warum? Wo liegt das Motiv, nachdem die ehemaligen Motivationen für die Freigabe der Abtreibung auf breitester Front gefallen sind?
Geht es hier um ein Nachholverfahren, das man sich schuldig zu sein glaubt, um eine spätere Reverenz vor der eigenen Geschichte? Oder spielt der Wettlauf mit Schwesterparteien eine Rolle? Hat denn die veränderte Realität so wenig Überzeugungskraft, daß ein Plan, ein Ziel – einmal ins Auge gefaßt – nicht mehr revidiert werden kann? Man weiß ja, daß ein früh erlittenes Trauma zu einer abkapselnden Finalität verhärten und an einen psychischen – auch gruppenpsychischen – Mechanismus ausliefern kann, der nichts weiter als das eigene Abrollen anzubieten hat. Offenkundig verbieten es die Spielregeln politischen Prestiges, daß eine Partei bekennt, daß durch ihre Arbeit, ihre Unermüdlichkeit und ihre Erfolge einer ihrer früheren Programmpunkte obsolet geworden ist.
Statt dessen wirbt man mit kleinster Münze um die Zustimmung der Gutwilligen, indem man an Gerechtigkeitsgefühle appelliert, die – einmal aufgerührt – die Kurzschlüsse vernebeln, die hier gezogen werden. Zum Beispiel: Man wird nicht müde zu wiederholen, daß dem begüterten Bürgertum der Weg zur Abtreibung von jeher offenstand; der Reiche findet immer einen willigen Handlanger, und was dem Begüterten wohlfeil sei, sei auch dem armen Teufel billig. Hier wird, mit vollem Recht, ein empörender Zustand angeprangert; doch das Empörende besteht ja nicht sosehr darin, daß der Reiche kaufen kann, was der Arme nicht zu erlangen vermag, sondern daß der erkaufte Vorgang verwerflich ist, doppelt verwerflich im Fall des Reichen, weil er menschliches Leben nicht unter Zwang, sondern aus nack-

tem Egoismus opfert; um dieser Verwerflichkeit zu entgehen, sollte der Vorgang jetzt jedem freigestellt, vom Gesetz gedeckt, womöglich auch noch vom Staat bezahlt werden?

Hier, so meine ich, kippt das Ideal der Chancengleichheit aus jedem logischen Geleise. Denn Chancengleichheit kann sich doch nur auf ein Gut beziehen, auf Leben, Gesundheit, Bildung und so fort, nicht aber auf die Freiheit, Unrecht zu setzen. Oder ist es in unserer Gesellschaft schon so weit gekommen, daß das Kind generell als Übel betrachtet und die Freiheit, es loszuwerden, als anzuforderndes Gut empfunden wird? Schon geistert das Argument herum, daß es unsozial, ja, menschheitlich unverantwortlich sei, Kinder in die Welt zu setzen. Nur der Naive sieht nicht, wieviel hartgesottener Egoismus sich hinter diesen Argumenten verschanzt und sich hinter ihnen behaglich einrichtet. Jeder mag es in seinem persönlichen Bereich damit halten, wie er will. Aber von keiner Gesetzgebung kann verlangt werden, daß sie sich nicht auf die Verhältnisse des eigenen Landes, sondern auf die beliebig vieler fremder Länder beziehe. Wenn der Gesetzgeber sinnvolle Arbeit leisten soll, kann er sich doch wohl nur an der Lage im eigenen Land und nicht an der in Pakistan, Guatemala oder Japan orientieren. Und kann die Furcht vor der Überbevölkerung im eigenen Raum so groß sein, wenn zu gleicher Zeit die beschleunigte Naturalisierung von Gastarbeitern empfohlen wird?

Die Gegenrechnung

Niemand scheint sich heute noch daran zu erinnern, daß Kinder zu haben zum größten Glück des Menschen gehört. Es ist richtig: dieses Glück ist nicht leicht zu erkaufen. Es bringt Unbequemlichkeit, Schmerzen, Mühe und Verzicht mit sich. Doch eben dadurch, daß es Kräfte in uns mobilisiert, deren wir selbst vorher nicht ganz innegeworden sind, führt es uns zu jener dynamischen Selbstidentifikation, die als Lebensglück empfunden werden kann. Elternschaft ist zwar schon im Augenblick der Zeugung gegründet; aber auch sie ist ein Vorgang, der viele Phasen durchläuft und unsere Person insofern entfaltet, als sie für Mühe, Schmerz, Verzicht, die sich im Augenblick ergeben mögen, den Anschluß gewährt an sinnvollen Ablauf und Dauer, und damit das Menschenleben, sofern es dafür tauglich ist, teilnehmen läßt am Totalen.

Der willkürliche Verzicht auf diesen Abschluß hat, vielleicht vor allem in der Frau, weittragende Folgen. Selbst wenn die Abtreibung freigegeben ist, wird sich auch nur einigermaßen psychisch differenzierte Frau ihrer nicht ungestraft bedienen können. Die Statistiken der Psychologen weisen aus, daß der Eingriff nur sehr schlecht integriert werden kann. Je intelligenter die Frau ist, desto lebhafter sind ihre Schuldgefühle, desto unabweislicher ihre Gewissensbisse, sie führen vielfach bis zur Neurosenbildung. Nur die extrem Gefühlskalte kommt verhältnismäßig gut davon, am besten die Debile. Sie vergißt.

Schuldgefühle belasten auch das Verhältnis einer Mutter zu ihren anderen, früher oder später geborenen Kindern. Ständig fühlt sich die Frau in Gegenwart der Lebenden an das getötete Ungeborene erinnert. Der Mechanismus des mütterlichen Verhaltens gerät in Verwirrung, er schlägt bald in übertriebene Zärtlichkeit und Schwäche aus, bald in Ausbrüche des Selbsthasses um, der sich dann sowohl gegen den Gatten als den zumeist Mitschuldigen als auch gegen die Kinder entlädt. Durch die Demolierung des Abtreibungsverbots wird man unglückliche Ehen und Kindesmißhandlungen nicht hintanhalten, wie vielfach gehofft und argumentiert wird, im Gegenteil, man wird sie eher noch herausfordern. Was uns überdies ins Haus steht, ist – was wohl niemand will – die serielle Abtreibung; was vom Gesetzgeber für den Not- und damit für den Ausnahmefall geplant ist, wird – daran kann kein Zweifel sein – in brutale Handhabung umschlagen. Was das Gesetz für einen ersten Fall freistellt, kann ja für einen zweiten, dritten, vierten, zehnten Fall kaum verweigert werden. Bestenfalls ist eine Verwarnung durch den Arzt zu erwarten. Daß solche Verwarnungen wenig fruchten, weiß man; und übrigens: warum soll die zehnte Abtreibung verweigert werden, wenn durch die inzwischen erfolgten neun die moralische Deformation der Frau längst vollzogen ist?

Ehe ich schließe, komme ich auf meine erste Überlegung zurück. Sie galt der Lage der Schwangeren, die in einer kinderfeindlichen Welt vor die Alternative gestellt wird, das Kind auszutragen oder abzutreiben. Diese Alternative stellt eine große Überforderung ihres Gewissens dar.

Wenn die Liberalisierung des Gesetzes unter dem Motto betrieben wird, man wolle der Frau in Konfliktsituationen zu Hilfe kommen, so übersieht man dabei, daß es keinerlei Lebenssituationen gibt, die an sich konfliktfrei sind, geschweige denn Situationen von so dynamischer Relevanz wie die Zeugung eines neuen Menschen, wie die Konstituierung der Elternschaft. Nicht einmal die schönste Vorstellung vom ersehnten Wunschkind kann die Wirklichkeit verkleistern, daß sich auch ihm gegenüber Befürchtungen zu Wort melden, Gegengründe rühren oder doch wenigstens zum Aufschub raten werden. So sollte man sich hüten, den jungen Menschen vorzugaukeln, daß Leben – und damit Elternschaft – vollziehbar ist, ohne daß ein bestimmtes Quantum an Konflikten bestanden werden muß.

Unzumutbar aber scheint mir, daß durch die Demolierung des Gesetzes und durch die – im Gefolge – zu erwartende weitere Enttabuisierung der Leibesfrucht in jede Schwangerschaft, auch in die der normal kindgewillten Frau, künstlich ein Konflikt eingeführt wird. Es gehört zu den qualvollsten Abschnitten im Leben einer Frau, wenn sie durch drohenden spontanen Abortus in Unsicherheit gerät, ob sie das Kind austragen kann oder nicht. Diese Unsicherheit sollte nun monatelang jede Schwangerschaft verdüstern? In dem seismographischen Zustand, in dem sich jede Schwangere befindet, wird der Zeiger ihres Entschlusses wie die Nadel einer unter höchste Belastungen gestellten Apparatur von einem Pol zum anderen schwanken. Von Tag zu Tag, von Stunde zu Stunde wird sie die Qual der Wahl von einem Entschluß zum anderen scheuchen . . . im Namen der Freiheit, im Namen der Mündigkeit: Qual, als Wohltat serviert.

Wohltat . . . Ich frage mich, ob wirklich alles, was uns im Augenblick willkommen ist, uns auf die Dauer Wohltätiges gewährt; ich frage mich, ob es auf ein Ganzes und Dauerndes hin besehen sich wirklich empfiehlt, das Gesetz jeweils (und vielleicht immer wieder) auf das Niveau eines an sich illegitimen, doch häufig geübten Verhaltens einzuebnen und das Normative zugunsten sogenannter Normalität abzubauen.

Ich frage mich, ob das Gesetz dazu da ist, das Handeln des einzelnen jeweils nach unten abzufangen, oder eher dazu, ihm einen normativen Zielpunkt vorzuzeigen. (Was wäre wohl beispielsweise aus dem Christentum geworden, wenn in der Zeit des Feudalismus das Liebesgebot aus dem Evangelium gezogen worden wäre, weil dieses Gebot von der gesellschaftlichen Praxis nicht gedeckt war?)

Die allzu wendige Anpassung des Staates an die jeweils unteren Verhaltensmuster könnte ihm und damit auch uns zu schwerem Schaden gereichen.

Ankerplätze

Über die Menschenwürde

Anatomie eines Leitbilds
(1971)

Zur Seligkeit erschaffen, dem Bilde Gottes gleich
betrat der Erde König, der Mensch, sein neues Reich,
mit Tugend ausgerüstet, vollkommen, ohne Mängel,
an Würd' ein Herr der Schöpfung, an Tugenden ein Engel.

Aus der „Oratio de dignitate hominis" von Pico de Mirandola (1436–1494)

Der Mensch ist eine Sau.

Buchtitel der frühen siebziger Jahre

Jedes Zeitalter hat sein spezifisches Angebot an Hoffnungen und Erwartungen, Werten und Leitbildern. Es projiziert eine Formel an den Plafond des allgemeinen Bewußtseins und versucht jeden Zeitgenossen auf diese Formel zu vereidigen. Die Formel kann gut und fundiert – oder minderwertig, zusammengeklittert und zusammengeflunkert sein. Sie kann sich als fruchtbar und dauerhaft erweisen oder, schnell entlarvt, in sich zusammensinken. Sie kann freilich sehr achtbar sein und trotzdem, in kurzer Zeit ad adsurdum geführt, entwertet und entthront werden.
Dieses Schicksal der Entwertung und Entthronung erleidet, so scheint mir, im Augenblick und auf breiter Front, die Leitformel der letzten Jahrzehnte, der Grundsatz der Menschenwürde.
Er war über dem geistig moralischen Feld der Nachkriegsjahre weltweit wirksam, Brennpunkt aller Hoffnungen, alle Erwartungen, Ziel der besten Bestrebungen, ein Gestirn von großer Leuchtkraft. Kein Wunder, denn soeben war ein Krieg zu Ende gegangen, der sich, bösartiger als alle früheren Kriege, als Angriff des Menschen gegen den Menschen und dessen Würde entpuppt hatte.
Fassungslos vor Entsetzen mußte man zur Kenntnis nehmen, wie weit die Mißachtung der Humanitas führen kann. Nun war der Angriff abgeschlagen, der Sieg war errungen. Die Menschenfeinde waren in einer beispiellosen Niederlage ausgelöscht oder dem Gericht der Sieger unterworfen worden. Die Weltgeschichte schien als moralische Anstalt wiederhergestellt: die geleugnete, geschmähte, in Millionen von Individuen zertretene Menschenwürde konnte aus dem Staub wieder aufgerichtet, als wahrer Sieger emporgehoben und wieder inthronisiert werden.

Auch das Volk, in dessen Namen so Fürchterliches geschehen war, zeigte sich erschüttert, versprach Umkehr und Besserung. Zum sichtbaren Zeichen dafür gab die Bundesrepublik Deutschland sich eine Verfassung, deren erster Artikel die Menschenwürde zum zentralen Wert erklärt: „Die Menschenwürde ist unantastbar. Sie zu achten und zu schützen ist die Aufgabe jeder staatlichen Gewalt."

So weit, so gut. Wer sollte dem nicht zustimmen? Wer wollte nicht hoffen, daß die gräßlichen Verstörungen und Verfinsterungen ein für allemal überwunden seien, wer sollte sich nicht freudig aufmachen, unter dem hellen, munter flatternden Wimpel dieses neuen (und durch Traditionen geheiligten) Leitsatzes in eine hellere Zukunft zu segeln?

Zu tun gab es genug. Die Aufgaben des Tages drängten zu einer bald hektisch aufgeheizten Betriebsamkeit. Der Wiederaufbau mobilisierte alle Kräfte und bremste jede Überlegung grundsätzlicher Fragen. So zeigte sich wenig Bedürfnis, dem Leit- und Grundsatz der eigenen Existenz mit begrifflichen Kategorien an den Leib zu rücken und etwa danach zu fragen, was er im Grund bedeute, aus welchem Wertsystem er etwa auszufiltern sei. Glaubte doch jeder deutlich genug zu wissen – oder zu fühlen, was es damit auf sich habe, daß man diesmal jedenfalls keiner Chimäre verfallen und keiner verderblichen Parole aufgesessen sei. Alle Parteien waren sich darin einig: hier hatte man endlich einen gemeinsamen, verbindlichen Wert entdeckt. Er konnte als gut federndes Sprungbrett dienen, von dem aus man weiter operieren konnte. Die Zeit drängte. Wer wollte sie damit vertrödeln, daß er ohnehin Einleuchtendes begrifflich ausleuchtete?

„Würde" und „Menschenwürde"

Indessen ist viel geschehen. Das naive Entzücken über die Tatkraft der ersten Stunde hat sich weithin abgekühlt. Wir stellen wieder Überlegungen an. Wie sollten wir uns nicht auch über den Leit- und Grundsatz der Menschenwürde Gedanken machen?

Gewiß, so scheint mir wenigstens, sollte Menschenwürde für uns mehr sein als ein Begriff und dessen Definition (denn sie sollte ja gelebt und durch Leben verwirklicht werden). Trotzdem möchte ich sagen: sie sollte uns *auch* ein Begriff und damit genauer definiert sein. Ich habe nämlich den Verdacht, daß ein Grundsatz ohne Eingrenzung, unverfestigt und nur in allgemeinen Empfindungen dahintreibend, bald nach Belieben verformbar wird; er ist allen Lebensmächten, Lebenskräften ausgeliefert, er lädt zu

jeder Interpretation ein, kann also unter der Hand verfremdet, vertauscht, entartet, kurz, seiner Identität beraubt werden.
Ich will hier also den Versuch unternehmen, den Begriff Menschenwürde zu untersuchen: seine Herkunft, seinen Gehalt, seine Entwicklung. Dabei bietet sich als sicherster Weg der linguistische an. Erst wenn wir wissen, was uns die Sprache in der Vokabel „Menschenwürde“ anbietet, können wir uns einigermaßen klarwerden, worauf wir unsere analytische Aufmerksamkeit zu richten haben.
Also: Menschenwürde ist ein verhältnismäßig junges Kompositum, ein philosophisches Fachwort, in Analogie zu älteren Komposita ähnlicher Art wie Königswürde, Fürstenwürde gebildet.
Nehmen wir zuerst einmal den Partikel „Würde“ aufs Korn. Würde – mit dem germanischen Stammwort Wert – ist eine uralte, rein hochsprachliche Vokabel, das heißt, sie wird in der Mundart nicht gebraucht. Sie hat sich schon in früher, in karolingischer Zeit im Gefolge der lateinischen Dignitas in unserer Schriftsprache ausgebreitet. Wie wir ja wissen, gedieh die Schriftlichkeit in unserem Raum unter der Patenschaft des Lateinischen, vor allem in Dokumenten, in theologischen und politischen hochoffiziösen Texten. In diesen Texten funktionierten die Vokabeln „dignus“ und „dignitas“, würdig und Würde, als gern gebrauchte, gleichsam ornamentale Versatzstücke. Als solche feste, formelhafte, nahezu obligatorische Teile gingen sie auch in unsere Sprache ein. Auch in hochmittelalterlicher Ritterdichtung ist von Würde gern und oft die Rede. Natürlich wird sie dem Ritter zugeschrieben, dem Fürsten, dem König, mit einem Wort der Standesperson. Ohne Ansehen ihrer moralischen Qualität, hat die Standesperson – Würde. Doch bald genügt einfache Würde nicht mehr, man verstärkt sie zu Wert und Würde; dann: Ehr, Wert und Würde; dann: Zier, Ehr, Wert und Würde; man trägt immer stärker und stärker auf und landet schließlich bei: Zier, Amt, Ehr, Wert und Würde.
Ein bombastisches Wortgeklingel. Der Aussagewert der einzelnen Vokabel geht unter in Theaterdonner. Etwas Ruhmrediges, Übertriebenes ist dabei im Spiel oder etwas Speichelleckerisch-Serviles. Das geht so weiter, jahrhundertelang und solange die feudale Gesellschaftsordnung unbestritten bleibt: Oben sitzen die Mächtigen, mit Würde geziert und mit Würden überhäuft, unten die namen- und würdelose Masse des Volkes. Dazwischen eine tiefe Kluft.
Wir sehen: der Start des Wortes „Würde“ in unserem Sprachraum ist nicht allzu günstig.

In der Mitte des 18. Jahrhunderts kündigt sich ein Bedeutungswandel an, genauer gesagt: eine Bedeutungserweiterung. Man erkennt allmählich, daß Amt und Rang einerseits und Würde andererseits nicht unbedingt gekoppelt sind; daß Amtsgewaltige und Würdenträger nicht schon eo ipso Würde haben. Schiller hat das sehr schön formuliert: „Wie die Säule des Lichts auf des Baches Welle sich spiegelt, / so beleuchtet der Würden Glanz den sterblichen Menschen, / nicht der Mensch, nur der Platz, den er durchwandelt, erglänzt."

Indessen ist freilich etwas Wichtiges, Grundsätzliches geschehen. Die kompakte, feudalistisch gestufte Pyramide der alten Gesellschaftsordnung hat sich angeschickt, in die Vielheit der sie konstituierenden Individuen zu zerfallen. Die so lange gewahrte Vertikale beginnt sich in die Horizontale zu ergießen und reißt auch den Begriff „Würde" mit sich.

Zwar hat die Kirche schon lange die prinzipielle Gleichheit der Menschen postuliert und davon gesprochen, daß alle Menschen, vorab alle Getauften, Träger der Ebenbildlichkeit Gottes und als Erlöste Träger einer ganz spezifischen Würde seien. Doch die theologische Erkenntnis blieb Theorie, sie blieb in einer von der gesellschaftlichen Wirklichkeit isolierten Dimension stehen und konnte von dorther nur sporadische Wirkung ausüben.

Nun geht die Welt auf ihre Weise daran, die theologisch längst statuierte Gleichheit von neuem zu entdecken. Der Begriff Würde verliert seine massive Materialität und den Charakter des Privilegs. Hatte sie zuvor wie als prunkende Krone auf dem Haupt des Königs gesessen, als goldene Kette auf der Brust des Amtsgewaltigen, als edles Geschmeide an dem Hals der adeligen Dame gelegen, verwandelt sie sich jetzt in eine Unzahl kleiner unscheinbarer Zeichen, die in alle Welt hinausschwärmen. Sie heftet sich an den Rock des Bürgers, an den Arbeitskittel des Bauern, ja, selbst an die nackte Brust des Wilden, denn sie alle, die Unzähligen, sind Menschen und haben Rechte, sie alle haben Würde: Zum erstenmal spricht man von *Menschenwürde*.

Kant definiert den Begriff in seiner „Kritik der praktischen Vernunft": „Sittlichkeit und Menschheit ist dasjenige, was allein Würde hat. Geschicklichkeit und Fleiß haben einen Marktpreis, Witz, Einbildungskraft und Laune einen Affektionspreis. Aber Treue im Versprechen, Wohlwollen in den Grundsätzen (nicht aus Instinkt) haben einen inneren Wert. Nur der Mensch als Subjekt der moralisch praktischen Vernunft ist über jeden Preis erhaben." Nur er hat Würde.

So formuliert die Philosophie Wohldurchdachtes, und man möchte denken: unangreifbar bis auf weiteres. Aber kaum hat der Meister diese Definition unter Dach und Fach gebracht und sozusagen in den sicheren Tresor eines unumstößlichen Ergebnisses eingeschlossen, kommt schon der Schüler, um den Fund von hinten zu entwenden. Der Kantianer Schiller ist es, der ihn herausholt und zur Wechselbank trägt, um ihn in individuell-ästhetische Währung umzutauschen. In seinem Gedicht „An die Künstler" heißt es: „Der Menschheit Würde ist in eure Hand gegeben, / bewahret sie! Sie sinkt mit euch, mit euch wird sie sich heben." Und an anderer Stelle: „Beherrschung der Triebe ist Geistesfreiheit – und ihr Ausdruck ist Würde." Ihr Ausdruck nur?

So schleicht sich eine neue Nuance ein. Der Dichter Schiller kann offenbar nicht aus seiner Haut und schlägt dem kantianischen Denker, dem strengen Moralisten Schiller ein Schnippchen. Er schmuggelt in den von Kant allgemein-menschheitlich, typologisch definierten Begriff eine ästhetische, phänomenologische Komponente. Und was Kant abwertend den Affektionspreis nannte, nämlich „Witz, Einbildungskraft, Laune", das Schöne also, das Anmutige, Gefällige, Imposante, Entzückende, gerade das unterläuft bei Schiller den „über jeden Preis erhabenen Wert des Menschen als Subjekt moralisch-praktischer Vernunft", also den (einzig klassischen) Begriff der Menschenwürde.

Und so formuliert Schiller folgerichtig mit deutlicher Herablassung gegen die „gemeine" (will heißen allgemeine) „Natur" des Menschen: „Adel ist auch in der sittlichen Welt. Gemeine Naturen / Zahlen mit dem was sie tun, edle mit dem was sie sind." Oder: „Wirke Gutes, du nährst der Menschheit göttliche Pflanze, / Bilde Schönes, Du streust Keime der göttlichen aus." Oder schon unüberhörbar bedrohlich: „Millionen beschäftigen sich, daß die Gattung bestehe. / Aber durch wenige nur pflanzet die Menschheit sich fort. / Tausend Keime zerstreuet der Herbst, doch bringet kaum einer / Früchte, zum Element kehren die meisten zurück. / Aber entfaltet sich auch nur einer, einer allein streut / Eine lebendige Welt ewiger Bildungen aus."

Schon in diesen wenigen Zitaten ist der tragische Weg des Begriffs Menschenwürde durch ein Jahrhundert kürzelhaft vorweggenommen. Kaum gebildet und zu einigem Umriß gelangt, wird er von ästhetischem Titanismus von neuem verschüttet. Eine neue Aristokratie meldet sich an. Die neue Elite pocht nicht mehr auf Macht und Rang, dafür auf Begabung und Genie. Letzte makabre Ausformung dieser Entwicklung: Hitler überzieht die Welt mit Krieg, um sich als „der Eine", das millennäre Genie, als „der größte Künstler" zu entfalten. In schrecklicher Konsequenz verfügt er, daß alles, was ihm an der „Gattung" nicht genehm ist, „zum Element" zurückkehren, zu Staub zu verfallen habe, am Ende sogar sein eigenes, seiner, Hitlers, „unwürdig" gewordene Volk.

Wir rekapitulieren: In unserer Sprache fährt die Vokabel Würde auf drei, genauer auf vier Geleisen: 1. auf dem alten ausgefahrenen im Sinn vom Amt und Rang; 2. auf dem Geleise, auf das sie die Philosophie der Aufklärung und vor allem Kant gewiesen haben, als menschheitstypisches Charakteristikum; 3. in Richtung persönlicher Ausstrahlung, persönlicher Leistung und Einzigartigkeit; 4. auf einem Nebengeleise von Schmalspurbreite, ironisch gemeint: Würde als Schwerfälligkeit, Steifheit, als popanzisches Betragen.

Wir sehen: der Bedeutungsfächer unserer Vokabel wächst und schillert in allen möglichen Farben. Ihr Aussagewert ist fragwürdig. Woher mag das kommen?

Wir müssen hier noch einmal zurück zu den Anfängen und nach den Modalitäten fragen, unter denen sich die Vokabel in den Sprachgebrauch Eingang verschaffte.

Wir hatten zu konstatieren, daß sich „Würde" in Gefolgschaft der lateinischen „dignitas" in offiziellen Dokumenten durchsetzte. Nun aber war diese lateinische Vokabel bereits in der Spätantike zu einem dekorativen Versatzstück offiziöser Sprache vernutzt worden. Ihr Aussagewert hatte darunter gelitten, daß sie sich dem Genetivobjekt, das dem Adjektiv „dignus" noch eng verbunden war, entfremdet hatte. Die übersetzte Vokabel „Würde" streift das Genetivobjekt vollends und damit auch jede konzise Beziehung ab. Diese Isolation ist der Vokabel nicht gut bekommen. Sie ruft in uns keine präzise Vorstellung hervor, es sei denn, sie tauchte auf dem Hintergrund eines festen Wertsystems auf und werde von diesem konturiert.

Was damit gemeint ist, kann an dem Adjektiv „würdig" leicht erklärt werden. Es kann noch als echtes Relationswort gebraucht werden. Es neigt zwar genau wie das Substantiv „Würde" dazu, sich rein dekorativ verwenden zu lassen; darum wimmelt es auch in der deutschen Dichtung von „würdigen" Greisen, „würdigen" Geistlichen, „würdigen" Festlichkeiten, Aber daneben heißt es doch immer wieder: Ich bin deiner würdig, er ist meiner würdig, jemand ist lobenswürdig, würdig, ein Amt zu verwalten – oder tadelnswürdig, strafwürdig, in den schlimmsten Fällen todeswürdig,

weil nichtswürdig. Das Adjektiv nimmt also genaues Maß, nach oben, nach unten, es ist auf eine jeweilig ganz bestimmte, im Kontext fixierte Wertmarke eingestellt und segelt nicht nur als vage Größe durch unsere Sprache. Von den verschiedenen Bedeutungen der Vokabel „Würde" kann uns in diesem Zusammenhang nur die interessieren, die sie als menschheitstypisches Charakteristikum begreift: jedes menschliche Individuum hat als solches Würde, eben Menschenwürde.
Es hat also einen Wert, und der Wert besteht ganz offenkundig in keiner anderen seiner Eigenschaften als in seinem Menschsein. Das aber führt unweigerlich zu der Frage, was denn der Mensch überhaupt sei. Auf diese Frage anwortet die Anthropologie.

Entzauberung des Menschen

Die Anthropologie ist eine verhältnismäßig junge Wissenschaft. Ihre Anfänge (und das ist bezeichnend) reichen in das Zeitalter der Aufklärung zurück, genau in jenes Zeitalter also, das den Begriff der Menschenwürde abseits der Theologie konstituierte.
Auch Kant, obwohl nie aus seiner engsten Heimat hinausgekommen, hat sich mit beschreibender Anthropologie beschäftigt. Ihn reizte offenbar der Mensch, wo immer er anzutreffen war. Eins schien ihm und – cum grano salis – der ganzen europäischen Aufklärung unerschütterlich festzustehen: Der Mensch ist als Subjekt der reinen und der praktischen Vernunft wesenhaft frei; wo er auch lebe, in welche Umstände er auch gestellt sei, er ist für sein Handeln verantwortlich, und er ist deutlich abgegrenzt gegen die unvernünftige, unfreie, dumpfe Natur.
Somit steht er inmitten der Schöpfung auf einsamer Höhe. So ist das Bild des Menschen durch die Aufklärung konturiert. Und in der Tat: einem solchen Wesen stand es wohl zu, seinen Kopf hoch zu tragen und seine Augen zu den Sternen zu erheben. Doch wie lange konnte dieser Moment stolzer Selbstbejahung durchgehalten werden?
Schon zu gleicher Zeit waren ganz andere Kräfte am Werk. Sie befaßten sich vorerst einmal mit der weit unter das Menschenbild eingestuften, dumpf vernunftlosen Natur, mit dem Pflanzen- und Tierreich. Linné stellt seine Systeme auf. Georg Forster verweist auf die prägende Kraft der Umwelt. Lamarck bringt die Diskussion um die Vererbungslehre in Gang. Aber noch immer schirmt man sich – mühsam genug – von jedem Analogieschluß ab, der die eigene Natur und die eigene Abstammung betreffen

könnte. Eine kleine Weile noch wird dem strahlenden Bild des Homo sapiens Duldung gewährt.

1831 sticht *Darwin* auf der Beagle in See. Noch einmal dauert es 28 Jahre, bis das Werk über die Entstehung der Arten erscheint – 28 Jahre, von denen Darwin vier bei der Erforschung der Rankenfußkrebse versäumt, als wollte er der menschlichen Gattung und ihren Illusionen über sich selbst eine letzte und allerletzte Schonzeit gewinnen.

Darwin hatte nicht ohne Grund gezögert. Der Sturm der Entrüstung, der gegen ihn losbrach, war weltweit. Seine Lehre von der Phylogenese des Menschen aus tierischem Stamm paßte so gar nicht zu dem hochgestochenen Bild, das die Philosophie der Aufklärung umrissen, das von der klassischen Dichtung in das allgemeine Bewußtsein geprägt, das sogar noch von der Romantik bestätigt worden war. Die Krone der Schöpfung war plötzlich ihres Glanzes beraubt, ihrer nahezu göttlichen Magie entkleidet. Doch was nutzten Trauer und Empörung? Darwin hatte die besseren Argumente. Seine Lehre eroberte sich auch den letzten Winkel unseres Kontinents (zuletzt sogar den Vatikan).

Mit einer Art masochistischer Befriedigung insistiert der aufgeklärte Bildungsträger des späten 19. Jahrhunderts darauf, von Affen oder affenähnlichen Primaten abzustammen. Er will nichts anderes sein als das intelligente, „das unbekannte Tier", wie Nietzsche den Menschen nennt und ihn damit in eine Aura des Unheimlichen, des Bedrohlichen taucht. Das Vertrauen des Menschen zu sich selbst beginnt zu schwinden. Es fehlt nicht an Stimmen, die das Spezifisch-Menschliche, das hochentwickelte Bewußtsein verdammen, die Intelligenz verteufeln und „die Krone der Schöpfung" für ein Epiphänomen innerhalb der Natur, für eine krankhafte Wucherung, für einen „Zigeuner am Rand des Kosmos" erklären.

Dem biologisch-phylogenetischen Erdrutsch folgt bald ein zweiter auf dem Gebiet der Soziologie. *Marx* rollt das Problem des Menschen von seiner ökonomisch-funktionalen Seite auf. Er verspricht zwar am Ende der Zeiten, in der klassenlosen Gesellschaft, die Restitution des Menschen in seiner vollen, ungebrochenen Menschlichkeit. Doch er leugnet, daß der Mensch in seiner historischen Gestalt als frei handelndes, intelligibles Einzelwesen anzusprechen sei. Ökonomische Kollektivschicksale haben seinen Subjektcharakter aufgesogen und sein Verhalten bestimmt. Die Geschichte verwandelt sich, im Marxschen Entwurf, in ein riesiges Schlachtfeld zwischen Ausbeutern und Ausgebeuteten. So wird das Selbstverständnis des Menschen noch einmal erschüttert. Alles, worauf bislang sein Stolz beruh-

te, die Leistungen der Kulturen und Religionen, wird als Effekt eines teuflisch ausgeklügelten Systems entlarvt und als Fallstrick der Ausbeuter denunziert. Das Numinose wird moralisch vernichtet und seine Verehrung als Opiat verdammt.
Ein weiterer Erdrutsch also. Was ist aus dem Menschen geworden? Seine Vergangenheit bietet ihm nichts mehr an, woran er sein erschüttertes Selbstvertrauen heften könnte. Aber vielleicht wird ihm die Zukunft zu Hilfe kommen? Technischer Fortschritt auf der einen, Revolution auf der anderen Seite leuchten ihm als Leuchtfeuer der Hoffnung.
Unterdessen wird eine neue anthropologische Disziplin entwickelt, eine Lehre von ungeheurer Brisanz. Soziologie und Phylogenetik hatten sich mit dem Menschen als Typus beschäftigt. Die Psychoanalyse beschäftigt sich mit dem Individuum. Sie nimmt das menschliche Einzelwesen aufs Korn. *Freud* entdeckt den Mechanismus der Triebe, den Apparat der Verdrängungen und Sublimationen. Er zeigt das wesenhafte Ausgeliefertsein der bewußten Person an Unerkanntes, ja Unerkennbares. Bislang glaubte das menschliche Ich wenigstens noch über eine einzige Sicherheit zu verfügen, nämlich seiner selbst gewiß zu sein. Nun demonstriert ihm die neue Lehre, daß er nur ein winziges Stück seiner selbst kennt, nur den Gipfel des schwimmenden Eisbergs, dessen Masse in dunkler Tiefe dahintreibt. Freud lädt seine Hörer und Leser dazu ein, in diese Tiefe abzusteigen. Erstaunen und Entsetzen sind der Effekt, denn da wimmelt es von Ungeheuern, blutrünstigen Mordgedanken und dem tausendarmigen Polypen eines übermächtigen Geschlechtstriebs.
Was konnte angesichts dieser schockierenden Tiefseefauna vom Menschenbild der Aufklärung übrigbleiben, was von seiner „Würde als Subjekt moralisch-praktischer Vernunft"? Sie schmolz zu einem der Wunschbilder zusammen, das ein drohendes Über-Ich unserem überforderten Verdrängungsapparat abverlangt.
Aber schreiten wir weiter in unserem Jahrhundert: die Informationen, die der Mensch über sich selbst erlangt, vermehren sich in geometrischer Reihe. Die organische Chemie verbündet sich mit der Biologie: Gemeinsam dringen sie in den menschlichen Körper ein, um in seinen feinsten Strukturen die Gesetzlichkeit seiner Reaktionen aufzufinden und diese Reaktionen womöglich zu manipulieren. Die Einmaligkeit der Person, das Geheimnis der Individualität wird als Effekt einer bestimmten Molekularanordnung in den Genen erkannt. Die Idee der Freiheit schwindet unter dem Druck biologischer Determinismen dahin.

Ist die Entzauberung des Menschen perfekt? Und perfekt gerade durch die bewunderungswürdigsten Anstrengungen, die großartigsten Erkenntnisse des menschlichen Geistes?

So bleibt noch die Frage an die *Kunst,* der Schiller zutraut, daß „der Menschheit Würde" in ihre Hand gegeben sei. Aber auch hier öffnet sich uns nur eine zur Wehmut stimmende Perspektive.

Erst in kleinen, kaum merklichen Schritten, dann aber in immer deutlicheren gezielten Vorstößen haben die Künste, fallweise im Gefolge der Wissenschaft, fallweise als deren Vorreiter, an der Desillusionierung des Menschenbildes teilgenommen. Und war es denn nicht auch nötig und richtig, das ruhmredige Lügengebäude des Menschen über sich selbst abzutragen? Abzuschalten den öden Theaterdonner, mit dem der Mensch sich selbst vortrug, Schluß zu machen mit dem schonenden Gesäusel, mit dem er sich selbst verwöhnte?

Aber die Phase des schönen Freimuts, der zutraulich bekennerischen Wahrhaftigkeit schlug um in eine andere Phase, nämlich in die der Lust an der Enthüllung, ja der Besessenheit selbstzerstörerischer Aggressivität.

Es ist schwer zu entscheiden, wann der Umschlag erfolgte. Daß das Gesicht des Menschen aus der bildenden Kunst verschwand, war sicher ein deutliches vorwarnendes Symptom. Es verschwand etwa zu gleicher Zeit, als für den Begriff der Menschenwürde ein weltweiter Krieg gegen Hitler-Deutschland geführt wurde; und sein Verschwinden wurde auch in unserem Sprachraum genau in jenen Jahrzehnten nachgeholt, als der Grundsatz der Menschenwürde in Verfassung und politischer Publizistik unbestrittenes Postulat Nr. 1 war.

Als dann, vor etwa anderthalb Jahrzehnten, Gesicht und Gestalt des Menschen in die bildende Kunst wieder zurückkehrten, hatten sie sich erschrekkend verändert. Die Deformation war offenkundig zur Voraussetzung geworden. Das reißende Raubtier, die im Schlamm suhlende Sau waren noch als freundliche Auslegungen zu registrieren. Das Menschenbild hatte sich vielfach auf Bündel zuckender Nerven, kotquellender Eingeweide, ineinander verknoteter Geschlechtsorgane reduziert.

Das breite Publikum reagierte erst angewidert, dann ratlos, schließlich gleichgültig. Es wurde oft genug mit dem Vorwurf konfrontiert, daß sein Urteil ohnehin nichts tauge, daß es kurzschlüssig, engherzig, den wahren Werten gegenüber taub, blind und stumpfsinnig sei. Mochte es sich in politischen, wirtschaftlichen, gesetzgeberischen Belangen auch im demokratischen Staat als Entscheidungsträger und Souverän begreifen: im ästhetischen Bereich hatte es sich dem Urteil einer kleine Elite zu fügen.

Die kleine Elite war um Urteile und Interpretationen nicht verlegen. Mit großer, ja bewunderungswürdiger Beredsamkeit wurden die Engramme des Schreckens als Funde angepriesen, die die wahre Natur des Menschen teils enthüllen, teils auch wieder heilen sollten. Denn von den Bildern der Monstren sollte heilsamer Schock ausgehen, und mit der schonungslosen Entlarvung die Bekehrung zu einer besseren, gerechteren und menschenwürdigeren Weltordnung eingeleitet werden.

Gewiß war vielen dieser Interpretationen ein gewisser Feingehalt an Wahrheit nicht abzustreiten. Aber die epidemische Ausbreitung des Monströsen war dadurch nicht mehr abzudecken. Der Brustton der Überzeugung, der anfangs und im einzelnen signifikanten Fall noch glaubwürdig geklungen und überwältigend beeindruckt hatte, war langsam abgenützt und in eine überanstrengte Fistelstimme umgekippt – oder er war ganz verstummt. Der vorgegebene höhere Zweck wurde von Tag zu Tag unglaubwürdiger. Die sogenannte Entlarvung entlarvte sich selbst als Gag oder Mode oder (besten- und schlimmstenfalls) als die kompliziert instrumentierte Selbstauflösung eines Wesens, das sich zwar immer noch Mensch nennt, aber allem, was man früher unter Würde verstand, längst aufgekündigt hat.

Zwar leben wir in einem System, das sich hütet, das Leitbild, den Leitsatz der Menschenwürde verbal in Frage zu stellen. Denn sie gilt nach wie vor für die Quelle der Menschenrechte. Auf Rechte zu insistieren haben wir gelernt und haben gelernt, kritisch wachsam um uns zu blicken, ob sich nicht irgendwo ein weiterer Zuwachs an Rechten anpeilen ließe. Diese Wachsamkeit hält unsere Gesellschaft in Bewegung. Ein Zuwachs an Standard, Komfort und Eigentum scheint uns nur natürlich. Dabei greifen wir gerne auf eine Vokabel zurück: sie heißt „menschenwürdig". Unsere Umwelt, so heißt es, habe menschenwürdig zu sein. Doch die Bedeutung dieser Forderung ist dehnbar. Was uns vorgestern oder gar kurz nach dem Krieg als durchaus tragbar, ja sogar angenehm, also menschenwürdig schien, ist uns schon gestern suspekt geworden; woran wir uns gestern noch erfreuten, scheint uns heute schon unzumutbar. Was unser würdig ist, bestimmt nicht unser Selbstgefühl, sondern unser wachsendes zivilisatorisches Selbstbewußtsein. Nicht wir, sondern der Stand unserer Zivilisation liefert den Maßstab. Droht dem Begriff der Menschenwürde im Kantischen Sinn, diesem ohnehin so zerbrechlichen, so vielen Anfechtungen und Verschattungen ausgesetzten Begriff, nicht von dieser Seite eine neue Gefahr, als ob Menschenwürde nur vor zivilisatorisch und materiell perfektem Background verwirklicht werden könnte?

Erinnern wir uns noch einmal an den ersten Satz des Artikels 1 im Grundgesetz der Bundesrepublik Deutschland: „Die Menschenwürde ist unantastbar." Dieser Satz könnte uns wehmütig stimmen. Denn weder können wir angeben, was der Mensch, geschweige denn sein Würde ist, noch ist uns die Vorstellung von Unantastbarkeit nachvollziehbar. Es gibt nichts für uns, das nicht antastbar geworden wäre, nichts, zu dessen Betastung wir nicht eingeladen, ja gedrängt würden. Die totale Banalisierung kennt kein Tabu. Die private Zone wurde von einem plötzlich aufbrechenden Exhibitionismus bis in ihre letzten Schlupfwinkel aufgestöbert, die Figur persönlicher Ehre (früher oft als Synonym für Menschenwürde begriffen) als reaktionärer Plunder von der Szene gekehrt. Ein letzter Widerstand wird geleistet, um menschenmordender Aggressivität zu wehren. Doch ist auch unser Widerstand schon unglaubwürdig geworden: zu gründlich werden wir tagtäglich und fast stündlich mit der grausamen Sensation, mit den Reizen blutiger Ausschreitungen, verbrecherischer Exzesse und Perversionen konfrontiert. Worauf will dieses Angebot hinaus, wenn es nicht damit rechnet, in uns selbst eine untergründige Zustimmung, ein Echo der Lust zu finden? Was hat es also noch für einen Sinn, von Menschenwürde zu reden?

Restituierung der Menschenwürde durch die Gesellschaft?

Halt! wird man hier zurufen. Halt! Noch darf diese Frage nicht gestellt werden. Noch ist die Szenerie nicht ausgeleuchtet. Wo bleibt das Anliegen der *Neuen Linken?* Sie setzt sich für die Restituierung der Menschenwürde ein. Von ihr geht eine säkulare Wende aus.

Gewiß: Parallel zur Selbstentlarvung und Selbstverstörung des Menschen in den bildenden Künsten, in Musik und Literatur – und in starker Wechselwirkung gerade mit deren radikalsten Formen – hat sich eine neue Bewegung gebildet, die neue Hoffnungen, neue Ziele, neue Zukunftserwartungen auf ihre Fahnen geschrieben hat. Ihrer heftigen Absage an die bestehende Welt entspricht ein emphatisches Reden von einer neuen Ordnung, von einem neuen Menschen. Die Vokabel Utopie, bis vor kurzem bedeutungsgleich mit Phantastik, Lüge, Wolkenkuckucksheim, ja Irrsinn, changiert plötzlich zu Plan, Ziel und verpflichtendem Entwurf.

Der Glaube an die fast unbegrenzte Veränderbarkeit des Menschen durch Einsicht, Lehre und Erziehung erfaßt unzählige Köpfe und Herzen. Dieser

Glaube scheint nach hundertjährigem Dornröschenschlaf geradewegs aus den Köpfen und Herzen der aufklärerischen Ururgroßväter in die Köpfe und Herzen einer Jugend transplantiert, die unterdessen über ein technisches Arsenal verfügt, das sie um so mehr in diesem Glauben bestärkt. Es tritt ein Klimawechsel ein von höchst unerwarteter Art, eine unvermutete, unvermutbare geistige Konstellation über einem starken emotionalen Schub. Denn die Weite und Kühnheit der Pläne, Hoffnungen und Erwartungen sind nicht mehr rational, sind nur noch als irrationale, aus unbewußten Motiven gespeiste Bewegungen zu erklären.

Das äußere Bild ist freilich anders: es posiert auf Wissenschaftlichkeit, auf Systematik und Diskussion. Aber das Unverhältnismäßige der Reaktionen spricht eine andere Sprache. Da erheben sich Stimmen, die über die Veränderung der Gesellschaft die Veränderung der Erde, der ganzen Natur in Aussicht stellen: Leid, Schmerz, ja sogar der Tod werden für aufhebbar gehalten. Ein endzeitlicher Paradieseszustand, in dem die politische Geschichte erlöschen, der Staat sich selbst aufheben, die Individuation abgebaut werden und eine globale Ununterscheidbarkeit aller Länder, Kulturen, Sitten eintreten sollen, wird als Sinn und Ziel aller humanen Entwicklung postuliert.

Sicher schuldet sich die Menschheit von Zeit zu Zeit das Abenteuer ungeheurer Träume, und sicher träumt auch der Utopist neuester Provenienz nicht um sehr viel kühner als sein aufklärerisch enthusiasmierter Vorfahr Ende des 18. oder Mitte des 19. Jahrhunderts. Auch er träumt vermutlich von einem glücklichen, mit sich selbst identischen, seiner selbst würdigen Menschen (was immer das auch heißen möge); der letzte, fernste Zielpunkt seiner utopischen Sehnsüchte ist die Projektion seiner selbst in ein durch und durch menschenwürdiges, des Menschen würdiges Dasein. Freilich: was der enthusiastische Träumer sonst weiß von diesem Menschen, d. h. von sich selbst, ermutigt ihn wenig und ist eher danach angetan, alle Hoffnungen wieder herabzustimmen; denn durch Freud hat er von der Abgründigkeit der menschlichen Seele erfahren; von seiten der Naturwissenschaft bedrängt ihn die tierische Herkunft des Homo sapiens samt deren Verhaltensmuster, seine biochemische Manipulierbarkeit, seine absolute Bedeutungslosigkeit im Kosmos; von seiten der Künste wird ihm die Monstrosität und Geworfenheit des Menschen dargetan. Wie schön ist es dann und wie tröstlich, sich aus der Bedrängnis durch so viel Realität in das Begriffsgebäude der Soziallehre zu retten, in das hermetische Spiegelkabinett erdachter Perspektiven, in den Garten unbeschränkter Hoffnungen?!

Hier, nur hier scheint das Substrat auffindbar, in dem der alte Adam gerettet werden könnte. Denn: ist der Einzelmensch nicht per se zu retten, so soll er doch wenigstens durch ein anderes an Land gezogen werden können. Dieses andere ist *die Gesellschaft*. Ist sie geheilt, wird auch das Individuum wieder heil und schön, es wird wieder glücklich und frei sein. Revolutionäre Manipulationen an ihrem Körper sollen den einzelnen in jenes Kantische „Subjekt reiner und praktischer Vernunft" verwandeln, als das er, „über jeden Preis erhaben", „Treue im Versprechen, Wohlwollen in den Grundsätzen" und den ganzen Kanon kategorischer Imperative erfüllen wird. Die vollkommene Gesellschaft wird den vollkommenen Menschen hervorbringen. Sie ist das Medium des Heils, das nicht nur Erlösung spendet, sondern diese Erlösung auch weltweit stabilisiert.
Es ist nicht schwer zu erkennen, daß sich hier religiöse chiliastische Vorstellungen eingeblendet haben. Der Schwund kirchenreligiöser Substanz in unserer Zeit wird durch das Heraufziehen und Hervorquellen freigesetzter, oft chaotisch konturloser Irrationalismen aufgewogen. Einer davon hat sich in utopischen Soziallehren etwas wie eine Heimstatt gewonnen. Von hier aus erfolgt eine Art neuer Erhellung der von so vielen Seiten her verdunkelten Menschenwürde. Für wie lange?

Wurzeln der Menschenwürde

Was uns die Idee der Menschenwürde immer noch anempfiehlt, scheint mir in seinem Kern etwas recht Einfaches zu sein. Es hat nicht so viel mit dem Selbstverständnis als mit dem Lebensgefühl der menschlichen Monade zu tun. Es ist weniger ein philosophisches oder moralisches Postulat als ein Effekt der Lebensangst, die jede menschliche Kreatur erfüllt.
Jeder Mensch ist sich selbst ein Wert, wenn vielleicht auch nicht der höchste Wert, so doch der einzig konstante, der ihm vom Erwachen des Bewußtseins bis zum Tod evident und identisch bleibt. Jeder Mensch ist sich selbst kostbar. Er erlebt sich als unaustauschbar, und er erlebt sich als verletzlich. Sein ganzes Leben lang fürchtet er sich vor Verletzung. Verletzung kann erfolgen durch Krankheit, Unfall, Tod. Sie kann aber auch durch andere Menschen erfolgen. Gegen sie ist Abwehr nicht immer möglich. So wird eine andere Reaktion versucht. Der – möglicherweise gefährliche – Mitmensch wird zu mitmenschlicher Phantasie aufgefordert. Ihm wird anheimgestellt zu bedenken, daß auch er sich selbst kostbar, unvertauschbar und

einzig, daß auch er verletzlich ist. Ihm wird der Analogieschluß nahegelegt, daß, wenn er verletzt, auch er verletzt werden kann. Primitiv ausgedrückt: „Was du nicht willst, das man dir tu, das füg auch keinem andern zu."
Ich möchte diesen Komplex aus bewußten und unbewußten Motiven und Verhaltensmustern einen *Reaktionssatz* nennen. Obwohl in sich selbst schon gegliedert, bildet er doch eine Einheit, ein Quantum, ein letztes Konstruktionselement innerhalb unseres sozialen Lebens. Er geht zurück auf uralte Erfahrung, auf längst eingespielte Übereinkunft, er kennt keine prinzipielle Eingrenzung auf eine wie immer geartete Gruppe: Familie, Stamm, Volk, Rasse. Der Kontext des gesellschaftlichen Lebens ist sicher aus einer ganzen Reihe solcher Reaktionssätze aufgebaut. Doch dieser eine scheint mir primär, er scheint mir grundlegend und deshalb auch der wichtigste zu sein.
Ihn spricht das Christentum an mit seinem Gebot der Nächstenliebe: Liebe deinen Nächsten wie dich selbst, halte also deinen Nächsten für einen Wert, wie du dich selbst für einen Wert hältst. Das Gebot stellt keine Bedingungen, keine Eingrenzungen für den Begriff des Nächsten. Es schließt auch und vor allem denjenigen ein, der seine eigenen Interessen nicht wahrzunehmen vermag: den Mann, „der unter die Räuber fiel", das Kind, den Alten, den Kranken. Die Situation des Hilflosen zeigt die prnizipielle Bedrohung des Lebens mit besonderer Eindringlichkeit. In der Gefährdung des einen wird die Gefährdung aller anderen sichtbar. Umso dringender wird der Reaktionssatz des einzelnen zu intensiver Betätigung angereizt. Die Sprache nennt das weise und vielerfahren: Mitleid, und wenn Mitleid aktiv wird: Barmherzigkeit. Barmherzigkeit und Menschenwürde sind zueinander korrelativ.

Ich fasse zusammen: Die anspruchsvolle Vokabel Menschenwürde aus der Schublade der idealistischen Philosophie hat sich im Mahlwerk der Realität als unzureichend, weil zu anfällig, erwiesen. Sie hatte, von der Aufklärung aufgestellt, den Befund zeitgenössischer Anthropologie zur Voraussetzung. Bei laufend veränderten anthropologischen Befunden verlor der Begriff Menschenwürde seinen Inhalt.
Trotzdem wurde er als Wunschbild festgehalten und um so heftiger verteidigt, als sich unter seinem Dach (berechtigter) Egoismus und (begründete) Lebensangst abgeschirmt und geborgen glaubten. Nichtsdestoweniger hat uns der Grundsatz von der Unanstastbarkeit der Menschenwürde nicht daran gehindert, das Bild des Menschen in uns zu verheeren.

Es schiene mir nun richtig, eine Korrektur in Richtung größerer Sachlichkeit zu versuchen und die Grundfläche, auf der wir unser soziales Leben aufbauen, genauer auszuleuchten. Statt von der *Unantastbarkeit* der Menschenwürde zu sprechen, würde ich eine andere, bescheidenere Formulierung vorschlagen, etwa: Für den Menschen ist der Wert des Menschen unbestreitbar. Wer den Wert des Menschen in Frage stellt, verstößt gegen ein vitales Interesse, gegen eigenes und fremdes.
Wir haben feststellen müssen, daß die Vokabel Würde keinen genauen Inhalt hat, daß sie ein Füll- und Schmuckwort ist, daß sie erst aus einem erweiterten Kontext eine präzise Aussage leisten kann, dann nämlich, wenn *Würde* heißt *würdig sein,* würdig sein einer Sache, die sich als solche bezeichnen läßt. Die Würde des Menschen als Würdigkeit seiner selbst scheiterte an der rückbezüglichen Wertigkeit, d. h. an der im Lauf der Zeit gleitenden Wertmarke von der „Krone der Schöpfung" bis zum „Auswurf der Natur", vom Halbgott zum Untertier.
Nur ein Wert, der *über* dem Menschen und seinen Eigenbefunden und *außerhalb* seiner Verfügung steht, könnte dem Menschen auf die Dauer Würde verleihen. Dann erst könnte er ja versuchen, jenes Wertes würdig zu werden, er könnte gewürdigt werden, Würde zu haben.
Für mich kann dieser Wert nur *Gott* heißen. Akzeptieren wir Seine Existenz, kann uns um die Würde des Menschen nicht mehr bange sein. Sein unendliches Bewußtsein hat den Menschen und jedes einzelne Individuum von jeher gewußt und wird sie in Ewigkeit erinnern. Sein Wille hat den Menschen und alles Seiende vorgeformt, zugelassen, in einen alles umgreifenden Entwurf einbezogen. Damit teilt der Mensch seine Würde mit allem, was ist. Aber dem Unendlichen gegenüber kann Teilung nicht als Minderung angesehen werden. Vielmehr beschenkt sie uns mit neuer Beheimatung in der uns endlich geschwisterlich eröffneten Natur.
Das ist, allerdings, Bekenntnis, nicht Argument.

Überlegungen

(1971)

Kunst ist Ausdruck der Bewußtseinslage.
Kunst ist Ausdruck des Unbewußten.
Kunst ist ein Versuch zur Selbstverwirklichung.
Kunst ist ein Versuch, die eigene Wirklichkeit zu transzendieren.
Kunst ist ein Versuch, die Welt, das heißt alles, was uns der Fall zu sein scheint, zu deuten und die Summe dieser Deutungen zu einer Chiffre zusammenzuziehen.
Die Deutung der Welt durch die Kunst geht nicht den Weg des Beweises. Das wäre ein gerader Weg und ein Weg des Gedankens. Sie wählt den labyrinthischen Umweg der Darstellung. Ihr Ziel ist nicht Erkenntnis, sondern Sinnfälligkeit.

Diese sechs Sätze scheinen mir wahr.
Diese Sätze scheinen mir wahr, auch wo sie einander widersprechen.

Zu 1 und 2
Bewußtseinslage wird von der Gesellschaft, wenn nicht hergestellt, so doch verwaltet.
Die Gesellschaft bietet in jeder Zeit einige Bewußtseinsmuster zur Auswahl an. Die meisten Individuen akzeptieren ein solches Muster. Es wird dann zumeist ein Leben lang „getragen“. Was sich an Erlebnissen, Erfahrungen, Widersprüchen in ein solches Muster nicht einpassen läßt, findet keinen formulierten Ausdruck und geht mit dem Individuum zugrunde.
Der Künstler (nicht nur der Künstler) versucht diesen das Muster überschreitenden Rand irgendwie zur Sprache zu bringen. Die Überschreitung des überkommenen vorgeformten Musters kann minimal oder sehr groß sein. Aber es kann nicht auf die Spannung verzichtet werden, die zwischen Überliefertem und persönlich Erfahrenem besteht.
Künstlerisch fruchtbare Spannung kann sich nur dort entwickeln, wo auch das Überlieferte eines Engagements wert erscheint.
Wir können unsere Bewußtseinslage nach Belieben modernisieren.
Das Unbewußte, Unterbewußte bleibt archaisch. Bewußtsein fixiert Erkenntnisse. Unbewußt-Unterbewußtes erkennt sich in Gestaltetem.
In jedem ästhetischen Erlebnis wird Unbewußtes mobilisiert.

Zu 3 und 4
Die Naturwissenschaft definiert das Leben als eine Instanz, die sich der Entropie der in den Weltraum dissipierten Energie widersetzt.
Sie widersetzt sich der Zerstreuung durch neue Konzentrate an Energie. Die Konzentrate sind die lebenden Organismen. Wir können aber auch innerhalb des Lebens etwas wie entropische Tendenzen entdecken. Nicht nur im Tod zeigt Leben Neigung, sich folgenlos ins Nicht-mehr-Identifizierbare zu verlieren. Es verliert an Kontur, vertröpfelt, verschwimmt; es wird nicht mehr erinnert.
Es ist geschichtslos, gestaltlos.
Nun könnten wir die Kunst als eine Instanz definieren, die sich innerhalb des menschlichen Biotops der Entropie der individuierenden Kräfte widersetzt.
Sie widersetzt sich der Geschichts- und Gestaltlosigkeit durch neue Konzentrate an Geschichtetem-Gestaltetem. Diese Konzentrate ereignen sich im Kunstwerk. Insofern ist Kunst ein Versuch zur Selbstverwirklichung.

Seltsamerweise ist sie aber nur insofern Kunst, als sie das Leben nicht nur potenziert, sondern auch überschreitet, sich darüber hinwegsetzt, es ausschließt und vernichtet. Es ist nicht Sache der Kunst, die Interessen des Lebens zu vertreten, da sie das Leben selbst vertritt.

Kunst transzendiert sowohl nach oben als auch nach unten; in ein Ordnungssystem wie in das Noch-nicht-Geordnete, das Chaos. Kunst kann sich nicht für Ordnung und gegen das Chaos entscheiden (darum scheiterte die christliche Literatur). Sie kann sich aber auch nicht gegen die Ordnung für das Chaos entscheiden. Sie muß die Spannung aushalten. Sie lebt aus der Spannung.

Zu 5 und 6
Kunst zielt auf Weltdeutung.
Zwar wird Weltdeutung nicht in jedem einzelnen Kunstwerk vollzogen. In den meisten Fällen können nur Teilaspekte sinnfällig gemacht werden, doch sie müssen ihrerseits zu Deutungen herausfordern, die das Ganze anvisieren.

Diese Vieldeutigkeit des Kunstwerkes ist das Vergnügen der Ästheten.

In jedem Fall wird Sinnfälligkeit verlangt.
Wie kommt Sinnfälligkeit zustande?
Durch das Herzeigen von Gegensätzen.
Wenn Lärm auf Stille und Stille auf Lärm folgt, werden sowohl Lärm als auch Stille deutlicher empfunden, sie werden sinnfälliger. Wo sich Lichtes an Dunklem abgrenzt und Dunkles an Lichtem, werden sowohl Licht als Dunkel deutlicher in ihrer Besonderheit. Das Enorme kann nur neben dem Normalen, das Absurde nur im Hinblick auf das Ordnungsgemäße, das Böse nur im Hinblick auf das Gute sinnfällig gemacht werden.
Thematische Einengung auf das Absurde, Enorme, Abnormale kann nur mit einem Verlust an Sinnfälligkeit bezahlt werden. Noch schneller tritt dieser Verlust ein, wenn zugunsten des Normalen, Guten, Geordneten eingeengt und eingegrenzt wird.

Die Chiffre in Mathematik und Naturwissenschaft und die Chiffre, die durch die Kunst hervorgebracht werden kann, haben nur eines gemeinsam: daß in beiden weitläufige Kontexte verkürzt wurden. Der Sinn der wissenschaftlichen Chiffre ist neben ihrer Kürze ihre Eindeutigkeit. Der Sinn der von der Kunst gesetzten Chiffre ist Vieldeutigkeit. Die wissenschaftliche Chiffre geht auf Vereinbarung zurück. Die Chiffren der Kunst fordern zum Erleben auf. Sie öffnen uns die Tür zu einem mäandrischen Weg und laden uns ein, ihn zu beschreiten. Er führt von Gegensatz zu Gegensatz, seine Methode ist Sinnesverkehrung.

Sag mir, was ist gut?

(1976)

1

Die Definition des Menschen scheiterte bisher daran, daß der Mensch als urteilendes Subjekt sich selbst nicht in ausreichendem Maße zum Objekt machen konnte. L'Homme se surpasse infiniment, der Mensch überschreitet sich selbst um ein Unendliches, sagte Pascal, und er hat recht.
Aber es gibt auch andere menschheitliche Phänomene, die sich einer Definition beharrlich entziehen. Zu diesen Phänomenen gehört „das Schöne", zu diesen Phänomenen gehört auch die Kunst. Sie verhält sich ihren Beurteilern gegenüber wie der Igel im Märchen: glaubt man, sie endlich überholt und eingefangen zu haben, meldete sie sich triumphierend aus neuer unvermuteter Position: Da bin ich. Das wettlaufende Urteil kommt immer zu spät.
Trotzdem wird die Frage nie in uns verstummen, was es mit der Kunst auf sich hat. Können wir Kunst nicht definieren, d. h. begrifflich eingrenzen, so können wir sie doch immer wieder beschreiben. Vielleicht führt uns das weiter, vielleicht läßt uns das neue Aspekte gewinnen.

2

Das historische Selbstverständnis des Menschen kommt ohne Kunst nicht aus. Das mag daran liegen, daß sich uns die (ferne) Vergangenheit am einprägsamsten durch das jeweils zeitgenössische Kunstwerk präsentiert. Wenn wir spätes Mittelalter denken, denken wir zugleich Gotik. Wenn wir Griechenland denken, denken wir zugleich Tempel und Götterbilder. Ist von Altamerika die Rede, tauchen uns sogleich die großartig-düsteren Kultstätten der Inka und Maya auf, bei der Erwähnung von Altchina fallen uns Pagoden, Bronzen, Kaiserpaläste ein, Kunst also immer und überall; und wo einmal keine Kunst war, keine sich bilden konnte, bleibt unsere Vorstellung vom Gewesenen schwach, flach und farblos, sie entfaltet sich kaum zum Interesse.
Daneben könnte sich uns allerdings die ungeduldige Frage aufdrängen, *was* denn den Menschen veranlaßt habe, soviel Kunst zu erzeugen, statt seine anderen, drängend vitalen Interessen wahrzunehmen. Warum baut man Pyramiden, Zikkurate, Kolosse, an denen Tausende Sklaven schuften müs-

sen, während es zu gleicher Zeit an Nahrung, Sicherheit und Wohlbefinden mangelt? Warum führt man Kriege und bringt einander auf das Entsetzlichste um, nur um Gold und Elfenbein zu erhalten und Gold und Elfenbein zu Götterbildern umzuformen?
Wozu erbaut man Dome, wenn die meisten Menschen daneben in finsteren, nassen, stinkenden Löchern hausen? Was bewundert man an den langen Lügengeschichten, Dichtung geheißen, an denen eingestandenermaßen kein Wörtchen Wahrheit ist, wozu überliefert man sie von Generation zu Generation, schreibt sie ab, trägt sie vor, deutet sie aus? Warum gerät man in Entzücken, wenn ein bestimmter rhythmisierter Lärm mittels fein erklügelter Instrumente vollführt wird, Musik genannt? Und was soll vor allem diese unbändige Lust am Ornament, das in milliardenfacher Ausführung in Stein gehauen, in Holz geschnitzt, in Metall getrieben, das gewoben, gestickt, gepreßt, geätzt beinah jeden Gegenstand des Gebrauchs bedeckt und in knechtischer Arbeit bei elendem Lohn wieder und wieder reproduziert werden muß? Ist da nicht eine, wie Adolf Loos meinte, letzten Endes krankhafte, ja verbrecherische Sucht am Werk?
Also: Kunst als Ägernis. Auch diese Position hat gute Gründe. Aber fragen wir weiter!

3

Nehmen wir die Menschheitsgeschichte als Ganzes, so muß uns auffallen, daß Kunst zumeist im Dienst, im Schatten, in der Nachfolge der Religion (oder Magie) auftritt. Diese Koppelung muß ihre tiefsitzenden Gründe haben. Fast alle Religionen haben die Frage nach dem Woher dieser Welt mit dem Glauben an einen schöpferischen Weltgeist, an einen Ur-Bildner beantwortet: durch ihn sei die Welt geworden, er habe sie aus einem Urstoff oder gar ex nihilo gemacht. Der Mensch suchte Beziehung zu diesem Weltgeist, und da er selbst seine Umwelt zu verändern, zu gestalten begonnen hatte, fühlte er sich in Nachfolge des Gottes zur Nachgestaltung legitimiert, ja verpflichtet.
Es geschah etwa, was sich im Spiel des Kindes immer wieder ereignet: Das Kind ahmt das Tun des Vaters nach. Es wiederholt in seinem Spielwinkel, in seinem Sandkasten, was es seine Eltern tun sieht. Das Bauernkind spielt „Bauernhof“, das Kind des Handwerkers spielt „In der Werkstatt“. Ist die Welt des Vaters bereits technische Welt geworden, wird das Spiel von technischen Apparaturen bestimmt. Das Kind befolgt im Als-ob des Spiels die Regeln, die es den Vater befolgen sieht.

Dasselbe natürlich beim Mädchen im Hinblick auf die Mutter. Nachahmung wird zum Mittun. Der kleine Mitschöpfer ist da. Stolz und freudig zeigt er sein Werk, erwartet Lob, vielleicht sogar Belohnung. Schon darf er hoffen, Vater und Mutter als Partner zur Seite zu treten. Einverständnis tritt ein, Nähe, Liebe, Identifikation. Dürfen wir sagen: Kindliches Glück? – Ich glaube, wir dürfen.

Vergleichen wir diesen Vorgang der Nachahmung, Mitgestaltung, Mitschöpfung mit den Kunstbemühungen früherer Kulturen, so sehen wir diese in der Tat eng fixiert an den religiösen Kontext.

Der primitive Jäger oder Hirte, der an den heiligen Ort, an die heilige Quelle, an die heilige Höhle eilt, um reiche Beute oder Fruchtbarkeit seiner Herden zu erflehen, was kann er Besseres mitbringen als Weihegabe als das Bild dessen, was er erfleht? – das Beutetier aus Ton geknetet oder das Schäfchen aus Stein. Nachahmung dessen, was er benötigt, und wovon er glaubt, daß es dem Gott oder der himmlischen Macht in reicher Fülle zur Verfügung steht. So ist die Weihegabe eine Art Bindeglied zwischen Erfahrenem und Erwünschtem. Mit dem Werk seiner Hand, mit diesem qui pro quo, spricht der Mensch den Reichtum des Daseins, die schenkende Macht der Erneuerung an. So tritt er als Nachahmer an die Seite des Gottes, so wird er zum Mitgestalter der Welt.

Derselbe Vorgang ins Monumentale erweitert: im babylonischen Tempelturm, im Zikkurat, instrumentiert sich nicht mehr nur ein privates Anliegen. Hier will ja auch nicht nur ein einzelner Segen und Wohlergehen erbitten, hier tritt bereits ein ganzes Volk, ein Staat mit einem weltumfassenden und dauernden Anliegen auf. Die Bedingung seiner eigenen Kontinuität, die Ordnung des Kosmos, der Natur, der Jahreszeit, wird im architektonischen Symbol angesprochen, nachgeahmt und damit magisch stabilisiert. Mittels des Werkes, der Harmonie seiner Verhältnisse, der Hierarchie seiner Teile wird um Konsens angesprochen von Erd- und Himmelskräften, Konsens also des Weltgeistes: so wird um Heil gerungen. Kunst als symbolische Mitschöpfung zum Zwecke des Heils legitimiert höchste Anstrengungen.

Dasselbe – in Abwandlungen – im mediterranen und im abendländischen Bereich. Die Kunst wird – neben Opfer und Gebet – zum meistgebrauchten Vehikel der Verständigung mit dem Numinosen; unaufhörlich wiederholt sie Verheißungs- und Erlösungsmotive: sie erinnert den Kampf der Götter gegen die Giganten, der Heroen gegen Ungeheuer und beruft sich auf den Sieg des Lichts; im christlichen Raum werden die Figuren der Heilsverhei-

ßung und Erlösung, der Bergung dieser Welt vor den Mächten des Bösen unaufhörlich wiederholt. Sprache und Musik stimmen mit ihren Mitteln ein. Ein tiefsinniges System semiotischer Zeichen wird entwickelt, ihre Abstimmung aufeinander: Chiffre für die Harmonia mundi.
So versucht der Mensch – immer noch Kind im Sandkasten –, sich dem göttlichen Vater angenehm zu machen, nicht zuletzt um immer neues moralisches Versagen zu kompensieren, um Schuldgefühle abzutragen und verdiente Strafen abzuwehren. Als Mitschöpfer darf er immer wieder, wenn auch in gehörigem Abstand zu seinem Schöpfervorbild, Vater, König, Richter, das Glück der Nachahmung, der Nachfolge, der Kommunion, der Identifikation erleben.
Freilich: dabei bleibt es nicht, denn der Prozeß schreitet fort – genau wie er beim spielenden Kind fortschreitet, das sich auch nicht immer nur mit der Nachahmung zufriedengeben wird. Fühlt sich das Kind überfordert oder verlassen oder sonstwie „frustriert" – oder setzt es sich zu autistischem Selbstgenuß ab, irgend etwas leitet den Umschwung ein. Aus der *Mitschöpfung wird Gegenschöpfung.* Sei es, daß der allzu perfekte Virtuose den Volten der eigenen Geschicklichkeit verfällt, sei es, daß die sensualistische Reizsituation des (immer vorhandenen) Außergewöhnlichen und Abnormen dazu verführt, sich auf das Absurde und Perverse zu spezialisieren: es entsteht Manier, es entsteht Manierismus.
Der Manierismus ist, wir wissen es, uralt. Er meldet sich schon in der ägyptischen Kultur an, zeigt in Kreta seine erste Blüte, er dominiert die späte Antike, kommt in der Renaissance zu hohen Ehren, treibt sein Wesen durch das 19. und hat sich das 20. Jahrhundert auf breiter Front erobert; hier wird er denn als Gegenschöpfung, als aufmüpfige, bittere, verzweifelte und hochmütige Absage an Gott, Weltgeist und Harmonia mundi aufs deutlichste formuliert.
In summa: Die Bereitschaft zur Gegenschöpfung zieht sich wie ein dunkleres, doch immer gegenwärtiges, grotesk gezacktes Schattenband neben dem Strom der Mit-Schöpfung durch die Jahrtausende. *Aber immer geht es doch um Weltentwurf:* selbst im bescheidensten Zeugnis, im beschränkten Thema schwingt er mit, wird als eine Art Hintergrundstrahlung sichtbar, fühlbar, erahnbar. Darin besteht die Qualität des Kunstwerks – genauer gesagt: *eine* seiner Qualitäten, daß es unseren Anspruch auf Totalität mit dem Angebot eines Weltentwurfs abdeckt: je gegründeter dieser Weltentwurf ist und je sinnfälliger er vorgetragen wird, desto tiefer wird der Eindruck sein, den das Kunstwerk hervorruft.

4

Soweit ein erster Versuch, Kunst zu beschreiben. Er bewegt sich im Historischen, Kunsthistorischen und (soweit möglich) in objektiven Zusammenhängen. Nun aber ist Kunst auch eine Sache des Subjekts, eine Sache der Person, des Künstlers und seiner Lebensgeschichte.

Sofern wir über Künstlerbiographien unterrichtet sind, wird uns kaum ein Fall vorkommen, daß ein Künstler von späterem Rang in seiner Jugend zur Kunst *gezwungen* worden wäre. Im Gegenteil: die meisten drängten auch unter widrigen Umständen hinzu, sie waren von einem übermächtigen Impuls getrieben. Kunst wurde von ihnen mindestens augenblicksweise als unverzichtbare Lust empfunden, sogar als höchste Lust und dauernder Heilsgewinn.

Schon Aristoteles hat diese Wirkung der Kunst erkannt und klassisch formuliert. Er traute ihr Läuterung, Genesung, *Katharsis,* moderner ausgedrückt Sublimation zu, einen Vorgang, der sich immer wieder und ganz deutlich in den verschiedensten Formen in den Lebensläufen der Künstler darstellt. Wir sprechen dann davon, daß sich der Schriftsteller von einem schweren Problem „freigeschrieben", daß sich ein Maler von einer quälenden Konfliktsituation „freigemalt", daß sich ein Musiker „freikomponiert" habe.

Beispiele? Wir kennen sie alle.

Goethe hat seine Schuldgefühle gegenüber Friederike Brion an seine Gretchentragödie abgetragen, Beethoven die Qualen seiner Ertaubung in die so schwer deutbare Sonate 110 transponiert, Tolstoi seiner labil schwankenden, von tausend Gegensätzen zerrissenen Natur die strenge und immer strengere Moralität seiner epischen Thematik abgerungen, und schließlich haben wir vor gar nicht langer Zeit innerhalb der österreichischen Literatur geradezu ein Paradebeispiel eines solchen persönlichen Kompensationsversuches zu notieren gehabt: Handkes „Wunschloses Unglück" nach dem Freitod der Mutter.

So könnte man sagen: Es dürfte kaum je ein Kunstwerk von Bedeutung geschaffen worden sein, ohne daß die ganze Person des Künstlers mit ins Spiel kam. Person heißt aber keineswegs nur bewußte Person, sondern heißt auch Unbewußtes, Unterbewußtes und der geheimnisvolle Haushalt zwischen diesen Schichten. Es geht ja immer ein Austausch vor sich: die Psychoanalyse hat uns dazu befähigt, einige dieser Stränge und Kommunikationskanäle zwischen Bewußtem und Unbewußtem freizulegen. Es ist da etwas wie

ein Paternostersystem in uns eingebaut, ein fortwährendes Hinab und Hinauf, dabei Umwandlung, Verhüllung, Verkleidung, Projektion, ein geschäftiges Treiben also, das unsere Person erfüllt, unsere Träume miteinbezieht, unsere Assoziationen lenkt, die Wahl unseres Vokabulars bestimmt und jedes – auch das bescheidenste – ästhetische Urteil modifiziert.
Ob ich zu Weiß lieber Violett trage oder Grün, das bestimmt etwas Untergründiges in mir. Ob ich bei dieser Melodie aufhorche oder bei jener abschalte, hat etwas mit den Mustern zu tun, die in mir verdeckt sind. Ob mich auf einem Spaziergang eher eine Lichtung zum Bleiben verlockt oder der dichte Wald, das alles liegt abseits und unter meiner Verfügungsgewalt. Und so ist die Phantasieleistung, die zu einem Kunstwerk führt, von Instanzen angefeuert, die sich dem manipulanten Bewußtsein entziehen. Es staut sich ein Innendruck auf, eine Spannung, die auf das Werk hindrängt, um sich – ganz offenbar – einer Belastung zu entledigen.
Mit anderen Worten: Die Entstehung eines Kunstwerks (von Rang) setzt im Künstler einen zwar begrenzten, aber nicht zu flachen neurotischen Wirbel voraus, eine Stelle also, die von Grund aufgewühlt, eine gewissen Dynamik entfaltet, eine gewisse Dringlichkeit an den Tag legt. Schlimm ist es, wenn sich Wirbel an Wirbel reiht, wenn Chaos überhand nimmt. Hier setzt dann Krankheit ein, Absturz ins Desaströse.
Die „gesunde" schöpferische Unruhe dagegen ist in der Psyche des Künstlers lokalisiert – oder eben noch lokalisierbar. Deshalb werden die von ihr motivierten kreativen Vorgänge immer noch und oft aufs genaueste von rationalen Kräften überwacht. (Darum redet man auch davon, daß das Kunstwerk „gemacht" wird.)
Nun ist das Kunstwerk zwar geschaffen, fürs erste jedoch nur dem Künstler selbst bekannt. Was geht vor sich, damit es von anderen nachvollzogen und „genossen" werden kann?
Was sich aus dem psychischen Raum des Kreativen als Bild, als Lied, als Dichtung objektivierte, soll nun seinerseits auf andere psychische Innenräume einwirken. Die vom Haushalt des Unterbewußten gespeiste Dynamik des Werkes soll anderes Bewußtsein, soll aber auch anderes Unterbewußtes ansprechen. Und spricht es auch an: genau in denselben Zonen, in denen ähnliche Wirbel und Konfliktsituationen vorbereitet oder im Gange sind. Betroffenheit stellt sich ein: ein Echo zwischen schöpferischem Ich und rezeptivem Du. Seltsamerweise kann dieser Vorgang Trost bewirken, er kann Glücksgefühle vermitteln, so als habe der Rezeptive Anteil an der Entlastung, die die Tiefenschichte des Kreativen durch den kreativen Akt

erfahren hat: die Sublimation wird also stellvertretend auch für den anderen mitgeleistet.
Wie aber könnte die vom Künstler höchst persönlich erfahrene Entlastung auch für den Rezeptiven gelten, wenn diesem nicht zuvor in dem Kunstwerk, mittels des Kunstwerks, jene Totalität suggeriert worden wäre, die wir oben (unter Punkt 3) beschrieben haben? Des Künstlers Weltentwurf war wenigstens für eine Weile, vielleicht aber für einen Lebensabschnitt, womöglich sogar für das ganze Leben die Welt des Rezeptiven geworden: er hatte gelernt, mit des Künstlers Augen zu sehen, mit seinen Ohren zu hören, nach seinen Maßstäben zu urteilen, seine Emotionen in sich nachschwingen zu lassen; kurz, er hat Teil an des Künstlers Welt; warum sollte er im Zug dieser Teilhaberschaft nicht auch das Glück der im Kunstwerk geleisteten erlösenden Sublimation erfahren, *als gelte sie auch für ihn?*

5

Versuchen wir es noch mit einer dritten Beschreibung, um uns dem Phänomen Kunst von wieder einer anderen, ganz anderen, Seite zu nähern. War bis jetzt von Religion und Psychologie die Rede, wird jetzt die Naturwissenschaft herangezogen werden: vielleicht bietet sie uns eine metaphorische Analogie an und damit einen neuen Aspekt.
Ich darf hier einen Satz aus der Biologie voranstellen: *Das Leben ist die Instanz, die sich der Entropie der im Weltall dissipierten Energien widersetzt.* Diesen Satz in Kürze zu erklären: Der Begriff Entropie ist ein physikalischer Begriff und bezieht sich auf die Tatsache, daß jede Energie transformierbar ist, bis sie im Laufe ihrer Transformationen Wärmeenergie geworden ist. Dann kann sie nur noch abstrahlen, sich verteilen, dissipieren. Das ist ein unumkehrbarer Prozeß. Ein Beispiel: Ein Topf mit heißem Wasser wird in einem kalten Raum eingeschlossen. Nach einer bestimmten Zeit wird der Topf ausgekühlt, der Raum aber um ein klein wenig wärmer geworden sein. Seine Hitze hat sich in winzigen Quanten verteilt: ein entropischer Vorgang.
Derselbe Vorgang spielt sich in kosmischen Dimensionen ab. Die in Sonnen und Milchstraßen geballte Energie strahlt unaufhörlich in den Raum, zerstreut sich. So geschieht Energieausgleich, Spannungsabbau. Am Ende muß jede Energie aufgelöst, jedes Energiegefälle eingeebnet sein. Damit tritt ein stationärer, ereignisloser Zustand ein, man nennt ihn den Wärmetod des Kosmos, es ist das absolute Ende.

Nun aber ist, wie wir hören, das Leben *die* Instanz, die sich dieser Einebnung widersetzt; das Leben bildet Energiekonzentrate, es schwimmt damit gegen den allgemeinen kosmischen Trend der Energiezerstreuung und stellt – in gewisser Weise – damit den Weltlauf auf den Kopf. Ein an sich winziger Sonderfall in der ungeheuren Maschinerie des Kosmos, doch als solcher – eben als solcher! – aufregend, einzigartig, wir dürfen vielleicht sogar sagen: kostbar.
Zentralfigur dieses aufregend seltsamen, kostbaren Phänomens Leben ist – mindestens derzeit – der Mensch. (Die Möglichkeit, daß auch in anderen Systemen Leben vorkommen mag, braucht uns in diesem Zusammenhang nicht zu interessieren.)
Doch siehe da: Auch der Mensch ist entropischen Vorgängen unterworfen, er weiß sich von entropischen Vorgängen bedroht; anders als das Tier, das sein eigenes Ende nicht absehen kann, erfährt er, daß er nicht anders als alles Seiende vergeht, daß jede Kontur verfällt, daß sich über alles Geschehen Vergessen breitet. Der Mensch erfährt die tiefe Melancholie der Vergänglichkeit als eine der unaufhebbaren Grundbefindlichkeiten des Daseins; aber *auch er widersetzt sich;* auch er sucht Instanzen, in denen er der Entropie der eigenen Energie entgehen kann: durch eigene, bewußte Fortpflanzung, Staatengründung und so fort; am *eigentümlichsten aber* – und (siehe oben) am erfolgreichsten *im Medium der Kunst.*
Totenkult wird zur Initialzündung frühester bildnerischer Bemühungen, Dichtung und Mythe konservieren früheste fundamentale Erfahrung. Bild, Schrift und Architektur dienen „ewigem Gedächtnis". Von Abu Simbel bis zur „Recherche du temps perdu" manifestiert sich Widerstand gegen Vergehen, Vergessen, gegen Auflösung und Zerstreuung ins Spurlose. Auch die flüchtigen Ereignisse Theater und Musik aspirieren auf Dauer durch Wiederholung. So darf der oben zitierte Satz abgewandelt werden: *Kunst ist die Instanz, die sich der Entropie der jeweils aktuellen menschlichen Energien widersetzt.* Sie erweist sich als das noch dauerhafteste, das resistenteste Konzentrat.

6

Nun haben wir uns drei Kriterien aus drei Beschreibungen des Phänomens Kunst gewonnen:
1. Totalität im Sinne der Mit- oder Gegenschöpfung: Das Kunstwerk enthält – wenigstens in nuce – einen Weltentwurf;

2. kathartische Wirkung, Einladung zur Sublimation;
3. Versuch, der Vergänglichkeit Widerstand zu leisten, also ektropische Bemühungen in Analogie zum Gesamtphänomen des Lebens.

Ich getraue mich zu behaupten, daß es kein Kunstwerk von Rang gibt (und sofern etwas Kunstwerk ist, hat es natürlich Rang), das nicht alle diese drei Kriterien in irgendeiner Weise verwirklicht hätte. Gewiß gibt es noch weitere Kriterien, zum Beispiel das der Neuheit, des Noch-nicht-Dagewesenen, damit der Zeitbezogenheit. Dieses Kriterium ist durch die jeweils auf das Neue programmierte Methode der Kunst- und Literaturgeschichte in den Vordergrund gespielt worden. Doch kann es allein nicht ausreichen, und erst in Verbindung mit den anderen kann es Gewicht, Würde und Aussagekraft erhalten.

7

Man kann mir entgegnen, ich hätte nun viele schöne Worte gemacht und doch nicht geklärt, was es mit der Qualität eines Kunstwerks auf sich habe; wieder bleibe alles im Unbestimmten.

Sicher kann ein Rezept nicht erstellt werden; was ist ein Rezept? Eine Anweisung, die von jedermann ohne eigene Anstrengung befolgt werden kann. Doch auf die eigene Anstrengung und Leistung wird es beim konkreten Urteil immer ankommen. Das Urteil über das Kunstwerk wird immer unsere ganze Person in Anspruch nehmen, je nachdem, ob sie auf Weltsetzung ansprechbar, auf Sublimation begierig, der Würde und Kostbarkeit des Lebens in allen seinen Erscheinungen zugänglich und endlich auch bereit ist, sich dem jeweils Neuen, Unerwarteten und Überraschenden mit Offenheit zu nähern: doch – Offenheit allein genügt nicht. Das war der Irrtum der letzten Jahre. Man beginnt ihn einzusehen.

Stationen

Aufzeichnungen von einer Reise
(1964)

Fahrt nach Delphi: Die Straße steigt und fällt und fällt und steigt. Endlose Serpentinen von Paß zu Paß. Die graue Felswucht des Parnaß zieht ihren Gipfel ein und öffnet ihre Flanken, verzweigte Vorgebirge, öde Kessel. Wir sind schon lange unterwegs. Bei jeder Kehre erwarten wir das Heiligtum zu sichten. Ein flaches Joch: westwärts rollt sich ein Tal auf, die Sohle eine tiefgefurchte Schlucht. Von ihrem Rand ziehen sich Girlanden goldbrauner Weingelände den faltenreichen Hang empor bis zu den Klippen und weit hinaus. Auf einer steilen Nase hockt ein Häuserhorst. Delphi? Nein, Arachowa. Die Straßentafel weist uns weiter, von neuem abwärts. Die Rebe bleibt zurück, Wald tritt heran, endlose Wälder von silberdunklem Ölbaumgrün. In zartes Blau zerschmilzt der Regenhimmel, weit draußen wandert Sonnenlicht. Wo bleibt das Heiligtum? Sind wir nicht längst daran vorbei? Ach nein, dort unten dämmert eine rote Säule.

Delphi: Stützmauern, riesig. Ein System von Mauern, die stufenweise hintereinander den Schub von oben unterfangen. Auch dieser Berg ist krank, zerklüftet und zermürbt, er möchte wandern, stürzen, zu Grus zerfallen und, ins Meer geschwemmt, zur Ruhe kommen. Auf seinen Knien, in seinem Schoß hat sich der Mensch dreitausendjähriges Verweilen erlistet. Wie lange noch, bis sich das Doppelhaupt der Phädriaden neigt und alles unter sich begräbt?

Apollontempel: grausam zerstört. Sechs Säulenstümpfe haben überdauert und das Geviert des Fundaments. Hier stand der Omphalos auf Pythons Grab, hier weinte die Mutter Ge um ihren Sohn und hauchte jene Trunkenheit, aus der sich das Orakel nährte, Apollons Ruhm.
Er schlug, als Kind, die Schlange und begrub sie und war der Zukunft Herr, weil er es wagte, die Gruft des toten Feindes in seinem Haus zu dulden. Nachts, wenn die Tempeldiener schliefen, besprach er sich mit dem Geschlagenen und wurde weise.
Wo hat der Ritter Georg dem besiegten Drachen ein Grab bereitet? Welchen Salut hat Michael dem tiefgestürzten Bruder in die Verbannung nachgesandt? Warum verwahren wir uns ängstlich-eifersüchtig gegen die Verschuldung des Lichtes an die Nacht?

Die Quelle der Kassotis fand ich nicht, und von den Wassern der Kastalia erzählt man sich mit Augenzwinkern, sie seien längst versiegt. Was jetzt noch aus dem Brunnen der Entsühnung riesle, sei künstlich zugeleitet: fauler Zauber.
Ich sehe Schatten wandern, durch die ganze Welt zieht flüsternd ein Gespensterreigen auf Suche nach den Quellen der Entsühnung. Blinkt irgendwo ein Irrlicht und spiegelt sich in einer Pfütze, gleich stockt der Chor und eilt herbei und tausend Stimmen schluchzen: Hier –

★

Athen, Nationalmuseum: Die goldenen Masken sind den Grüften entstiegen, haben gläserne Schreine bezogen, wo sie verwöhnt und bewundert auf samtenen Kissen ruhen.
Armreife prahlen. Die Gelenke, die sie umschlossen, sind längst vermodert, in Wust und Unform zerstäubt. Jene aber, Eitelkeiten, sind auferstanden und blinken noch immer.
Friedlich ruhen die Harnischringe Aigisthos' neben der Fibel, die Agamemnons Mantel verschloß, als er das tödliche Tor durchschritt. An die gesplitterte Wange der alabasternen Pyxis, in der Elektra die wütenden Tränen ihrer Rachsucht gesammelt, rührt die Wölbung des Salbkrugs, aus dem Klytämnestra die schamlosen Schenkel beträufelt.
Sieger und Unterlegene, Jäger und Opfer dicht zusammengerückt. Ununterscheidbarkeit ist der letzte Nenner, auf den der Absturz der Zeit alle Maße zurückführt.

Tausend Vasen und Krüge, Hydrien, Amphoren, Lagynoi, bauchige, schlanke, schwarze und bunte, bräunlich und weiß gebändert: sind sie den Brunnen entstiegen, die das verkarstete Land heute verhehlt? Sind sie, auf Schultern und Stirnen schwankend, die blumigen Pfade gewandert, jetzt von Disteln bedeckt? Haben in Hainen gerastet, deren Laubgewölk im Rauch der Hirtenfeuer davonschwamm, deren Stämme als Galeeren zerknirschten –? Fremde Zwingherren haben die Küsten verwüstet, aus der hohlen Hand lernten die Enkel trinken. Mit den Scherben spielten die Kleinen.

Aber Kuros, der Jüngling, der Unbesiegte, wiedergekehrt in hundert Gestalten, oft gedoppelt zum Zwillingsgestirn, siehe, er lächelt noch immer. Zweitausend Jahre barg er das Antlitz im Erdreich, Zwiesprache haltend mit Hekates Kindern: die Achselhöhle ein Natternnest, Asseln im Auge und Larven, göttlicher Dulder, den die lange Umnachtung zwar zu verstümmeln vermochte, doch nicht zu berauben . . .

Akropolis: Vom Tempel spreche ich nicht und nicht vom Tor, vom nackten Fels nur: uralt-wissend trägt er die Narben seiner Weihe. Von Myriaden Schritten blankgescheuert, verleugnet er die Rosenfarbe nicht, die sein Kristall durchblüht, als hätte sich die Morgenröte hier gerüstet, den Tag des Sieges zu erwarten. Doch was ist Sieg? – Noch ist der Tempel nicht entworfen, das Wunderbild der Göttin nicht gedacht, setzt schon Entthronung ein, der Zweifel nagt: Ob Götter sind, wer weiß es –? Auf offener Szene wagt der Dichter den Himmlischen zu fluchen. Wen also meint die Schönheit und wem opfert sie?
Die volle Schale der Vollendung wird einem leeren Himmel dargebracht.

Der Himmel bleibt nicht leer. Asklepios' Höhle wirft Portikus und Säulen ab und zieht die Demut einer Klause an. Ein Öllicht flackert, dunkle Bilder blicken von rauhverputzten Wänden. Ein Eremit fleht seinen Engel um Vergebung an, weil er zu lange im Jasmingebüsch dem Lied der Nachtigall gelauscht.
Auch dieses Licht erloschen. Niemand denkt daran, zum Kampf mit seinem Engel anzutreten. Der Abend kommt. Die Stadt besternt sich. Hoch oben schreibt ein Düsenflugzeug seine lange Zeile weißwolkiger Kursive. Die Botschaft ist nicht zu entziffern.

Lichtgott und Drache

Meditation über das Orakel von Delphi *(1965)*

Es ist neun Uhr, das Heiligtum wird geöffnet, die ersten Besucher haben schon gewartet, nun drängen sie auf die Sperre zu; die Leute sind soeben mit ihren Bussen eingetroffen oder sie haben im Dorf Delphi in einem der kleinen Hotels übernachtet, die wie Schwalbennester über dem Abgrund hängen, ein Felsnest ist dieses Delphi, über dem Eingang der Pleistosschlucht erbaut, nur auf vielgewundenen Straßen oder über halsbrecherische Pfade erreichbar, aus der Tiefe blitzt ein Stück Meerbusen, eine der innersten Buchten des Korinthischen Golfes herauf, eine natürliche Bastion, ein idealer Platz für eine Räuber- oder Korsarenburg. Vielleicht wäre Delphi, wenn es kein Heiligtum geworden wäre, ein Schlupfwinkel für die Wegelagerer und für Piraten geworden.

Der sakrale Bezirk ist in eine Falte des Berges eingebettet. Felswände drängen herab, Bergstürze drohen, der Doppelzahn der Phädriaden öffnet sein zerklüftetes Maul, die stufenförmigen Trümmerhalden sind von gewaltigen Stützmauern unterfangen. Wie so häufig in Griechenland setzt sich auch hier eine Besichtigung aus Kunstgenuß und Bergpartie zusammen.

Gruppenweise ziehen die Touristen durch das mühsame Gelände. Die Herren helfen den Damen, von Block zu Block, von Platte und Platte zu klettern. Kameras schnurren, Apparate klicken, die Fremdenführer haspeln in allen Sprachen ihre Erklärungen ab: Lichtgott Apollon. Pythia, giftige Dämpfe; Schatzhäuser, einst mit ungeheuren Reichtümern angefüllt. Im Theater wird eine Probe der erstaunlichen Akustik gegeben. An der kastalischen Quelle erfrischt man sein erhitztes Gesicht. Dann noch einen Blick hinab auf den Tholos, auf die rotverwitterten Ruinen der Athena. „Wie viele Tempel diese Griechen bauen, unglaublich, was hatten sie davon, nun sind sie doch alle in Trümmer gefallen, und was dieses Orakel betrifft, das mag schon so ein fauler Zauber gewesen sein, einesteils; andernteils war vielleicht doch was dran, mir hat auch mal eine Zigeunerin prophezeit und es kam haargenau so . . . – Aber die Gegend ist schön, das muß man schon sagen, jedenfalls haben wir tolle Aufnahmen geschossen, zwei Dutzend sicher. Nun aber Schluß dahier, in einer Stunde müssen wir weiter, und wenn wir noch etwas essen wollen, dann nichts als raus aus den Trümmern . . ."

Glücklicherweise gibt es hier in dem Heiligen Bezirk nicht nur den photomanen Durchschnittstouristen aus der unerschöpflichen Tube der Reiseorganisationen. Es gibt – Gott sei Dank – auch das Liebespaar, das engumschlungen, selbstvergessen dahintreibt, sich den Teufel um Pythia und Kassotis schert, um dann abseits unter alten Olivenbäumen Eros ein emphatisches Opfer zu bringen. Und es gibt den Studenten, der seinen Guide bleu in der Hand, das Gelände Schritt für Schritt durchmißt, und vielleicht auch den schon ergrauten Ordinarius, der, obwohl er Jahrzehnte seines Lebens verbrachte, die Antike zu studieren, auszulegen und zu erklären, hier wieder zu staunen und zu grübeln beginnt, denn Delphi ist nicht nur ein Wunder an Schönheit, landschaftlicher vor allem, es ist und bleibt ein Rätsel, ein verwickeltes geistesgeschichtliches, politisches, philosophisches, psychologisches Problem, ein Modellfall ersten Ranges für die Verquickung der disparatesten Elemente in Religion, Kunst und Leben.

Jedermann weiß, was ein Orakel ist: eine Stelle, von der Prophetien erwartet, gefordert und gegeben werden. Die Küche, in der die gefällige Nachbarin dem ratlosen Teenager die Karten aufschlägt, stellt schon etwas wie eine Orakelstätte dar; und wenn wir in der Silvesternacht bei Bowle und Brötchen zum Bleiguß schreiten, machen wir unsere Stube zu einem Ort prekärer Schicksalsbefragung. Wir mögen den alten Brauch als zeitvertreibenden Ulk betrachten, irgend etwas in uns erliegt doch der Magie des Vorgangs; der eine wird, je nachdem das zackigsplittrige Gebilde des Gusses ausfiel, Hoffnung daraus schöpfen, der andere wird irgendwelche geheime Ängste bestätigt fühlen, und im Lauf des Jahres wird uns manchmal der Gedanke aufzucken: es ist mir damals schon gezeigt worden.

Von wem aber gezeigt, wieso, woher?

Vermuten auch wir, nüchterne Kinder eines – angeblich – nüchternen Jahrhunderts, die Existenz einer geheimnisvollen Macht, die durch ein gewisses Ritual bewogen wird, uns das Ungewisseste, das Dunkel der Zukunft preiszugeben? die Antwort gibt, wenn wir fragen, die spricht, wenn sie angesprochen wird?

Der gläubige Christ weist diese Möglichkeit von sich. Gott allein, so sagt er, kennt die Zukunft, aber Er gibt sie nicht preis. Das Christentum kennt eine einzigartige große Prophetie, die Apokalypse. Es lehnt, mit gutem Recht, alle anderen Vorhersagen vor allem in irdischen Belangen ab. So viel die Kirche aus der Antike übernahm, das Auguren- und Orakelwesen hat sie abgestreift. Aus welchen Gründen eigentlich? Vielleicht gibt uns Delphi darüber Auskunft.

Dem Mythos zufolge herrschte hier in grauer Vorzeit, noch ehe Apollon auftauchte, die große Erdmutter Ge mit ihrem Sohn, dem Drachen Python.

Sie bewohnte die Schlucht der Phädriaden und unterhielt ein Orakel. Man kann sich vorstellen, welcher Art sie selbst war, die Drachenmutter, eine dunkle barbarische Gottheit. War sie mit jener großen Gaia identisch, die vom Uranos, dem Himmel empfangen und die Welt mit Titanen, Kyklopen und hundertarmigen Riesen bevölkert, aber auch Kronos, den Vater des Zeus und damit das Geschlecht der Götter und Menschen hervorgebracht hatte? Wahrscheinlich war sie dieselbe oder doch wenigstens halb und halb, eine lokale Spielart der Ur-Gebärerin. Wer, könnte man fragen, konnte sich getrauen, gegen sie anzutreten? Nun, der junge Apollon getraute sich. Eben erst geboren, handhabte das tüchtige Bürschchen schon Pfeil und Bogen, und in kindlicher Unverschämtheit erlegte er mit dem ersten Schuß Python, den Drachen, der doch genau genommen sein Großonkel war, und die entmachtete Ge mußte das geschehen lassen. Nicht genug damit: unter ihren Augen ließ sich der Mörder über dem Drachengrab einen Tempel errichten und installierte sich hier als Herr des von der alten Erdmutter usurpierten Orakels.

Doch, so mächtig die Götter waren, über Moira, das Schicksal, hatten sie keinerlei Gewalt. Ungewiß war auch ihnen die Zukunft. Apollon schöpfte nicht aus sich selbst, wenn er weissagte, er bedurfte dazu einer Priesterin, obwohl weiblichen Personen ansonsten der Zutritt ins Tempelinnere untersagt war, und bedurfte vor allem Pythons, des toten, aber vielleicht doch nicht ganz mausetoten Drachens. Denn auf Anruf ließ der Begrabene Dämpfe aufsteigen, Fäulnis- und Verwesungsdämpfe (Python = Fäulnis), die die Priesterin zu ihrem prophetischen Lallen begeisterten. So war der Lichtgott auf die Emanationen der Unterwelt angewiesen, um droben unter der Sonne zu werden, wozu er wurde: der weithin, auch über die Grenzen Griechenlands berühmte und verehrte Schicksalsweiser, Ratgeber, Schiedsrichter, schließlich höchste moralische Autorität, eine Art Kurie der antiken Welt.

Herodot erwähnt das Orakel an die hundertmal in seinen „Historien". In allen möglichen Belangen wurde es angerufen. Königliche Eltern erkundigten sich bei der Geburt ihrer Kinder, welches Los dem Neugeborenen beschieden sein werde; wir wissen, wie furchtbar der delphische Schiedsspruch dem unglücklichen Oedipus mitspielte; von den Erynnien Verfolgte wie Orest erhielten hier rettende Weisung. Aber auch in der Politik wagte man kaum eine Entscheidung zu treffen, ohne die Meinung des Apollon Pythios zu befragen. Rüstete man zum Krieg und bangte um den Erfolg, war man in Verlegenheit, welchen Anführer man wählen, welchem Nachbarn man sich verbünden, wie man sich vor dem Ansturm mächtiger Feinde schützen sollte: flugs belud man etliche Boten mit kostbaren Weihegeschenken und ließ sie nach Delphi reisen. Und das Orakel warnte, feuerte an, empfahl Strategen und taktische Manöver, malte künftiges Unheil aus, ließ aber dann doch auch wieder einen Silberstreifen am Horizont aufblinken.

Erst funktionierte das Orakel nur zu bestimmten Zeiten, an bestimmten Festtagen, später konnte es fast das ganze Jahr frequentiert werden, es zeigte sich in seiner besten Zeit bemerkenswert unparteiisch und – das Wunderbarste – es bekam oder behielt in den Augen der Gläubigen immer recht.

Wie konnte sich, so fragen wir uns heute mit Staunen, eine Autorität auf so prekärer Grundlage wie Wahrsagung entwickeln und durch Jahrhunderte behaupten? Wie konnte sich der hellwache griechische Verstand dazu herbeilassen, ihre Entscheidungen, oft solche auf Tod oder Leben, zu akzeptieren?

Wir werden das Geheimnis des Numinosen, mit dem der Hellene Delphi umkleidete, nie ganz ergründen können. Bestand dieses Geheimnis nur für das gutgläubige einfache Volk oder auch für die füchsisch schlauen politischen Anführer?

Drei Umstände dürften für das Ansehen des Orakels ausschlaggebend gewesen sein: 1. die Lage des Heiligtums im Zentrum der großen Fluchtburg Innergriechenlands, seine natürliche Unangereifbarkeit, die es schon zu einer gewissen Unabhängigkeit prädestinierte. Es erfreute sich denn auch in der Tat lange einer eigenen Souveränität und wurde, wenn es doch einmal übermütigen Nachbarn zum Opfer fiel, dreimal in sogenannten „Heiligen Kriegen" von seinen Usurpatoren befreit. (Merkwürdige Parallele zur Geschichte des Kirchenstaates.)

2. scheint der dem delphischen Orakel zugrundeliegende Mythos dem religiösen Gefühl der Hellenen genau entsprochen haben. Da der Grieche keine Theologie in strengerem Sinne besaß, gewann seine dichterische Phantasie umso mehr Raum, um alle Figuren und Mächte seiner Götterwelt in ein Beziehungsnetz einzubringen. Daß dieses Beziehungsnetz die disparatesten, ja widersprüchlichsten Elemente enthielt, störte nicht, im Gegenteil. Es wirkte anregend. Und hier in Delphi waren in der Tat äußerst widersprüchliche, chthonische und geistige Elemente aufs tiefste verquickt, das Dunkel zum Diener des Lichtes, das Licht zum Wahrer des Dunkels geworden, die Grenzlinie verwischte sich in, wie Thomas Mann in anderen

Zusammenhängen sagt, träumerischer Ungenauigkeit, die so fruchtbar war, weil sie einem tiefen Bedürfnis der menschlichen Seele, dem nach der Identifikation des Gegensätzlichen, entsprach.
3. und nicht zuletzt mag in Delphi eine kluge, hochgebildete und wohlunterrichtete Priesterschaft die Belange ihres Gottes – und damit auch ihre eigenen Belange – wahrgenommen haben. Wie man weiß, gab die von vulkanischen Dämpfen berauschte Pythia nur ein wirres Stammeln von sich; den lauschenden Priestern oblag es dann, das unzusammenhängende Lallen miteinander zu verbinden und in zierliche Hexameter zu fassen. Man kann sich vorstellen, wieviel Freiheit sie sich dabei nahmen und wieviel erst vielleicht nur unterschwellige, dann aber gewiß hochbewußte eigene Meinung und Erwägung in die Verse eingeflossen sein mögen.
Welch ein Unternehmen, an Stelle des Gottes zu sprechen, welche Versuchung zu Überheblichkeit, kaltherziger Manipulation und Heuchelei – und welche Gefahr, mit dem eigenen Glauben zugleich die Glaubwürdigkeit zu verlieren! Hier konnten nur Weisheit und Humanität helfen, und auch sie nur begrenzte Zeit.
Soweit uns die Sprüche des Orakels überliefert sind, zeigt sich an ihnen nun wirklich eine Wandlung ihrer Tendenz, ihrer Methode. Mit der Verkündigung finsterer Verhängnisse (siehe Oedipus) beginnend, lassen sie schon früh Züge heilbringender menschlicher Zuwendung erraten: so wird der unselig-zerrüttete Muttermörder Orest aufgefordert, nach Tauris zu ziehen und das Bild des Artemis aus den Händen der Barbaren zu holen; ihm wird eine, wenn auch gefährliche, Aufgabe gestellt, an der er sich bewähren kann. Später verschanzt sich das Orakel hinter dunklen, schwer verständlichen Formulierungen, um deren Auslegung denn auch jedesmal prompt ein Streit entbrannte. So konnte der Spruch nicht fehlgehen, und es blieb, wenn ein Unternehmen fehlschlug, den Interpreten überlassen, einander die falsche Auslegung vorzuwerfen.
Ans Tragikomische streift, wie Kroisos, dem Lyderkönig, mitgespielt wurde. Mit wachsender Besorgnis sah dieser die Macht des benachbarten Perserreiches wachsen. Sollte er einen Präventivkrieg führen? Erst wollte er das Orakel hören. Doch er war vorsichtig, zur Unzeit. Er sandte nämlich eine ganze Anzahl Boten zu den verschiedensten Orakeln, an denen ja in der antiken Welt kein Mangel war, und trug ihnen auf, am hundertsten Tag nach ihrer Abreise – also an ein und demselben Datum – der prophetischen Gottheit die Frage zu stellen, was wohl Kroisos, der Lyderkönig, eben treibe. Und damit die Antwort ja nicht zu leicht und nur durch echt göttliche

Eingebung erraten werden könnte, ließ sich der Mann etwas ganz Ausgefallenes einfallen: am kritischen Datum betätigte er sich höchst unköniglich als Koch und kochte eine Schildkröte mit einem Lamm in einem ehernen Kessel. Und siehe, das delphische Orakel erriet die Wahrheit, es bestand den ausgeklügelt schwierigen Test. Was Wunder, daß Kroisos von seiner Unfehlbarkeit von nun an felsenfest überzeugt war. Und unverzüglich schritt er zur nächsten Befragung: Sollte er den Grenzfluß Halys überschreiten und Kyros, dem Perser, den Krieg erklären? Die Antwort lautete: Wenn du den Halys überschreitest, wirst du ein großes Reich zerstören. Voll Freude empfing der König den Wahrspruch und bedachte nicht, daß auch sein eigenes Reich damit gemeint sein könnte; der eben noch mißtrauisch Klügelnde wurde der Falle nicht gewahr, er griff Kyros an – und ging zugrunde. Die Pointe der Geschichte besteht jedoch darin, daß die verführerische Zweideutigkeit des Orakels den Griechen nahezu zum Verderben und dem Apollon Pythios zu langsamem, aber unaufhaltsamem Abstieg ausschlug. Denn der siegreiche Kyros griff Hellas an, das sich seiner und seines Nachfolgers zwar erwehren konnte; aber die Perserkriege hatten die politischen und damit auch geistigen Voraussetzungen in Griechenland völlig verändert. Das mythische Element verfiel, um das rationale aufsteigen zu lassen: das Orakelwesen siechte allmählich dahin, es verfiel; dem strahlenden Aufstieg folgte eine lange triste Agonie, bis, etwa um 500 n. Chr., dem überlebten Spuk ein Ende mit Schrecken bereitet wurde. Die Christen überfielen das Heiligtum, zerstörten es bis auf die Grundmauern, zerstreuten die ungeheuren Schätze, die noch immer hier gehortet lagen. Seither ist Delphi eine Ruinenhalde, deren Aufriß mit Genauigkeit zu rekonstruieren nicht einmal den heißesten Bemühungen der Archäologen gelang.

Zu seiner Glanzzeit muß es ein wahres Wunder, ein antiker Montsalvatsch an Pracht und Herrlichkeit gewesen sein, eine theokratisch regierte Polis mit einer in weiser Anonymität verharrenden Priesterschaft an der Spitze, die offenbar die Wahrung mythischer Bestände sehr wohl mit den besten Errungenschaften der Philosophie zu verbinden wußte. Der Tempel des Apollon trug Inschriften wie: Erkenne dich selbst! – und: Halte Maß in allem!

Halb Griechenland strömte zu den Delphischen Wettspielen herbei, man kann sich denken, welcher Betrieb hier herrschte. Schon damals wurde Fremdenverkehr in großem Stil gepflegt, und die Eingeborenen wußten – wie an allen solchen Punkten – ihren Schnitt zu machen. Sie waren bald als faul, unverschämt und dumm verschrien und mögen es auch gewesen sein: die dunkle Kehrseite einer allzu glänzenden Medaille.

Heute steht in dem kleinen, aber mit erlesenen Kostbarkeiten beschickten Museum zu Delphi ein merkwürdig ungefüger Stein, der mit einem Relief netzartig verknüpfter Wollbinden bedeckt ist. Er ist der einzige Kultgegenstand, der bei der Orakelbefragung im Gebrauch war und wieder aufgefunden werden konnte; es ist der Omphalos, der, dem Mythos zufolge, den Nabel der Welt, den Mittelpunkt des Kosmos bezeichnete; Zeus selbst habe ihn hierher gesetzt. Er stand unter der Cella des Haupttempels in einer Art Kellergelaß und über dem Grab des dampfenden Python, als Ehrenmal des Gefallenen, Überwundenen und damit der der Welt zugrunde liegenden urtümlich chthonischen Ungestalt. Hier kam die Verschuldung der siegreichen Vaterwelt an die mutterweltliche Titanenbrut, des Lichtes an die Finsternis, der Selig-Himmlischen an das leidende Chaos zutage.

Mit dieser Verschuldung allerdings konnte sich das Christentum nie befreunden. Sowohl im Alten als auch im Neuen Bund klafft ein Abgrund zwischen Gott und Satan. Da aber nur die Berührung mit dem Abgründigen das Licht zur Weissagung legitimierte, wurde alles Orakelwesen vom neuen Glauben hinweggefegt.

Das Orakelwesen blieb im Bereich abendländischer Hochreligion und damit auch Hochkultur ausgeklammert.

Natürlich erhielt sich in breiten Schichten der nur allzu menschliche Drang nach Vorwissen. So wurde weiterhin geweissagt, in den Sternen gelesen, aus Karten und Kaffeesatz orakelt. Doch war die Sache einmal suspekt geworden und wurde sozusagen immer nur nebenbei, unter dem Tisch, hinter vorgehaltener Hand abgewickelt. Niemand, der auf allgemeineres Ansehen Wert legt, wird sich getrauen einzugestehen, er richte sich nach den Hinweisen seiner Kartenaufschlägerin. Ein Politiker, der seine Politik nach astrologischen Winken einrichtete, wäre unmöglich. (Vielleicht tun es trotzdem welche, in aller Heimlichkeit.)

Die Tabuisierung des Orakelwesens durch das Christentum hat offenkundig gewirkt und wirkt bis heute nach. Es hat sich freilich eben erst seit kurzem ein neues Orakelwesen konstituiert: die Futurologie. Sie trägt sich wissenschaftlich vor, statistisch, mathematisch. Ihre Methode ist die Extrapolation der Kurven. Ihre Heiligtümer sind elektronisch installiert. Sie gibt sich apollinisch-rational. Lauert auch ihr eine Ge im Hintergrund auf?

Im Revier der Wölfin

(1973)

Sieben Wochen in Rom: ist das genug, um über diese Stadt zu berichten? Mit ihr ist keine andere Stadt in Europa vergleichbar, sie ist weit mehr als eine Metropole, sie ist eine Landschaft, ich möchte sagen: ein Kontinent; ein Kontinent in des Wortes genauer Bedeutung, das heißt: ein Zusammenhängendes, Dauerndes, Kontinuiertes. Sie reicht bis Wien, Madrid, Washington, Melbourne, Moskau liebt es, selbst ein drittes Rom genannt zu werden. Sie reicht aber auch in die Tiefe der Zeiten, bis an die Schwelle der Zivilisation. Genau das tut sie: *Kulturen* gab es auch vor Rom, auch auf europäischem Boden, in Kreta, Griechenland, sogar in Italien, in nächster Nähe, in Veji, Cerveteri, Tarquinia. Aber was wir *Zivilisation* nennen, das wurde in Rom geboren.

Dabei begann es der Sage nach, nicht weniger mythisch als anderswo, mit der gesetzesbrecherischen Leidenschaft eines Gottes für ein Menschenmädchen. Rea Silvia war als Vestalin der Jungfräulichkeit geweiht. Was kümmerte das den Kriegsgott Mars? Er umarmte sie und zeugte zwei Knaben, Remus und Romulus. Sofort folgte die Strafe an Rea, sie wurde im Tiber ertränkt, die Kinder im Tiber ausgesetzt, sie schienen bereits verloren. Aber da bricht die Wölfin, das Ungeheuer aus Waldesdickicht und Höhlendämmerung, hervor, die etruskische Wölfin aus den Albanerbergen, sie schnürt herbei mit glühenden Lichtern und entblößtem Gebiß, das Ufer des Flusses entlang.

Wehe den Kindern . . . doch nein. Sie ist nicht auf Suche nach Beute, und nicht der Hunger treibt sie herbei. Unter den schwärzlichen Flanken, aus dem fahlen Bauchfell stechen die harten, milchüberfüllten Zitzen hervor. Die Wölfin ist Mutter, aber sie hat ihre Wolfskinder verloren – (wer hat sie ihr genommen?) –, der Schmerz treibt sie umher und das unbewußte wilde Verlangen nach saugenden Mündern. Und so findet sie die Kinder und winselt erleichtert auf, da sich die Hungrigen an ihre Zitzen hängen.

So wird die Bestie zur Mutter der Brüder, Menschenmutter, Männermutter, sie füllt sie mit Wolfsmilch, Wolfsmut, Wolfskraft, Wolfslist. Sie wird zur wahren Mutter Roms. Noch heute steht ihr Bild in Bronze gegossen auf dem Capitol, eine etruskische Arbeit von höchstem Rang, eines der großartigsten Tiermonumente. Die Wölfin hebt den Kopf, witternd und gleichsam geblendet in visionärer Blindheit, denn ihr Blick (nichts weiter als der Blick einer wilden, leidenden Kreatur) scheint die Ferne der Jahrtausende zu durchdringen, und die Spannung, die ihre hageren, ausgemergelten Flanken beben läßt, ist die Spannung vor dem Sprung in die Ferne, von Latium über Campagna und Samnium und ganz Italien von Meer zu Meer, von Sizilien bis zu den Alpen und immer weiter, nach Gallien und Dalmatien, Hellas und Afrika, Ägypten und Britannien, den ganzen damals bekannten Erdkreis umrundend.

Hier war es, am Westhang des Palatin, wo die Milchsöhne der Wölfin die Stadt gründeten – heute eine Gartenterrasse, von Eichengebüsch bestanden, ruinenbesetzt, und drüben das Capitol, dazwischen das Forum, ein Streifen ehemals sumpfiger Weide, wo die Cloaca maxima göttliche Ehren genoß, Zentrum eines Imperiums – warum hier, frage ich mich, wieso dieser Platz, gerade dieser – woran kann es gelegen haben, daß er zum Angelpunkt wurde für zwei und ein halbes Jahrtausend?

Wie immer in solchen Fällen liegt es an der primären Situation. Ich denke: frühe Zeit, Jägerland, Hirtenland, spärlich bebaut. Hier der Hügel: Palatin. Unten der Fluß, und im Fluß eine Insel, die Tiberina. Damals vielleicht noch andere Inseln, um die sich der Fluß verzweigte. So wird das Wasser flach und bildet eine Furt. Sie ist der funktionale Punkt. Denn wer die ligurische Küste herunterzieht und weiter südwärts will, muß irgendwo über den Tiber. Ausweichen hinter das Flußbett, hinauf in die Berge: undenkbar. Also bequemt man sich hier zur Furt. Später zur Brücke. Das wußten die Hirtenkrieger am Palatin und lagen auf der Lauer. Sie nahmen Zoll, sie ließen nur hinüber, wer ihnen Vorteil brachte, Vorteil, Anteil und damit Herrschaft. Herrschaft in wachsenden Ringen. Wie schon gesagt: über Latium, Campanien, Italien, von Meer zu Meer.

Aber in dem ganzen Vorgang, dem jahrhundertelangen, bleibt das Bild der überwachten Furt als Grundfigur, als Model stehen. Wie zuerst nur eine Handvoll hartköpfiger und hartgesottener Wegelagerer den Übergang über einen mittleren Fluß überwachte, überwachte später ein Volk den Engpaß Mittelitalien als Binde- und Brückenstück zwischen Nord und Süd, überwachte später das Kernland eines Imperiums alles, was sich in diesem Imperium bewegte; als mittlere der drei großen Halbinseln Südeuropas kontrolliert Italien das ganze Mittelmeer. Alles, was vom Osten in den Westen will und umgekehrt, passiert den Filter Rom. Da ist keine Ware, die dem Umschlagplatz Rom entgeht, nicht erst hier ausprobiert und in ihrem kommerziellen und zivilisatorischen Stellenwert bestimmt wird. Kulturen, Religionen, geistiges Grundgut der Menschheit läuft durch die Zollstation an der

Tiberina. Der Austausch der Sitten, Meinungen, Moden zwischen Vorderasien und den Säulen des Hercules erfolgt auf dem Großmarktplatz Rom, die Strahlungskraft griechischen Geistes wird hier römisch, d. h. nach römischer ratio verarbeitet und handlich verpackt, weitergegeben, auch das Christentum muß sich hier seine weltgeschichtliche Berufung erkaufen, und wenn der Papst heute noch von seiner Loggia am Petersplatz den großen Segen spendet, dann heißt das der Segen urbi et orbi, zuerst der Stadt und dann dem Erdkreis, über die Stadt dem Erdkreis und von der Stadt ausstrahlend über den Erdkreis, global. Der Vorgang hat eine geradezu geometrische Logik. Euklid im Revier der Wölfin.

Sieben Wochen in Rom, ich sagte es schon, und täglich auf dem Weg, viele Stunden lang. Aber der erste Vormittag auf der Piazza del Popolo war nicht zu überholen.

Wir waren spät am Abend angekommen. Am Morgen fuhren wir auf den Pincio. Dort auf der Aussichtsterrasse beugten wir uns über die Balustrade wie Architekten über einen Grundriß und lasen die längst bekannten Silhouetten vom Horizont der Stadtlandschaft: St. Peter, Engelsburg, Pantheon. Knapp unter uns die herrliche Rosette eines Platzes, Piazza del Popolo, genau so groß, wie es seiner Würde entspricht – und um keinen Meter weiter ausgreifend, als es seine Konzentration erlaubt. Später sind wir dann unten, selbst in oder auf dieser Rosette, sitzen auf den Stufen vor dem Obelisk, durchschreiten die Porta Flaminia; in der Kirche Sta. Maria del Popolo sehen wir die Vorbereitungen zur Karfreitagsliturgie . . . Jenseits des Platzes die beiden fast spiegelgleichen betürmten Kuppelkirchen Santa Maria dei Miracoli und Montesanto, die das Oval des Platzes in ihren Ovalformen nachspielen, zwischen und neben ihnen öffnen sich die Via Babuino, der Corso und die Ripetta, drei Gassenschluchten, in denen der Verkehr tobt und die schnurgerade den Körper der Stadt in Richtung Quirinal, Capitol und Herzstück des alten Marsfeldes durchschneiden. Zur einen Seite der Tiber, zur anderen der Hang des Pincio aufgemauert, abgestützt, von Rampen, Straßen, Treppen, Nischen in eine prunkvolle Architektur verwandelt. Ein Brunnen wirft Kaskadengischt. Den Obelisk in der Mitte des Platzes hat Ramses der Zweite in Auftrag gegeben. Augustus hat ihn nach Rom gebracht, Sixtus V. hat ihn hier aufstellen lassen. So hat er den Platz des Volkes geehrt. Inschriften. Inschriften auf dem Sockel des Obelisk, Inschriften an der Porta del Popolo, Inschriften an den Kirchen, in den Kirchen in Stein, Bronze, Mosaik, Inschriften überall. Plötzlich weiß ich: das ist Rom.

Das ist die Stadt, in der aufgeschrieben, in der eingeschrieben wurde, in der man *auf*-zuschreiben begann. Aufgeschrieben: das ist festgestellt, festgemacht gegen den Wellenschlag der Zeit, gegen Vergessen, Tod und Vergänglichkeit. Hier hatte der Mythos ein Ende.
Der Mythos ist anders. Zwar – er erinnert auch, doch er spinnt an Erinnerungen fort, damit bleibt Erinnertes lebendig, veränderlich, verwandelbar. Mythos deutet, wächst zu, nimmt ab. Mythos ist Leben. Aber Leben in dieser Form – als Veränderbares – wurde hier in Rom nicht geduldet. Darum die Inschrift. Bezeugung. Senatus populusque romanus, an jeder Ecke, in jedem Winkel, sogar in die Kanalgitter eingeprägt. Das heißt: Wir haben getan, erbaut, erneuert, wir haben gegründet und Gründe gehabt. Wir haben auf Gründen Recht gegründet.
Wir: das ist Rom: das sind seine großen Männer. Augustus, Severus, Diocletian – und später die Päpste, Caesar, Princeps, Pontifex, Kaiser, Fürst, Oberster Priester – und immer im Superlativ: summus, optimus, maximus. Der Superlativ versteht sich von selbst, hier in Rom.
Auf sieben Hügeln ist Rom erbaut. So heißt es. Unterdessen sind es sicherlich siebzehn Hügel geworden. Aber sie haben alle etwas gemeinsam: sie sind, wie der Hang des Pincio hier über der Piazza del Popolo, zu Architekturen geworden. Was Weinberg war, Garten oder Ziegenweide, verfestigte sich in Mauern, staffelte sich in Rampen, Terrassen, höhlte sich in Loggien und in den Grotten der Nymphäen. Den ungeheuren Pfeilerbauten der Severianischen Thermen oblag es, den palatinischen Hügel fortzuführen und mit einer Zone des Spiels, des Vergnügens, der Repräsentation prunkvoll zu tarnen, während sich am Fuß des capitolinischen Felsens die mamertinischen Kerkerhöhlen öffneten: die dunkle Schlucht der Todgeweihten.
Auch das moderne Rom spielt den gemauerten Hang aus: die kühn getürmte Mauer umkleidet dcn gewachsenen Fels. Der Tunnel stößt unter den Hügeln durch. In den steinernen Röhren ballt sich der Lärm zu unaufhörlichem, nie verstummendem Brüllen. Kein Schrei kommt dagegen auf.

Piazza Navona: dieser Platz hat zu sich zurückgefunden, nachdem er für den Verkehr gesperrt wurde. Die macchina, die „Maschine“ ist verboten, der Mensch zurückgekommen: in frei flutenden Schwärmen tummeln sich die Touristen und das Volk von Rom auf dem langgestreckten Platz, der mit drei prachtvollen Brunnen geschmückt ist, deren mittlerer, jener von Bernini, die vier Erdströme feiert. Man hatte den Platz zeitweise überflutet, um Schiffsparaden und carnevalistische Seegefechte abzuhalten. Rom liebt

seine Brunnen und trägt seine reichliche Wasserversorgung stolz zur Schau. Auch damit war ihm das bergige Hinterland dienstbar: wer über Wasser verfügt, verfügt über Macht.
Aber was heißt heute: Macht – in einer Stadt, die nahe daran ist, an ihren Funktionen zu scheitern. Der größte Hundertsatz ihrer Energien setzt sich um in Mobilität. Das Netz ihrer Transportwege ächzt unter dem Überdruck. Zu jeder Stoßzeit setzen an denselben Punkten dieselben Embolien ein. Wie Riesenpfropfen stecken die Pulks der Autos in den Verkehrsadern. Das Gift der Abgase dringt durch jede Ritze und mischt sich mit dem Modergeruch der Jahrhunderte. Rom ist eine der lautesten Städte der Welt, dabei eine der trägsten. Es arbeitet wenig. Es verwaltet, streicht ein, genießt. Aber gerade diese Tätigkeiten erfüllen es mit Lärm und Gift. Es liefert sich seit neuestem auch blutige Straßenschlachten. Das Fell der Wölfin scheint räudig. Ihre Flanken fliegen von keuchenden Atemzügen. Aber sie lag schon oft krank auf den Tod. Und sie ist nicht gestorben.

Wie sah es in Jerusalem wirklich aus?

Die Schauplätze der Passion – in der Vorstellung und in der Realität

(1970)

Unsere Vorstellungen vom biblischen Geschehen sind nicht allein – und vielleicht nicht einmal am nachdrücklichsten – von der verbalen Überlieferung, also von der Bibel selbst geprägt. Sie sind viel stärker, als wir es uns zumeist klarmachen, von der bildenden Kunst geformt. Vor allem Malerei und Graphik haben uns die Berichte der Heiligen Schrift in unzähligen Bildern illustriert und damit nach der ihnen eigenen formalen Gesetzlichkeit aus- und umgedeutet. Diese Deutungen entwickelten sich in einer bestimmten Tradition zu einer Zeit, der historische, geographische oder volkskundliche Dokumentationen mehr oder minder unbekannt waren.
So malte man Jerusalem, Bethlehem und den See Genezareth, ohne viel zu fragen, wie es dort in Wirklichkeit aussah. Die wenigen Reisenden, die jene Gegenden besucht hatten, brachten keine naturgetreuen Bilder und keine genauen Beschreibungen mit. Dieser Mangel schlug der bildenden Kunst zum Glück aus, denn um so freier konnte sich die kreative Phantasie entfalten und sich von der fruchtbaren Vieldeutigkeit des Wortes inspirieren lassen.
Unsere Lage ist eine andere: Einesteils trägt sich die moderne Kunst, auch die religiöse Thematik, mit dem Anspruch vor, der Natur oder sogenannten Wirklichkeit keinerlei Tribut mehr zu schulden; andernteils sind wir durch den Fortschritt der historischen Wissenschaft und ihrer Hilfsmittel imstande, die Umwelt und Modalitäten der biblischen Ereignisse sehr viel genauer zu imaginieren als frühere Jahrhunderte.
So ist es vielleicht nicht ganz unergiebig, einige traditionelle Bildvorstellungen mit dem zu vergleichen, was uns Geschichte und Archäologie unterdessen über die Schauplätze des Evangeliums erarbeitet haben.
Der Tempel zu Jerusalem spielte im Leben Jesu keine geringe Rolle. Nicht nur, daß er sich als zwölfjähriger Knabe seinen Eltern entzog, um „hier, im Hause seines Vaters“ zu weilen, daß er später voll Zorn die Händler und Wechsler aus dem Vorhof trieb, hier vollzog sich auch sein entscheidender Bruch mit der etablierten pharisäisch-sadduzäischen Orthodoxie. Dementsprechend ambivalent war das Verhältnis des Christen zu diesem Ur-Hei-

ligtum seines eigenen Glaubens. Auf der einen Seite suchte man ihm schuldigen Respekt zu zollen, auf der anderen konnte man nicht umhin, ihn mit suspekten Gestalten zu bevölkern: Hier lauerte ja die Macht, die den Menschensohn später zu Tode bringen sollte. Vor allem aber nahm man den Tempel zum Anlaß, in extravaganten architektonischen Träumen zu schwelgen. Die neuentdeckten Gesetze der Perspektive reizten die Maler zu artistischen Bravourstückchen.

So stellte man den Tempel zu Jerusalem mit Vorliebe als ein System äußerst prachtvoll ausgeschmückter Höfe, Hallen, Loggien und kühnster Durchblicke vor, gotisch, solange das Abendland gotisch war, antikisch-barock, sobald es sich in barocken Formen auszudrücken begonnen, auf jeden Fall aber ein sauber gefegtes glänzendes Schmuckkästchen. Darin promenierten turbangeschmückte, aufgeputzte Gestalten, eine Versammlung intriganter Verschwörer.

In Wirklichkeit waren zu Jesu Zeiten Tempel und Tempelbezirke eine einzige ungeheure Baustelle. Herodes der Große, dessen gigantomanische Bausucht an Hitler erinnert, hatte kurz vor der Zeitwende mit einer totalen Umgestaltung des Geländes begonnen. Er wollte nicht nur einen neuen Tempel errichten, er legte rings um diesen den größten Sakralbezirk der Alten und Neuen Welt an. Der breite Rücken des Berges Moriah wurde einbezogen, unterfangen, abgestützt, mit vielen Prachtbauten in hellenistischem Geschmack besetzt, das Ganze dazu noch kräftig befestigt.

Ein solches Unternehmen war in jener Zeit nur von einem Heer von Bauleuten und im Laufe etlicher Jahrzehnte zu leisten. Da gab es also in Jesu Tagen keine sauberen, zierlich dekorierten Hallen, sondern derbe Gerüste und rohe Quadermauern, Balkenstapel und Baugruben; statt Stille, Leere und Feierlichkeit herrschten Lärm und Gewühl und statt der Staffage diskutierender Schriftgelehrter und haarspalterischer Pharisäer – ein unabsehbares Gewimmel zerlumpter, braungebrannter und ausgemergelter Gestalten.

Nicht nur der Tempel, auch die Abendfeier des Gründonnerstags und die Gerichtsszenen vor Hannas und Kaiphas gaben der Malerei erwünschte Gelegenheit, sich in verzwickten Prunkarchitekturen zu ergehen. Das war, was den Ort des Abendmahls betrifft, sicherlich an den Fakten vorbeiinterpretiert. Vermutlich versammelte sich Jesus mit seinen Jüngern in einem sehr einfachen, nahezu armseligen Haus. Was waren sie denn anderes als eine Gruppe armer, verfolgter Wanderprediger? Überdies war Jerusalem in den Vortagen des Passahfestes mit jüdischen Pilgern aus aller Welt überschwemmt. Da hieß es zusammenrücken und mit bescheidenster Bleibe zufrieden sein.

In der Nähe des Davidsgrabes wird ein im ersten Stockwerk gelegener, gotisch eingewölbter Saal gezeigt: Hier soll das Abendmahl stattgefunden haben, hier soll sich dann etliche Wochen später die Ausgießung des Heiligen Geistes ereignet haben. Ich möchte bezweifeln, daß der Ort authentisch ist. Er liegt dem Davidsgrab so nah benachbart, daß er kaum von einer kleinen Schar aufrührerischer Sektierer zum Versammlungsort gewählt werden konnte, denn das Davidsgrab – oder der Ort, den man dafür hielt – gehörte zu den vornehmsten Heiligtümern des orthodoxen Judentums, und seine Nachbarschaft wurde gewiß mit Argusaugen überwacht.

Die Stimmung, die die Berichte über das letzte Mahl des Herrn ausstrahlen, weist eher auf einen Ort der Verborgenheit, der Abgelegenheit und Stille hin. Man kann sich auch nicht denken, daß, wie einige Forscher annehmen, die Passahfeier auf der Terrasse eines Hauses abgehalten wurde, in einer auf dem flachen Dach errichteten luftigen Laube. Dem Meister, der sich verfolgt wußte, war ganz offenkundig daran gelegen, die letzten Stunden vor seiner Gefangennahme in Ruhe mit den Seinen zu verbringen, um ihnen letzte Offenbarungen zu übermitteln und die Stiftung der Gedächtnisfeier zu vollziehen. So möchte ich eher dazu neigen, mir das Abendmahl draußen vor der Stadt, auf einem Landgut oder in einer vor der Mauer gelegenen Herberge vorzustellen, als in der von Unruhe brodelnden überfüllten Metropole an einem exponierten Platz.

Begreiflicherweise hielten sich die Maler bei ihrer Darstellung der Passahfeier an die Regeln der abendländischen Tischsitten: Sie ließen den Meister und seine Jünger zu Tisch *sitzen,* während man in jener Zeit üblicherweise zu Tische *lag.* Gewiß hätte man diese Haltung als würdelos empfunden. Auch hier erfolgte, wohl zumeist unbewußt, ein Korrektiv in Richtung hierarchischer Strenge und formaler Geschlossenheit.

Nach Jesu Gefangennahme am Ölberg führte man ihn zum Hohenpriester Kaiphas, um ihn zu verhören. Petrus folgte ihm, schlich sich in den Hof des Palastes ein, wurde dort erkannt, verleugnete seinen Meister und schwor, er kenne ihn nicht. Unterdessen war Jesus vom Hohen Rat verhört worden. Als er aus dem Saal geführt wurde, erblickte er Petrus, und Petrus, vom Blick des Meisters getroffen, erinnerte sich dessen Prophezeiung: Ehe der Hahn zweimal kräht, wirst du mich dreimal verleugnen. Da schämte sich Petrus, ging hinaus und weinte bitterlich.

An diese Episode erinnert in Jerusalem das Kloster „San Pietro gallicanto", St. Peter zum Hahnenschrei. Das Kloster ist an den steilen Westhang des Tyropaion- oder Käsemachertales gebaut, zwei neue, häßliche Gebäude, Kloster und Kirche durch eine Straße getrennt. Doch wie so häufig in diesem Land, ist das christliche Gotteshaus nichts weiter als überbauter, überwölbter archäologischer Bestand, und in diesem Fall von außerordentlichem Ausmaß und seltener Eindeutigkeit. In und unter den Fundamenten der Kirche sowie hangabwärts und -seitwärts hat man nicht mehr oder weniger als die Reste des Hohenpriesterlichen Palastes aus Jesu Zeiten, den Palast des Kaiphas also, entdeckt. Unterste Stufe an dem Steilhang: das Wirtschaftsgebäude mit Getreidesilo und Ölpresse; in einem Gaden fanden sich zwei vollkommene Sätze von Hohl- und Gewichtsmaßen, Gomer und Shekel, wie sie damals nur noch im Tempeldienst üblich gewesen; unfern davon eine Aufschrift: „Hier zahlen Diebe ihre Buße", was, wie wir wissen, an den Hohepriester zu erfolgen hatte. Über dem Wirtschaftstrakt erhob sich, den Hang emporsteigend, das Polizeigefängnis. (Die niedere Gerichtsbarkeit lag ja auch unter römischer Besatzung beim Hohenpriester.) Dieser Teil des Palastes ist am besten erhalten, ein System von Höhlen, die man in den Fels gehauen hat. Da ist vor allem eine zweimannshohe, birnenförmige Grube, in die man die Gefangenen mittels Stricken von oben herabließ. Sonst war keinerlei Zugang da, und so gab es auch kein Entkommen. Am Birnenhals: ein Guckfensterchen, durch das sich der Kerkermeister über das Tun und Lassen der dort Eingeschlossenen informieren konnte. Dabei saß er auf bequemem Steinsitz in seiner höher gelegenen Wachstube.

Dort, in und vor der Wachstube, saßen oder lagen auf rundum laufenden Steinbänken die anderen, vermutlich für weniger gefährlich gehaltenen Arrestanten. Ihre Fesseln, Ketten oder Stricke waren an in den gewachsenen Fels gehöhlte Ösen befestigt. Zwischen zwei Säulen wurden jene angebunden, die zu Geißel- oder Peitschenhieben verurteilt worden waren. Hilflos ausgereckt, mit gespreizten Armen und Beinen, konnten die Unglücklichen nicht einmal ihr Gesicht oder Geschlecht decken. Im übrigen hatte man an alles gedacht: Aus dem rohen Felsboden waren topfartige Gruben herausgehauen und mit Essigsud gefüllt. Darein wurden die Ruten getaucht; so erhielt man sie geschmeidig.

Der dritte und oberste Teil des Palastes enthielt den Saal, in dem der Hohe Rat tagte, dort öffnete sich auch der Hof, in dem sich Petrus am Feuer wärmte. Hier sind nur mehr Reste erhalten, doch auch sie erlauben uns mit dem Gefängnistrakt zusammen eine Vorstellung davon, wie sich der Palast des Kaiphas zu Christi Zeiten präsentierte: als zwar verhältnismäßig weitläufiger, doch roh gemauerter und aus dem Fels gehöhlter winkliger Fuchsbau; von einem Palast in unserem Sinne keine Rede.

Die letzte Station und zugleich Höhepunkt der Heilsgeschichte vollzog sich auf einer von allen vier Evangelien gleicherweise apostrophierten, doch sonst in keiner zeitgenössischen Quelle erwähnten Stätte: *Golgotha.*
In der malerischen Vergegenwärtigung erschien dieser Hügel zumeist weit vor der Stadt gelegen, als eine die ganze Landschaft beherrschende Kuppe oder gar als hochtragende Felsklippe. Indem man die Todesszene des Herrn mit den drei Kreuzen weit hinaus in die Landschaft schob, ordnete man damit gleichsam die ganze Welt konzentrisch um das dramatische Opfer des Menschensohnes, man erreichte kosmische Dimensionen, man sprach mit formalen Mitteln Gemüt und Ahnungsvermögen des Gläubigen an.
Die Wirklichkeit hatte auch hier ein sehr anderes Gesicht. Wohl lag die Schädelstätte in jener Zeit vor der Stadt Jerusalem und außerhalb der herodianischen Mauer. Aber es können nur ganz wenige Schritte von ihr zu dem niedrigen Felsknauf oder Felsriegel gewesen sein, auf dessen Anhöhe man Jesus zwischen den Schächern kreuzigte. Es war auf einer unbedeutenden, felsig-buckligen Erhebung auf dem insgesamt sanft ansteigenden Gelände nordwestlich der alten Stadt, in unmittelbarer Nähe des Ephraimtores, durch das an jenem Vorsabbat-Nachmittag unzählige Pilger geströmt sein mögen, müde Wanderer und abgemattete Reiter, Weiber und Kinder, Alte und Junge. Vielleicht drängten die meisten vorüber, ohne der makabren Szene oben auf der kahlen Felsnase unter der Mauer mehr als flüchtiges Aufschauen zu schenken.
Ruhig verlief jenes Passahfest zu Jerusalem, viel ruhiger als so manches andere; die Geschichte berichtet uns von keinem Aufruhr, und die Annalen wissen nichts von einer jähen Verfinsterung des Himmels oder einem Erdbeben. Ganz unbemerkt sogar von den meisten Augenzeugen hatte die neue Weltzeit begonnen, als man, vor Sonnenuntergang, einen armen, zerschundenen Leichnam hastig in ein nahes Grab transportierte: Ein angesehener Mann namens Joseph von Arimathia hatte es zur Verfügung gestellt, und ein Ratsherr namens Nikodemus hatte eine außerordentlich große Menge stark duftender Spezereien zu diesem Begräbnis geliefert.
Heute ist der Stumpf der Schädelstätte in die Grabeskirche eingebaut, eingemauert. Nur an einer einzigen Stelle ist der nackte Fels noch sichtbar. Bei

der letzten Restaurierung wurde er in einem Pfeiler entdeckt, freigelegt und hinter Glas verwahrt. Es ist nur mehr ein Rest jenes Golgotha, ein einsamer Felszahn, der übrigblieb unter der Bearbeitung durch die Jahrhunderte; denn seit Konstantin wurde an diesem Stückchen Erdkruste modelliert, geschliffen, gemeißelt, einmal aus Ehrfurcht, um es würdig zu überwölben, auszuschmücken und zu verherrlichen, das andere Mal aus Haß, um die Spuren der Verherrlichung zu tilgen.

Was ursprünglich war, hat die Geschichte verändert. Sie hat ihre Legenden gesponnen, ihre Deutungen vollzogen. Uns bleibt nichts übrig, als weiterhin nach dem Kern zu fragen und uns zu neuer Deutung anzustrengen.

Gärten und Brunnen

(um 1965)

Wasser – das variable proteushafte Element: nicht nur gleicht ihm die Seele des Menschen; ist es nicht selbst die Seele der Erde, vielgesichtig und doppeldeutig, wie alles Seelenhafte: beharrlich und launenhaft schweifend, pathetisch und koboldhaft, zärtlich und grausam? Es wandert hoch oben als Wolke, es haust in der Tiefe, ist als Meer Urbild der Majestät, als hüpfendes Rinnsal zeigt es sich kindlich verspielt. Der Mensch hat das Wasser – weit über seine kreatürliche Bedürftigkeit – zu seinem Gefährten gemacht, und seine Geschichte ist nicht zum geringsten Teil die Geschichte seines Umgangs mit diesem Element. Sicher war die einsame Wasserstelle in der Wüste der erste, die Furt über den Strom der zweite Ort, wo sich früheste Ordnung festsetzten, wo sich Herrschaft bildete und zu behaupten suchte. Zur Figur königlicher Macht gehörte stets auch die Botmäßigkeit über das Wasser, und das Spiel mit dem Wasser zu den Kennzeichen fürstlichen Reichtums und unbeschränkter Verfügungsgewalt.

Nicht umsonst siedelte die Genesis das Paradies in einem Vierstromland an. Der reichlich bewässerte Garten wurde zum Sinnbild sorglos glücklichen Lebens. Diesen Urtraum von Eden versuchte jede etablierte Macht in irgendeiner Weise für sich neu zu verwirklichen. Von den Gärten der Semiramis, die wir uns mit raffinierten Bewässerungsanlagen vorzustellen haben, über die Höfe der Serails, die Minnegärtlein des Mittelalters, die Parkanlagen chinesischer Kaiser bis zu den mit Swimming-pools übersäten Wohlstandssiedlungen unserer Zeit, überall, wo sich eine Elite vergnügt, finden wir den Brunnen, den Teich, die plätschernde Fontäne, die spiegelnde Fläche, das Spiel mit dcm Wasser, das Wasserspiel. Es ist bei bescheidenen Mitteln bescheiden, in Zonen, denen es an Niederschlägen mangelt, kann es über ein gewisses Maß an Verschwendung nie hinausgehen. Wo aber die Natur freigebig spendet, wird ausgiebiger Gebrauch gemacht. So bekleidet sich die fürstliche Macht im Zeitalter des Barock nicht nur mit prunkvollen Bauten und ausgedehnten, streng ornamentierten Parkanlagen, sondern auch mit den vielfältigen Reizen des Wassers und demonstriert damit ihre volle Verfügungsgewalt über alle Kräfte des Landes, denn, vergessen wir nicht, immer noch und auch diesseits der Alpen, wo es an Wasser nicht eigentlich mangelt, war es für den gewöhnlichen Sterblichen ein kostbares Element. In den Städten mußte es in Eimern und Krügen von einigen wenigen öffentlichen Brunnen nach Hause geschleppt werden, und in regenarmer Zeit hat der Bauer vielfach sogar heute noch zu befürchten, daß sein mühsam geschlagener Schacht versiege. Doch in den Gärten der Fürsten sorgte ein kompliziertes System verborgener Zuleitungen, Speicher und Pumpen dafür, daß unter den Fenstern der Machthaber den ganzen Sommer hindurch die Fontänen stiegen, Tritone in überfließende Becken spieen und die weißen Gischtschleier der Kaskaden nicht aufhörten, die Prospekte zu beleben.

Die Erfinder dieser so prachtvollen als luxuriösen Künste sind in Italien zu suchen; ihr erstes weltberühmtes Exempel wird in der Villa d'Este statuiert. Ein halbes Jahrhundert später, 1612, ruft Erzbischof Markus Sittich ein Team von Architekten und Installateuren nach Salzburg. An ihrer Spitze steht Solari, er wird den neuen Dom errichten, der an feierlicher Würde in deutschen Landen kaum seinesgleichen haben soll. Aber der Kirchenfürst ist nicht nur darauf bedacht, Stätten der Andacht zu erbauen, er möchte auch unterhalten sein und alle, die seine Gäste sind, unterhalten sehen. Er scheint ein erstaunlich witziger Kopf gewesen zu sein, dieser Erzbischof, vielleicht ein wenig zu witzig für seinen geistlichen Rang, mit einer sonderbaren Neigung zu gewagten Späßen. Da hat er doch draußen in den flachgewellten moorigen Auen am Fuß des Untersberges ein kleines Jagdschloß Hellbrunn, daneben einen Tiergarten, in dem – der Sitte der Zeit gemäß – eine Unmenge Wild zusammengetrieben ist. Der Ort beschäftigt seine planende Phantasie: Er könnte den kleinen altertümlichen Bau abreißen und ansehnlicher wieder aufrichten, das Sumpfland zu einem großen Garten verplanen, vor allem aber die zahlreichen Quellen des Gebietes einfangen und mittels ihrer Wasserspiele betreiben lassen, dergleichen es vielleicht schon jenseits der Alpen, hierzulande aber noch nie gegeben hat. Wozu hat man eben erst die Gesetze der Hydraulik entdeckt, neuartige Pumpen erfunden und gelernt, Röhrensysteme zu verlegen, die das Wasser aus versteckten Düsen in jede beliebige Richtung springen lassen? Was dem unermüdlichen Völkchen der Physici recht ist, wird einem großen Herrn nur billig sein, daß er seinen Spaß daran habe, einen Riesenspaß. Hellbrunn soll eine Art Zauberschloß werden, in dem sich nicht nur holde Geister der Anmut, sondern auch Kobolde derber Spaßhaftigkeit ein Stelldichein geben sollen. Und so geht man ans Werk ...

Hellbrunn ist ein Wasserschloß. Unter einer Böschung gelegen, ist es von künstlichen Bächen umspült, die ihrerseits aus Brunnen und Grotten sprudeln, über Stufen plätschern, sich in Becken sammeln und wieder abfließen, um seitwärts vom Schloß vier große symmetrisch angelegte Teiche zu füllen. Die Anlage ist nicht sehr groß, aber reich an Motiven, um nicht zu sagen, fast überladen. Auf Schritt und Tritt gibt's Attraktionen aller Art, eine Galerie von Grotten und Brunnen, ein Freilichttheater, Lusthäuschen, eine Unzahl von Plastiken.

Da stimmt nicht nur ein marmorner Orpheus ein Trauerlied an, da droht nicht nur ein grimmiger Poseidon mit dem Dreizack, da ist nicht nur Apollon dabei, Marsyas zu schinden, da wird man nicht nur mit griechischer Mythologie und römischem Altertum bedient, da fehlt auch das Monströse nicht, der nackte närrische Tölpel, das steinerne Porträt einer riesigen Wildsau „aller Gestalt und Größe wie die einmal am Haunsperg gefangen" und das klägliche Konterfei eines „Forstteufels", der, wie es in zeitgenössischen Quellen heißt, „gelb von Farbe und sich von niemand ansehen lassen wollend, allen Winkeln zueilte, einen Hahnenkamm auf dem Haupte, ein Menschengesicht mit Bart, Adlerfüße, schier Löwentatzen und einen Hundsschweif hatte, auch weder durch Liebkosen noch mit Gewalt einige Speise oder Trank annehmend, bald vom Hunger sterbend, gefangen wurde". So präsentiert sich hier das Erhabene und Groteske in enger Nachbarschaft, und überall spielt das Wasser, es speit aus Tritonenmündern, spritzt aus Schildkrötenmäulern, es tropft und klimpert in den Grotten, plätschert und murmelt, kräuselt sich in Rinnsalen, schmatzt im Moos, es treibt ein am Wege aufgestelltes mechanisches Theater an, daß es – in Gang gesetzt – seine unzähligen Figürchen rührt. Aber das Wasser lauert auch auf, um den ahnungslosen Besucher mit wohlgezielten Strahlen zu überfallen.

Da ist der schöne Kaiserbrunnen, ein Meisterwerk frühbarocker Gartenplastik, davor ein großer Marmortisch in Form eines römischen Sarkophags. Ringsherum Sitze aus Marmor. Da saß der Herr Erzbischof mit seinen Gästen bei Wein, Wildbret und Fischgerichten. Aber plötzlich – was ist das? – fahren die Gäste auf. Es wird ihnen so seltsam kühl von unten. Auf einen Wink des Gastgebers hat ein Diener einen Hebel bedient, die Wasserteufel sind losgelassen: es spritzt aus dem Sitz, spritzt da, spritzt dort, eiskalte Wasserstrahlen jagen, einander überkreuzend, die eben erst noch gemütlich Tafelnden in panischer Flucht auseinander. Nur der Gastgeber bleibt im Trockenen sitzen und kann sich eins lachen.

Nicht genug mit diesem Überfall. Der Besucher nähert sich dem Schloß. Scheinbar gastfreundlich öffnet sich das von Hirschköpfen flankierte Tor. Der Ahnungslose will eintreten, da trifft ihn ein Guß von oben: die Hirsche speien aus Mäulern, Ohren und Geweih. Der Erschreckte will sich retten und springt unter den Torbogen, aber hier kommt er vom Regen in die Traufe: aus allen Ecken fällt es ihn an, duscht sein Gesicht, fährt ihm ins Kreuz, zielt seine Beine an; und will er weiter ins Haus flüchten, geht unter ihm ein Wasservorhang auf und bringt ihn um den letzten trockenen Faden, den er vielleicht noch auf dem Leibe hat.

Nun ist er plitschenaß wie eine gebadete Maus und kann sich umsehen, wohin ihn seine Flucht geführt hat: ins Innere des Wasserschlosses, neptunische Gemächer, Tuffsteingrotten, deren Gewölbe von Perlmutter schimmert, von eingelegten Spiegelsplittern funkelt. In einer der Brunnenstuben schwimmen ein paar bunte Figürchen in einem kleinen Becken, Vogelstimmen ertönen, Kuckuck- und Finkenrufe, sie scheinen aus den Tuffsteinwänden hervorzudringen, täuschend ähnlich, glockenrein. Hier ist das Märchen angesiedelt, holde Verzauberung nach tückischen Koboldspielen, auch jene ein Effekt hydraulischer Künste, von einer Art Wasserorgel hervorgebracht.

Heute noch bildet Hellbrunn eine der größten Sehenswürdigkeiten der an Sehenswertem so reichen Stadt Salzburg: in Scharen durchwandern die Fremden den Park und ergötzen sich an ihm, diesem Raritätenkabinett im Freien, und sie nehmen es keineswegs krumm, wenn ihnen die Wasserteufelchen mit einem kleinen Sprühregen ins Genick oder zwischen die Beine fahren. Dann kreischen die Damen und schütteln sich kichernd in ihren nassen Sommerkleidern, die Männer lachen gröhlend und lassen sich auch wohl freiwillig einen tüchtigen Guß verpassen. Noch immer ist das naive Staunen über die kniffliche Technik der alten Wassermeister nicht erloschen, noch immer lassen sich die Menschen von Markus Sittich necken. Man könnte das fast bedauern, denn der gröbere Reize dieser Spiele, das Komische, Groteske, ja leicht Obszöne mag bei vielen Besuchern den größten Eindruck hinterlassen und die anderen Bilder verdrängen. Hellbrunn ist ein melusinischer Ort, an dem sich deutsche Märchen- und Sagenphantasie mit antiken Mythologien verschwistert hat, ein Bereich grüngoldener Halbschatten, murmelnder Grottengeheimnisse und salamandrischen Höhlenzaubers. Aus dem Sumpf ist es aufgetaucht, und so mag man verstehen, daß auch heute noch Kobold- und Irrwischgeister darüber spielen.

Verlassen wir Salzburg und suchen wir einen ganz anders gearteten Ort auf, den kaiserlichen Park Schönbrunn zu Wien. Zwar haben wir denselben Vorgang aus der Baugeschichte zu notieren wie in Hellbrunn: ein ursprünglich kleines bescheidenes Jagdschloß fällt samt seinem Meierhofe der Spitzhacke zum Opfer, um der Anlage einer fürstlichen Sommerresidenz Platz

zu machen. Aber: eine andere Zeit, ein anderer Auftraggeber, ein anderer Geist. Auch ein anderes Gelände: nicht Moor und Auwald, sondern Sand und Stein.
1695 erteilte Kaiser Leopold I. seinem persönlichen Lehrer „in Zivilarchitektur" Fischer von Erlach den Auftrag zum Entwurf „eines luschtschlosses am Thier- und Fassangarten Schönbrunnen". Mit Feuereifer stürzt sich der Künstler in seine Aufgabe, und schon die ersten Pläne, die er dazu zeichnet, gehören zu den kostbarsten Dokumenten mitteleuropäischer Architekturgeschichte. Fischer will nicht nur ein Schloß und einen Park, er will eine Landschaft gestalten, deren Prospekt weit hinaus und womöglich von Horizont zu Horizont reicht: er möchte, was in Versailles im Gang ist, übertreffen, die Idee des Absolutismus künstlerisch verwirklichen, der quasi solaren Position des Herrschers sichtbaren Ausdruck geben. Ihm steht eine breite Hügelschwelle zur Verfügung, so will er das Schloß auf den Hügelkamm stellen und das Land, weitum als Park gestaltet, diesem Hügel zu Füßen legen. Ein System mächtiger Rampen soll die Hänge gliedern und stufen. Wenn in Versailles das Schloß des Sonnenkönigs mit seiner Fassade auf einen großen Hof und über diesen hinweg auf die Ortschaft blickt und wie eine Barriere vor dem eigentlich königlichen Bereich, dem Freilicht-Lustsaal des Gartens liegt, so will Fischer von Erlach des Schloß selbst entrükken, es in die Ferne schieben, es gleichsam als himmlisches Jerusalem dem Licht entgegenheben; und wie – nach ikonographischer Überlieferung – die Brunnen des Lebens aus den Fundamenten der Heiligen Stadt sprudeln, so möchte Fischer auch hier mächtige Quellen dem Hang entspringen lassen und die Wasser in einem Becken sammeln, auf dessen Fläche das Spiegelbild des Schlosses als blaugrün und golden schillernde Fata Morgana ruht. Ein großer, pathetischer Entwurf, der eben an seiner Größe scheiterte. Habsburg konnte es sich nicht leisten, mit dem Vierzehnten Ludwig an Prachtentfaltung zu wetteifern. Der Plan wurde geändert, gestutzt und auf ein Maß gebracht, das immer noch großzügig genug, doch im Verhältnis zu Fischers erster Vision beinahe karg war. Das Schloß wanderte von seinem Hügel herab, büßte beinahe die Hälfte seiner Ausdehnung ein, das System der prächtigen Auffahrtsrampen wurde kassiert. Nur die große Kaskade wurde übernommen, aber ihres ursprünglichen Sinnes entkleidet. Nun war sie nicht mehr der Quell, der dem Fuß des „Heiligen Berges" entspringt, Symbol des Heiles, das von seiner Höhe ausgeht. Sie war dem in die Ebene verpflanzten Schloßbau gegenübergelegt, gleichsam in seine Nachbarschaft gerückt, das heißt aber, daß die Naturmacht aus ihrem dienenden symboli-

schen Sinn zu wirkendem Eigenwert, zum Partner des herrschenden Menschen aufsteigt.

Kaiser Leopold begann den Bau von Schönbrunn, doch sein Sohn Karl VI., ließ ihn halbfertig liegen. Erst Maria Theresia gab den Auftrag zu seiner Vollendung, zur Arrondierung und Ausgestaltung des Parkgeländes. Fischers Entwurf wurde dem Geschmack der Zeit schonend angepaßt. Das französische Vorbild der streng geometrischen Gartenanlage mit kubisch gestutzten Bäumen, schnurgeraden Alleen und rhythmischer Gliederung durch plastische Motive wirkte sich weiterhin aus. Der Garten ist längst Architektur geworden, die Natur ist gebändigt, der aufgeklärte Absolutismus bezieht auch sie in sein rationales System ein.

Schon längst hat sich das selbstherrliche Gottesgnadentum mit der Frage nach dem Ursprung der Gesetze selbst in Frage gestellt. Es ist geläutert, humanisiert, es beginnt sich selbst abzubauen. Die monarchische Idee wird von der Staatsidee abgelöst: wer höchste Rechte genießt, hat auch höchste Pflichten zu tragen. So erfüllt Maria Theresia ihr Amt, so steht sie ihrer Familie vor, auch der Familie ihrer Völker. Wohlwollen und Gesittung gehen von dieser Herrscherin aus und verleihen auch ihrer Residenz das unvergleichliche Air menschenfreundlicher Noblesse.

Längst hat man die Irrgärten abgeschafft, die früher in Mode waren, in denen eine ausgelassene Gesellschaft ihre gewagten Spiele getrieben hatte. Der Park als Versteck, Grottenzauber oder Koboldrevier ist bis auf Reste verschwunden. Man trumpft weder mit kindisch-zweideutigen Künsten noch mit übertriebener Prachtentfaltung auf. Man repräsentiert Gesetzlichkeit, nicht Willkür, man imponiert durch Anmut, nicht durch Phantastik. Man legt mehr Wert auf Großzügigkeit und Klarheit als auf Überraschung, Intimität und Wechsel der Reize.

In diesem Sinn wird auch die Botmäßigkeit über das Wasser souverän und geschmackvoll ausgeübt. Den bedeutenden Ausmaßen des Parks entsprechend, werden auch hier die Akzente großzügig gesetzt. Die, wie oben erwähnt, schon von Fischer von Erlach geplante Kaskade liegt der Gartenfront des Schlosses genau gegenüber. Von einer monumentalen vielfigurigen Neptungruppe gekrönt, wirft sie, auf volle Touren gebracht, Girlanden weißer Gischtschleier aus. Die Fülle der niederstürzenden Wasser wird im großen Bassin gefangen, das wieder von Fontänen belebt und übersprudelt wird. Hier tritt das Element in seiner ganzen pathetischen Mächtigkeit auf. In den geflügelten, flossentragenden Hengsten der Bekrönungsgruppe, in der ungestümen Gestik der Wassergeister, der ganzen dramatisch gestimmten Komposition klingt etwas von ozeanischer Wildheit, von Sturmes- und Brandungsgewalt auf – oder vielleicht auch die Erfahrung, die der alpenländische Österreicher mit seinen Bergflüssen und -bächen macht, mit den reißenden brüllenden Strömen, die im Frühling durch seine Täler stürzen und oft genug seine Fluren verheeren. Wie dem auch sei: hier wird dem Element sein voller Ernst zugestanden. Kann man da noch von *Wasserspiel* sprechen? Viel eher davon, daß der Mensch auch die Elementargewalt in seine Welt einzubeziehen und als ebenbürtigen Partner zu realisieren beginnt.

Aber die Große Kaskade ist nicht die einzige Stelle im Park von Schönbrunn, wo das Wasser seine vielfältige Rolle spielt. Die Quelle, der das Schloß seinen Namen verdankt, blieb unvergessen. Sie wurde in einem kleinen Brunnenhäuschen abgefangen, und die liebliche Nymphe Egeria zu ihrer Patronin eingesetzt. Hochberühmt sind die beiden runden Teiche, in denen sich der Mittelrisalit des Schlosses spiegelt, sofern er zwischen den Laubmauern der Alleen erscheint: sie zeigen, obwohl noch streng symmetrisch angeordnet, das Nachlassen der barocken Tradition zugunsten kühler Klassik an. Aber auch an hochromantischen Motiven fehlt es nicht. Da ist die künstliche „Ruine von Karthago", im Volksmund „die römische" genannt: versinkende Pfeiler, zerstürzte Säulen, ein vermooster Tümpel, in den die Schwermut ihr schwarzes Haar zu tauchen scheint. Schon winkt das Abendrot in die Gärten der Cäsaren, die Bilder der Vergänglichkeit halten Einzug, der Abgesang hat eingesetzt. Hier hat das Wasser aufgehört, Sinnbild des Lebens zu sein, hier bedeutet es Ende, Versinken und Tod.

Doch oben auf dem Hügelrand thront die Gloriette, ein Zierbau ohne Zweck, eine offene, winddurchzogene Loggia von gewaltigen Ausmaßen, aber, zum Horizont emporgehoben, vom Licht umflutet, stellt sie optisch von weitem doch nur ein leichtes, zartes Gittergebilde dar. Sie ist alles, was von Fischers erstem Plan übrig blieb, anstelle des Kaiserschlosses eine Heldenhalle, anstelle des Zentrums wirkender Macht ein entrücktes Elysium vaterländischer Glorie. Sic transit potestas . . . Hinter der Gloriette liegt noch einmal ein Wasserspiegel: er liegt ganz still. Mag weiter darunter die Große Kaskade in dramatischen Stürzen schäumen, mögen Fontänen steigen und ihre weißwehenden Fahnen im Winde schwenken, mögen unter veränderten Zeichen die alten Spiele ihren Fortgang nehmen: hier ist das Drama zu Ende, die Bewegung gestillt, Bild und Spiegelbild verschmelzen in Traum und Verklärung.

Die Revolution ist älter
(1964 bzw. 1972)

Vor einiger Zeit wanderte ich an einem regnerischen Dezembertag durch das Quartier Latin. Ich war auf der Suche nach authentischen Schauplätzen und bewegte mich dabei nach einem festen Plan: Ich hatte soeben die Rue Mirbel durchstreift, in der das tragische Abenteuer des Dichters Léon Bloy mit dem Straßenmädchen Annemarie Roulé, seiner späteren „Véronique" und „Heiligen Prophetin", begonnen hatte, dieses Abenteuer in Weltuntergangsstimmung und in Erwartung der globalen Katastrophe; ich hatte dann den Hof der ehemaligen École Physique besucht, wo dem Ehepaar Curie in einem inzwischen verschwundenen Hangar die Darstellung des ersten Gramms Radium pure gelungen war; ich hatte die verblaßten Aufschriften zu lesen versucht, die die Mauern rings um die Sorbonne bekrakeln. Parolen aus dem Jahr 68, vielfach überschmiert und mit Affichen überpflastert, kaum noch zu entziffern und in Zusammenhänge zu bringen. Eben bog ich in die Rue Saint Jacque ein, da fiel mein Blick auf das Schild einer kleinen, schäbigen Gastwirtschaft „Au Roman de la Rose".
Überrascht trat ich näher und entdeckte in der Höhe des ersten Stockwerks eine in den räudigen Putz eingelassene Tafel: An dieser Stelle habe das Haus gestanden, in dem Jean de Meung, genannt Clopinel, 1285 seinen Rosenroman geschrieben habe.
Also hier, dachte ich, also hier ist es gewesen. Ich hatte den Ort gefunden, ohne ihn zu suchen. Ich staunte über den Zufall. Lange stand ich da, betrachtete Fassade und Inschrift, dann trat ich durch den düsteren Torbogen in die Einfahrt, von dort in den Hof. Ein häßlicher, enger Hof. Ich spähte nach Resten alten Mauerwerks aus. Vergeblich. Was hier gestanden hatte, war zu Schutt zerfallen und lag vielleicht noch unter dem buckligen Pflaster. Aber in meiner Einbildung erstand ein turmartig düsterer Bau, wie er in dem eng verschachtelten gotischen Paris, in der Nachbarschaft der alten Universität, in dem von Mönchen, Studenten, Gauklern und Bütteln wimmelnden Viertel rings um die Sorbonne gestanden haben mochte; ich sah das längst geschleifte Haus vor mir, sein spitzgiebeliges Dach, seine klobigen Mauern, seine unregelmäßig versetzten Luken und Bogenfenster: hinter einem dieser Fenster saß ein Mann, ich hatte nie ein Porträt von ihm gesehen (und es hat sicherlich auch niemals eines von ihm gegeben), aber ich stellte ihn mir, Gott weiß warum, klein und hochschultrig vor, beinahe

bucklig, mit wüstem angegrauten Haarschopf, großnasig, bleich: ein Bücherwurm und Stubenhocker. Seine Finger sind von Gicht gekrümmt, tintenfleckig, seine Augen sind entzündet und lichtscheu, denn er verbringt Tag und Nacht in seiner Klause, wo er liest und schreibt, schreibt und liest und wieder schreibt. Zwanzigtausend Verse hat er schon zu Papier gebracht, Berge von Bogen mit seiner heftigen, klexigen und widerspenstigen Schrift bedeckt. Er schreibt noch immer, doch bald ist es vollendet, sein Werk, der Rosenroman, ein Ungeheuer von einem Epos, ein Monstrum von Erzählgedicht, gereimte Vierzeiler, Dutzende von Gesängen. Der Rosenroman ist sein Lebenswerk, Jean de Meung weiß das, dergleichen wird er niemals wieder schreiben, dergleichen wird auch ein anderer nicht so schnell schaffen, so schnell nicht oder niemals wieder, wer wagte denn auch so kühn zu sein wie er?

Und doch ist dieser Rosenroman nicht *sein* Entwurf. Am Anfang des Jahrhunderts – um 1230 – lebte ein junger Dichter, Guillaume de Lorris, ein schwärmerischer Jüngling, eine zartbesaitete Seele. Er begann ein großes Gedicht und nannte es den *Roman von der Rose:* ein Gedicht, wie aus einem goldgemalten Stundenbuch, zierlich, fein und hochgedrechselt, wie es damals noch üblich war zu reden am Hof und in den Frauenkemenaten, spitzmündig und spitzfindig. Guillaume erzählte seine Mär, wie ein Jüngling in Liebe entbrannte zu einer Rose, die er noch nie gesehen, von der er nur vernommen hatte, und der Jüngling machte sich nun auf, die Rose zu suchen, aber ach, da waren Mauern und Zäune und Wächterinnen, und über die Zäune mußte er klettern und die Wächterinnen umgarnen mit schönen Worten und hübschen Geschenken, und immer heißer wurde der Jüngling indessen auf den Anblick der Rose. Endlich war er ins Gärtlein gelangt und erblickte – erblickte – die Rose nicht. Denn so grob und geradezu konnte es nicht zugehen bei Lorris in jener feinen höfisch-hochgezwirbelten Zeit. Er erblickte die Rose nur als Spiegelbild in einem tiefen Brunnen und beugte sich über den Rand und seufzte und klagte, und die Rose schwamm unten als süßes, lockendes Bild. Und als der Jüngling beinah so weit war, daß er die Hände ausstrecken konnte nach der spiegelnden Wasserfläche in seliger Lust, da starb der Dichter, der junge Lorris, und war am Ende.

Aber sein Werk blieb und wurde, so fragmentarisch es war, kopiert und gelesen und immer wieder gelesen. Es gehörte zu den Lieblingsbüchern am Hof und in den großen Adelsfamilien des Landes, und man pries es hoch, und der Name Lorris war in jedermanns Mund.

Das ließ dem Jean de Meung keine Ruhe. Fünfzig Jahre lang war der Ro-

senroman des Lorris ein Fragment geblieben. Er, Jean de Meung, wollte ihn vollenden.
Er glaubte mehr zu wissen von der Liebe und von den Finten und Listen der Liebe, die, einmal entflammt, an ihr Ziel kommen will. Er lachte heimlich über die umständliche Unerfahrenheit, mit der Lorris über seine Sache geredet hatte. Er, Jean de Meung, genannt der Clopinel, hielt nicht viel von Spiegelbildern und sublimen Wonnen vor Spiegelbildern und in Spiegelbildlichem. Er kannte das Leben anders und kannte die Welt, er wußte, sie war kein Minnegärtlein, sondern ein Raubtierkäfig.
So machte er sich ans Werk und türmte über Lorris' zartes, zerbrechliches Kunstgebilde ein ungeheures, grobes und polterndes Epos auf, ein gelehrtes allegorisches Pamphlet, eine nicht endenwollende umständliche Obszönität; seine Sprache ist roh, sein Vokabular ärmlich, immer wieder kommen dieselben Reimpaare vor, mühsam schleppt es seine Handlung dahin.
Und doch ist dieses Werk ein Jahrhundertwerk und wird über die Jahrhunderte dauern. Es enthält Gedanken, so kühn, wie sie sonst kein Mensch als der bucklige Gnom Clopinel hier in Paris – geschweige denn anderswo! – zu denken gewagt hätte. Er schleudert Anklagen um sich, wo alle anderen kuschen. Er rüttelt an Ordnungen, wo alle anderen nur in Ehrfurcht ersterben, und er macht sich nichts, aber auch gar nichts aus Kirche und Glauben und der sonst allgegenwärtigen Furcht vor Ketzerei. Er ist auf ganz unerhört kecke Weise urteilssicher und urteilsfroh und sitzt zu Gericht, wo kaum ein anderer Autor der Zeit eine leise Mahnung anzubringen wagt.
Hören wir zu, was dieser Clopinel vorzutragen hat.
Wir sind im 13. Jahrhundert, in der Blütezeit der Scholastik, Hoch-Zeit des christlichen Abendlandes: doch für Clopinel scheint die Bibel nicht zu existieren. Sein Weltbild ist deistisch, heidnisch, rationalistisch (mit eingesprengten Nestern astrologischen Aberglaubens). Gewiß: auch für ihn hat Gott (oder ein Gott?) die Welt geschaffen; doch sogleich hat er sich aus dieser Welt zurückgezogen und sie seinen Statthalterinnen, Natur und Vernunft, überlassen. Und anfangs ging auch alles gut. Ein goldenes Zeitalter lächelte über einer friedlich-vergnügten, arg- und harmlosen Menschheit, die sich ohne Leistungsdruck und gesetzlichen Zwang höchst unbefangen bewegte. „So tex couches cum ge devise, s'entre acoloient et baisoient cil cui li geud' Amors plaisoient."

So, mein ich, lagen sie beisammen
und taten zärtlich miteinander,
wenn sie das Spiel der Liebe eben freute.

Keiner neidete dem anderen; in diesem Klima kindlichen Urkommunismus war alles in Butter. Dann freilich trat die Wende ein. Jupiter erschien und veränderte die Szene, von seiner Vatergestalt ging Böses aus. „Cil commenda partir la terre, dont nus sa part ne savoit querre, et la devisa par arpens.“ Er befahl, die Erde zu teilen, von der doch vorher niemand einen Teil für sich zu fordern dachte; er aber dividierte sie in Joch und Morgen. – Und prompt beginnen Neid und Eigennutz um sich zu greifen, „chacun doit avoir envie“, und jeder wird eines jeden Feind, „li plus fort le plus fieble robe“: der Stärkste plündert den Schwächsten, die Anarchie ist perfekt, die Welt zum Dschungel geworden.

Clopinel führt weiter aus: Der durch covoitise et rapine, durch Begehrlichkeit und Raffsucht verderbte Mensch beginnt sich die Erde untertan zu machen, er gräbt nach Metallen und edlen Steinen, schmückt sich mit schönen Kleidern, treibt entnervenden Luxus. – Freilich, es bleibt nicht lange bei allgemeiner Zügellosigkeit. Um dem Überborden asozialer Instinkte zu steuern, schreitet man zum Akt der Selbstorganisation. Es wird ein *contrat social* gestiftet, es wird Herrschaft begründet. „Cy povez lire sans desroy, comment fut fait premier roy, qui puis leur jura sans tarder, de loyaulment de leur garder. Ung grant vilain entr'eus eslurent . . .“ Hier könnt ihr lesen ohne Umschweif, wie's zuging bei der ersten Königswahl. Er mußte seinen Wählern gleich geloben, sie zu beschützen. Einen großen Lümmel haben sie erkoren, den knochigsten und gröbsten weit und breit, den ungeschlachtesten: ihn machten sie zu ihrem Fürsten und ihrem Herrn.

Eine seltsame Deutung der Königswürde in einem Zeitalter des Gottesgnadentums, und Clopinel hört nicht auf, auf ihren suspekten Ursprung hinzuweisen. Immer wieder versichert er: „Malice, qui fu mere des seignories, dont la franchise sunt peries . . .“ Bosheit war die Mutter aller Herrschaft, an ihr ging die Freiheit zugrunde . . .

Was schlimm begonnen hat, kann begreiflicherweise auch nur zu einem schlimmen Ende führen, und die Welt, in der Clopinel lebt, erscheint ihm denn auch in den düstersten Farben. Mag man in der benachbarten Sorbonne auch von den pulchri ordines sprechen, von den schönen Ordnungen, die der Schöpfung zugrunde liegen und weder vom Sündenfall der Ureltern noch von den Fehlern und Lastern der lebenden Menschheit zugrunde gerichtet werden können; mag die Kirche die Lehre von der Harmonie nicht nur der Natur, sondern auch der Stände verkünden: an der Spitze der gottgewählte, gottgewollte König, dann Geistlichkeit und Adel als dessen Stellvertreter, unten die breite Basis der laborantes, der fabri et agricolae,

Handwerker, Bauern, zuletzt wohl noch der Sklaven; mögen christliche Verkündigung und christliche Philosophie in diesen Ordnungen und von göttlicher Weisheit vorgesehenen Stufungen der Gesellschaft eine Art Garantie für die Dauerhaftigkeit der kosmischen Harmonie erblicken; das alles kümmert Clopinel sehr wenig. Ihm imponiert das alles nicht. Er ist immun gegen jederlei affirmatives Strukturbewußtsein.
Die hochgelobten Stände der Ritterschaft und Geistlichkeit – für ihn sind sie Räuberbanden, die sich bereichern, wo sie können. Der König gar? – Seht sie doch an, die armselige Puppe auf dem Thron! Von der Gutwilligkeit seiner Untertanen ist er abhängig; versagen sie ihm Gehorsam und Gefolgschaft, ist er verloren. Darum umgibt er sich mit Wächtern und Bütteln. Er regiert nicht kraft heiliger Rechte, sondern nur kraft der Furcht, die seine Garden verbreiten. Und was die Orden betrifft, die Bettelmönche vor allem, die Paris und das ganze Land überschwemmen: faules Gesindel, reiche Prasser, elende Heuchler. Zur Arbeit sollte man sie zwingen, Arbeit ist besser als Gebet. – Und Clopinel fährt fort: Zum Teufel mit den Nutznießern der ständischen Gesellschaft, mit den Richtern, die unter dem Vorwand das Recht zu schützen, das niedere Volk nur kujonieren, aber den Mächtigen für klingende Münze für jede Rechtsbeugung, für jeden üblen Streich zu Diensten stehen. – Pfui über den Adel, der nichts im Sinn hat als Jagd und Schmausereien, ein dreifaches Pfui über die Kaufleute, die Geld und Gold zusammengeiern, ohne daran zu denken, daß alles doch allen gehören sollte. Pfui freilich auch über die Weiber, die statt Liebe und Lust zu gewähren, wie es ihnen zukäme von Natur aus, nur darauf aus sind, sich zu putzen, die Säckel ihrer Verehrer zu leeren und der Habsucht zu frönen. Nichts hält Clopinel von Scham und Keuschheit: in ihnen erblickt er nur eine Vergewaltigung der Natur: Auch die Ehe sei Unnatur, auch sie verstoße gegen das Gesetz, unter dem die Menschheit im goldenen Zeitalter angetreten ist; Nonsens sei die Forderung nach Treue. Die Natur kenne nur ein Gebot: Es lebe das Leben. „Der einzige wahre Feind ist der Tod. Darum vermehrt euch, Leute, schrankenlos. Ein jeder liebe jede und jede liebe jeden, wie es eben kommt, wie es dem einzelnen beliebt. Und sollte sich ein Frauenzimmer zieren und sich verweigern, nun, dann zeigt ihr eben wo der Bartel den Most holt und macht sie euch mit Gewalt gefügig."
So wettert und poltert, doziert und pöbelt Clopinel von Vers zu Vers, von Gesang zu Gesang, von Abschweifung zu Abschweifung, denn dazwischen muß er ja auch das Hauptthema seines Riesenepos ein Stück vorwärts bringen, den Roman der Rose, um die Rose, er muß seinen allegorischen Figu-

renpark von einer Aventure zur anderen bewegen, von einer Intrige zur nächsten zwischen „Faux-semblant" und „Bon-acueil" „Amour" und „Raison". Aber gleich ist er wieder bei anderen Dingen, angelesenen und selbsterfahrenen: da gibt er eine Lektion in Planetenkunde, ganz nach Vorbild antikischer Tradition; auch auf Kometen kommt er zu sprechen und wundert sich: Da gebe es Leute, die meinen, das Erscheinen eines solchen Schweifsternes kündige den Tod eines Fürsten oder Königs an; aber nein doch, ihr Dummköpfe, was kümmern sich die Sterne um die Gekrönten? Ist so ein Mächtiger einmal tot, so ist sein Leichnam auch nicht mehr wert als der eines Hundes.

Und wieder und wieder geht es über die Geizigen, die Reichen, die Stolzen her. Dann aber ändert sich Clopinels polternder Ton: er wendet sich den Armen zu, den besitzlosen „ribauds" von Paris, Hilfsarbeitern und Proletariern (wie wir heute sagen würden). Bei ihnen geht ihm das Herz auf.

„Mains ribaus ont des cuers si baus
portans sac de charbon en grieve
que da poine riens ne lor grieve:
qu'il en pacience travaillent . . ."

Unverzagt sind die armen Teufel, wenn sie ihre Kohlensäcke schleppen, geduldig und ohne Murren sich abrackern, und nennen nichts ihr eigen als einen kleinen Dudelsack. Die paar Groschen, die sie sich verdienen, die hauen sie in der Taverne auf den Kopf, ehe sie wieder zur Arbeit laufen. Doch redlich verdienen sie ihr Brot.

So singt Clopinel seine Idylle auf den Armen – in einer Zeit, die für den einfachen Mann nur Spott und Hohn übrig hat, er singt gegen eine ritterliche Literatur, in der jener nur als der Vilain, der Häßliche, das scheußliche Halbtier figuriert. „Le vilain fait la vilonie."

Für Clopinel ist er der Gerechte, der letzte versprengte Sohn einer goldenen Urzeit.

Achtung, so will er's, gebührt freilich auch dem Clerc, dem Kleriker. Aber warum? Nicht etwa, weil ihn die Weihen der Religion über das Volk erheben, sondern nur, weil der Kleriker zugleich auch der Gelehrte ist. Er kann ja lesen, er kann sich belehren, er hat Teil an Weisheit, an Wissen und Macht. Vernunft ist für Clopinel die höchste Instanz, er nennt sie die Tochter Gottes, nach den Gesetzen von Natur und Vernunft wird Gott die Welt dereinst auch richten. Von einer Erlösung durch Christus weiß Clopinel so gut wie nichts. Der Entwurf der Kirche bleibt ihm nebelhaft am Rande. Die ratio eines rabiaten Vitalismus überstrahlt das Kreuz.

Clopinel ist ein Mann weniger dürftiger, aber strenger Prinzipien: ein sittenloser Puritaner (denn er haßt Luxus und Schönheit), ein galliger Idealist. Er glaubt (wie später Karl Marx), die Geschichte durchschaut zu haben als einen Wust von Egoismus, Gewalttätigkeit und Heuchelei, glaubt die Gesellschaft seiner Zeit definieren zu dürfen als verhüllte Anarchie, als aufgeputztes Chaos. Clopinel liebt nicht die Menschen, er liebt (wie später Karl Marx) die Menschheit, und wenn er, dieser Clopinel, über sein Schreibpult gebückt das Wort ÉGALITÉ zu Papier bringt, dann zittert der Federkiel in seiner Hand, und es zittert seine Hand, diese hagere, knochige, tintenverschmierte Klaue, sein Herzschlag dröhnt, und vor seinen gegen das Kerzenlicht blinzelnden Augen fließen formlose Lichtschwaden, feurig durchzuckt wie eine noch sehr ferne, zwischen Gewittern brauende Morgenröte.

So sah ich Jean de Meung, genannt Le Clopinel, vor mir, als ich an jenem trüben Dezembertag in dem Pariser Hinterhof stand, und so hatte ich ihn auch schon viele Jahre vorher gesehen, damals als ich mich als junge Studentin und auf der Suche nach dem Thema meiner Dissertation durch den „Roman de la Rose“ fraß. Ich konnte wenig Sympathie für ihn empfinden, ich gebe es zu. Er war mir zu grobianisch und zu obszön, zu kurzschlüssig-rationalistisch. Trotzdem mußte ich Clopinel bewundern, und ich mußte über ihn staunen. Staunen ergreift uns ja immer, wenn wir ersten frühesten Vorweisungen begegnen, in denen sich neue Ideen – oder neue Formen – kundtun, die sich später und manchmal sehr viel später als lebens- und wirkungsmächtig erweisen.

Hier in diesem Gedicht waren in der Tat solche erste Signale zu vernehmen, Vorsignale einer Revolution, die dann noch volle fünf Jahrhunderte auf sich warten ließ. Zeigte sich dieser Clopinel nicht als unmittelbarer Vorgänger Rousseaus und der Enzyklopädisten und damit als eigentlicher Stammvater der Aufklärung? Hatte er nicht schon das Vokabular bereitgestellt: contrat social, égalité, raison – dieses Vokabular, das das bürgerliche Frankreich einstmals entflammen sollte? Ja, war hier nicht schon die Vorstellung der klassenlosen Gesellschaft vorweggenommen, war nicht schon hier ein bis in die Wurzel zielender Angriff auf jede Autorität erfolgt, der König seiner Magie entkleidet, als Popanz entlarvt? „Und wenn ein König nichts taugt, nur keine Umstände mit dem Burschen! – Kopf ab und basta!“ Da ist der Schinderkarren schon auf dem Wege, auf dem Ludwig Capet dereinst zur Guillotine verfrachtet wird.

Ein Zufall hatte mich an den Rosenroman herangeführt. Ich war Studentin im 5. Semester und keck genug, mich schon um ein Dissertationsthema umzutun. Mein Lehrer, der Innsbrucker Mediävist Harold Steinacker, mag mir nicht wenig zugetraut haben, denn er beauftragte mich, nach *dem* Punkt in der europäischen Geistesgeschichte zu suchen, an dem sich aus der Gesellschaftslehre der Kirche ein erster Ansatz zu einer säkularisierten Soziologie abspaltete; das mußte irgendwann im späteren Mittelalter erfolgt sein, wo und wie, das sollte ich herausfinden. Das war ein ungewöhnliches Thema, unabsehbar, eine Suche nach der berühmten Stecknadel im Heuhaufen, ziemlich hoffnungslos.

Steinacker sparte vorerst nicht mit Hinweisen: er glaubte, die Geschichte der Patarischen Bewegung, die Geschichte der Waldenser, Albigenser, das Material rund um die Entstehung der Bettelorden müßten irgendwo fündig werden. Aber sie wurden nicht fündig. Wohl ließ der in diesen Gruppen immer wieder versuchte Rückgriff auf das *Reine* Evangelium soziale Aspekte aufleuchten, wohl war da viel von Armut, Nächstenliebe und Brüderlichkeit die Rede; doch von einer säkularisierten Gesellschaftslehre – oder auch von dem nur bescheidensten Ansatz dazu – keine Spur.

So mußte ich weiter suchen und stieß schließlich auf die Erwähnung des Clopinelschen Rosenromans. Zwanzigtausend Verse Altfranzösisch waren zu durchackern. Mein Lehrer warnte mich: ich würde meine Zeit an das Monstrum nur verschwenden. Aber ich ließ mich nicht mehr abbringen. Ich war überzeugt: hier oder nirgends würde ich jenen ersten Ansatz auffinden, der im Verlauf der Jahrhunderte zu einem neuen Gesellschaftsbild führen sollte. Und ich irrte nicht.

Der Hauptteil meiner Arbeit bestand darin, Jean de Meungs Entwurf und aufmüpfige Gesinnung an den Lehren und Gesinnungen seiner Zeit zu messen; so hatte ich ihn an der gelassenen Harmonik des Aquinaten, aber auch an den übermütigen maßlosen und zugleich simplen Vorstellungen zu profilieren, die durch die Köpfe der feudalen Zeitgenossen spukten: ihre stumpfsinnige Überheblichkeit war nur noch durch ihre logische Unbedarftheit zu überbieten; das klang dann etwa so: Sieben Stände gibt es im Königreich, 1. den Adel, 2. die Geistlichkeit, 3. die Bauern, 4. den Stand der Gnade, 5. den Stand der Ehe, 6. den Stand der Sühne, 7. den Stand der Keuschheit . . .

Kein Wunder, daß der gelehrte Clopinel diese Sorte von Schreibern verachtete.

Und wie, ist hier zu fragen, bekam ihm selbst die Verachtung, seine Schärfe,

sein kritisches, respektlos um sich schlagendes Revoluzzertum? Wer war er überhaupt?
Wir wissen wenig über ihn. Daß er aus dem Süden, von Meung, von der Loire kam, verrät uns sein Name. Aber was seine Person und seinen Stand betrifft, gibt es zwei widersprechende Traditionen. Die eine bezeichnet ihn als Domherrn von Notre Dame, die andere als armen entlaufenen Kleriker, der eine Zeitlang an der Sorbonnne studiert habe, dann aber à la François Villon wegen übler Streiche relegiert und verfolgt worden sei.
Doch nichts darüber, daß sein Werk, der Rosenroman, Anstoß erregt habe. Ganz im Gegenteil. Das Werk muß sogleich – nach Maßgabe damaliger Möglichkeiten – weiteste Verbreitung gefunden haben. Eine Schar von Kopisten muß sich sofort an die Arbeit gemacht haben, und aus allen Teilen des Landes müssen neue und immer neue Exemplare angefordert worden sein: wäre es sonst zu verstehen, daß sich bis heute ganze zweihundert Abschriften erhalten haben? – Im Angesicht dessen, was im Lauf der Jahrhunderte zugrunde ging, eine exorbitante Anzahl, ein eindeutiger Beweis eines ungeheuren Erfolgs.
Natürlich waren die Auftraggeber Angehörige der oberen Stände, also Adel und Geistlichkeit. Natürlich waren auch Leser und Zuhörer in diesen Ständen zu suchen. Was war's, was sie an diesem Werk fesselte, was sie gegen seine groben Beschimpfungen und bitteren Anklagen so duldsam machte?
Ich vermute, es waren die pornographischen Details, die groben Frivolitäten, in denen sich der Autor mit Ausführlichkeit erging. Man genoß sein Werk harmlos genug als deftige ars amandi und nahm das mit Explosionsstoff geladene Beiwerk ohne Proteste hin, als interessante Arabeske, als reizvolle Extravaganz – und bewies damit ebenso wenig Hellhörigkeit in eigenen Belangen wie die späten Nachfahren am Vorabend des eigenen Untergangs.
Auch in England wurde der Rosenroman verbreitet. Nur Deutschland blieb dem Werk verschlossen. Warum wohl?
Kaum anzunehmen, daß man hier zu tugendhaft war, um sich an Schlüpfrigkeiten zu ergötzen. Viel eher scheint mir, daß Clopinels Rationalismus auf Widerstand stieß, daß seine aufklärerische und autoritätsfeindliche Gesinnung als zu fremdartig, daß seine beißende Kritik und rüde Respektlosigkeit als zu ätzend empfunden wurde. Das Werk klammerte alles Mythische, Magische, Märchenhafte aus. War dieser Verzicht östlich der Vogesen nicht nachvollziehbar, wehrte man sich im Deutschland des Minne- und

Meistergesangs, Frauenlobs und sogar Wolkensteins gegen die sich ankündigende Frühdécadence, entzog man sich der neuen typenbildenden Macht, die da heraufkam?
Die französische Literaturgeschichte hat den Rosenroman des Jean de Meung-Clopinel als *das* Werk bezeichnet, in dem der französische Geist zum erstenmal ganz zu sich selbst gefunden habe. In diesem Urteil ist das Vorurteil mitenthalten, daß nämlich der Geist Frankreichs im Geist der Aufklärung kulminiere. Ob dem so ist oder nicht: erstaunlich bleibt an dem Werk des Clopinel die Vorwegnahme einer Entwicklung, die ein halbes Jahrtausend brauchte, um in das volle Licht des Tages und in volle Wirksamkeit zu treten; erstaunlich auch die Einsicht, mit welcher Geduld die unsichtbaren Vorbereitungen getroffen werden, die den großen Wenden vorangehen, in wie feinen verborgenen und vielverzweigten Capillarröhren das Sickerwasser der unterirdischen Quellen vordringen muß, damit ein weites Feld fruchtbar werde: dann freilich geht die Saat gewaltig auf.
Noch einmal kehre ich zurück zu Clopinel. Was kann ihn wohl veranlaßt haben, das Werk des Guillaume de Lorris fortzusetzen und das eigene Oeuvre, diesen schwerfällig polternden, gelehrt bramarbasierenden, doch zukunftsträchtig kritischen, ja sogar wohl utopischen Erguß dem zarten Minnelied des Frühverstorbenen aufzupfropfen? War's nichts als Eifersucht auf dessen Erfolge, war's nur Berechnung oder war da nicht vielmehr Haßliebe im Spiel, Haßliebe, die die schöne Ordnung des Minnegärtleins stören, die den schimmernden Spiegel zersplittern wollte, in dem der zartgesinnte Lorris die Rose, das Inbild des Schönen und Guten erblickt hatte? Die angebetete Herrin wird zur Kokotte erniedrigt, das dichterische Symbol als obszöne Anspielung entlarvt. Die exklusive hochgepflegte Welt des Minnegärtchens wird zum offenen Markt erweitert; auf ihm werden die Händel der Zeit ausgetragen. Doch dabei bleibt es nicht: Die Frage nach der Natur verwandelt sich in die Frage nach dem Menschen. L'art pour L'art mündet in „Litterature engagée".

Über das Sinnbildliche im Werk Léon Bloys

(1961)

Léon Bloy wurde 1846 als Sohn eines kleinen périgordischen Verwaltungsbeamten geboren. Seine Mutter, halb spanischer, halb lothringischer Herkunft, neigte zu mystischer Frömmigkeit. Sein Vater – Freidenker, Mitglied einer Loge – wird in Léon Bloys Erinnerungen meist als liebloser Pedant gezeichnet. Trotzdem dürfte er ein Mann nicht ohne Anlage zu großzügig bewußter Lebensführung gewesen sein.

Périgueux, Léons Heimat: ein skurril-malerisches Städtchen auf uraltem Kulturboden, das Land ringsum von Fruchtbarkeit überquellend, reich an Wein, Trüffeln, Edelkastanien. Von Wein und fetter Kost aufgeheizt, gilt der Périgorde als Streithahn. In der Fremde assimiliert er sich schwer.

In den Kreidehöhlen des Landes schlummert, zur Zeit noch unentdeckt, die magische Bildwelt aus dem Jungpaläolithikum.

In dem Roman „Le Désespéré“ erzählt Bloy die Kindheit seines Helden Marchenoir, in dem er sich selbst charakterisiert:

„Er gehört zu jenen Wesen, die wundersam für das Unglück geschaffen sind und aussehen, als hätten sie neunhundert Jahre im Mutterleib verbracht, ehe sie zur Welt kamen . . . Sein Verstand war wie umwoben von einem Nebel uralter und schwer erkennbarer Dinge, von etwas wie der Aura vorgeburtlicher Träume, die ihm lange Zeit nur eine sonderbar gebrochene Schau der ihn umgebenden Welt gestattete. Er lag wie in Erinnerungen eingehüllt.“ – „Seltsam war an ihm, daß er seine Leiden liebte, diese Inkunabel der Melancholie, die in seine Wiege gefallen war wie die Träne in einen Tränenkrug. Seine Mutter sah ihn tagelang lautlos an ihren Knien weinen. Schon als kleines Kind gierte er nach Schmerz.“ Dieser Hang erklärt sich „aus der Geheimnistiefe seiner Seele, die sich mehr als andere ihrer eigenen Abgründigkeit bewußt war und danach dürstete, von etwas Grenzenlosem, von einem absolutum an Gefühl überschwemmt zu werden.“

In der Schule lernt der kleine Bloy nichts als „Formelkram“, auch im Religionsunterricht erfährt er nur „die flachen Prägungen“, die ihm konventionelle Priester, „diese elenden Händler in Sachen Gottes“, anbieten. Léon ist ein schlechter Schüler. Wegen eines Raufhandels wird der Vierzehnjährige von der Schule gewiesen. Von nun an „bleibt er sich selbst wie ein Brachfeld überlassen“, ein Brachfeld, auf dem es bald von krausen Ideen wuchert, in dem aber die Neigung zur Literatur erste kräftige Wurzeln schlägt. Léon beginnt zu zeichnen, zu dichten. Mit achtzehn geht er nach Paris, um Maler zu werden.

Jahre des Elends folgen, über deren erste Stationen wir wenig wissen. Schnell ist der junge Mann sozial abgesunken und gehört „zu der unglückseligen Herde, die ihr armseliges Stückchen Brot mit dem Dampf unerreichbarer Kochtöpfe würzt". Er hungert, und viele seiner Visionen sind zweifellos Früchte physischen Hungers, Früchte auch obdachlos verbrachter Nächte, deren „jede ihm dreihundertsechzig Stunden zu dauern schien". Solchen Nächten, versichert er uns später, habe er seine moralische Wiedergeburt zu verdanken.

Als Einundzwanzigjähriger begegnet er Barbey d'Aurevilly. Dieser begabte Schriftsteller gefällt sich in der Rolle eines „Königstreuen ohne König". Er posiert als mittelalterlicher Grandseigneur. Sein Stil, der elegant und bombastisch zugleich ist, übt auf den jungen Bloy einen unwiderstehlichen Zauber aus. Barbeys mehr kokett-ästhetisches als religiöses Verhältnis zum Katholizismus löst in Léon die Konversion aus.

Es muß hier nicht daran erinnert werden, in wie geringem Ansehen damals die Kirche in Frankreich stand. In weiten Kreisen rangierte Kirchenglaube neben Aberglaube als finsterste Dummheit. Der penetrante Hochmut eines sich aufgeklärt dünkenden Bürgertums mochte Bloy den Weg zu seinem Kindheitsglauben verschüttet haben. Die an und für sich dürftige Tatsache, daß ein Mann wie Barbey d'Aurevilly die Kirche als „Schatzhaus der Weisheit", als einzig legitime Trägerin der nationalen Kultur respektierte, stieß den Riegel zurück und Bloy stürzte, von Barbey geführt, wie er glaubte, in Wirklichkeit jedoch mit der Schwer- und Schnellkraft seiner eigenen Natur „in das Feuerhaus der Gnade".

Wir wissen nicht genau, *wann* der Durchbruch erfolgte; es ist wahrscheinlich, daß er sich in mehreren Schüben vollzog. Bloy schildert ihn als das Geschehen einer einzigen Nacht: „Nach einem jahrelangen unreinen Noviziat in den Latrinen philosophischer Lehrgänge" liest er zum ersten Mal das Neue Testament. „Nie mehr vergaß er die ungeheure Erschütterung . . . dieser Minute auf Adlerschwingen . . . Trunken vor Gewißheit, geschüttelt vom Sturm angstvoller Hoffnungen, zur Annahme jeden Martyriums bereit . . . überspringt seine ahnungsvoll erglühende Seele in hohem Bogen alle Zwischenbelehrungen des Glaubens und gelangt mit einem Schlag, in einem Schwung" in das Zentrum der Geheimnisse, zum Begriff „der Opferung". „Von diesem Augenblick an klaffte im Inneren seines Wesens ein Doppelabgrund, Abgrund der Begier und Wut . . . Hier die göttliche Glorie, dort die unausrottbare menschliche Niedrigkeit." Im Zentrum Gott selbst, aber welch ein Gott? „Er hat sich durch eigenen Entschluß entmach-

tet, gefesselt, angenagelt, einer ewigen Agonie überantwortet" – und das seit neunzehnhundert Jahren. Unbegreifliches „Übereinkommen zwischen Barmherzigkeit und Gerechtigkeit". Sollte der Gläubige nicht hoffen dürfen, daß dieses Übereinkommen endlich gelöst, die Qual Gottes gelöscht würde, daß „die Katastrophe des alten tragischen Possenspiels", Menschheitsgeschichte genannt, „nahe bevorstünde"?
Indessen bricht das nationale Unglück über Frankreich herein. Nach Sedan meldet sich Bloy zur Mobilgarde. Er träumt von großen Heldentaten, die er vollbringen möchte und zeit seines Lebens wünscht, vollbracht zu haben. In Wirklichkeit kommt er kaum in Feindberührung. Seine Truppe ist ein undisziplinierter Haufen unter zweifelhafter Führung und erschöpft ihre Kräfte in ziellosen Aktionen. Auch die Erfahrungen dieses Feldzugs können Bloys Verzweiflung an irdischen Ordnungen nur bestätigen.

Der Niederlage folgen dumpfe Jahre im Périgord.

Die Nachricht, daß Meister Barbey wieder in Paris ist und ein neues Buch veröffentlicht, veranlaßt Bloy, dahin zurückzukehren. Nach ersten journalistischen Erfolgen sinkt er, da er es ja nicht lassen kann, bei jeder Gelegenheit aus der Reihe zu tanzen, wieder in die namenlose Masse gescheiterter Existenzen zurück. Er bringt sich kümmerlich genug bald als Kopist, bald als Handlanger, als Vertreter einer Garnfirma, als Angestellter der Staatlichen Eisenbahnen durch. Der Verkehr mit Barbey und etliche literarische Freundschaften stellen jedoch die Verbindung mit jener höheren Welt, dem „Paris spirituel", her, in dem Bloy immer ein Außenseiter bleiben, das er tausendmal verfluchen, dessen Reizen und Verlockungen er nichtsdestoweniger immer nachjagen wird.

In die späten siebziger Jahre fällt die Liebesaffäre mit der Prostituierten Annemarie Roulé. Sie bildet das dunkelste und rätselhafteste Kapitel dieses Lebens, seinen Höhepunkt und seine Katastrophe zugleich.

Bloy liest das Mädchen von der Straße auf und lebt mit ihr. Von Gewissensbissen geplagt, von strengen Beichtvätern ermahnt, versucht er eine Art Josephsehe mit ihr zu führen. Wiederholte Rückfälle in das alte leidenschaftliche Verhältnis und allgemeine Misère vertreiben ihn aus Paris. Er sucht im Kloster der Trappisten bei Soligny Heilung und Rettung. Er erwägt sogar, nach Amerika auszuwandern. Die Trennung von Annemarie ist ihm jedoch unerträglich, er kehrt zu ihr zurück.

In dieser Zeit lernt er einen frommen und hochgebildeten Priester, Abbé Tardif de Moidrey, kennen. Dieser ist ein Verehrer der Erscheinung von La Salette.

In der Haute Savoye war im Jahr 1846, dem Geburtsjahr Léon Bloys, zwei Hirtenkindern eine „schöne Dame" erschienen. Sie wird seither als Muttergottes von La Salette verehrt. Sie hatte den Kindern verkündigt, daß sich über der Welt ein Strafgericht Gottes vorbereite. Andere und, wie Bloy und der Abbé meinen, noch wichtigere, noch alarmierendere Weissagungen werden von der Kirche unter Verschluß gehalten, die Veröffentlichungen strikte verweigerte. Diese Vorenthaltung stachelt Bloys chiliastische Neigungen zu überhitzter Erwartung auf, an der auch die bekehrte Roulé teilnimmt. Als Dritter gesellt sich dem Bunde der Bretone Ernest Hello. Sie schließen sich in einem Elendsquartier ein, verbringen ihre Tage im Gebet, mit der Lektüre und Ausdeutung der Schrift. In dieser Atmosphäre wird aus der büßenden Sünderin eine Verzückte, eine „Prophetin". An einem Märztag des Jahres 1880, so verkündet Annemarie ihren „Brüdern", sollen die Letzten Dinge über die Welt hereinbrechen. – Das Datum verstreicht, es geschieht – nichts. Die „Gesichte" des Mädchens gehen in offenbaren Wahnsinn über. Ernest Hello verläßt das Paar, Bloy harrt aus. Wochenlang versucht er das tobende Mädchen zu beruhigen, sie dem Zugriff der unterdessen von der Nachbarschaft alarmierten Polizei zu entziehen. Längst bedroht ihn „die Prophetin" mit dem Messer, bezichtigt ihn des Mordes. Endlich kapituliert auch er. Annemarie wird ins Irrenhaus gebracht; sie soll es nie mehr verlassen.

Eine düstere Episode, in der sich Unnatur und Übernatur unentwirrbar vermischen. Man könnte versucht sein, sie einfach unter Ausgeburten psychotischer Zustände zu subsumieren. Allein die Tatsache, daß Léon Bloy bis an sein Ende an der Echtheit bestimmter Visionen seiner „Véronique" festhielt, daß er nie aufhörte, in den Ereignissen jener Märztage den Höhepunkt seiner Existenz zu erblicken, müßte uns vor einem billigen Urteil warnen. (Ich habe in meinem Roman „Zeit des Raben – Zeit der Taube" die Lebensläufe von Léon Bloy und Marie Sklodowska-Curie kapitelweise alternierend erzählt. Haben doch die praktischen Ergebnisse der modernen Physik, wie sie durch die Entdeckung des Radiums eingeleitet wurde, neues Licht auf die endzeitlichen Erwartungen Léon Bloys geworfen. Unsere Lage ist ähnliche Erwartung in Permanenz.)

Dem Zusammenbruch der Roulé folgen für Bloy dunkle Jahre der Mutlosigkeit und Ermattung. Doch nie wird er der hochgespannten Erwartung entsagen, daß durch ein sichtbares Eingreifen Gottes in die Welt die Zerrüttung der irdischen Dinge geschlichtet und das Leiden der Armen, Unschuldig-Verfolgten und damit auch seine eigenen Leiden beendet würden. Denn Bloy nimmt seine Leiden (manchmal allzu) exemplarisch als „das höllische Mißgeschick eines Christen, der in eine gottlose Gesellschaft, in ein verruchtes Jahrhundert hineingeboren wurde". Seine eigene materielle Not und das Elend, dem er in den Armenvierteln von Paris täglich begegnet, gewinnen für ihn absoluten, metaphysischen Charakter:

„Die Engel müßten Entsetzen und Mitleid empfinden im Angesicht dieses Schauspiels: ... Generationen um Generationen werden bei den Festmählern der Reichen verschlungen; überall, wo die Söhne Nimrods ihre Tafeln rüsten, wird der Arme, dessen merkwürdiges Los es ist, Gott darzustellen, besiegt, geschlagen, besudelt, in Stücke geschnitten und mit den Füßen unter den Tisch gestoßen ... Und dann geschah es, daß *Er* zum König der Qualen wurde, an dessen Fleisch sich alle Grausamkeit sättigte, Er, der Erwählte des äußersten Elends, ecce homo. Aber das Herz der Menschen verwandelte sich nicht, es wurde einfach nur ein neues Buch aufgeschlagen."

1887 erscheint Bloys erstes umfangreiches Werk, der Roman „Le Désespéré", die Geschichte seines Autors und der unglücklichen Roulé. Es enthält schreckenerregende Episoden und Partien von sublimer Schönheit; leider ergeht es sich auch in endlosen Diatriben gegen die Pariser Zeitungswelt. Die Antwort der Journaille bleibt nicht aus; auch alte Freunde ziehen sich von Bloy zurück. Er vereinsamt.

Dennoch und erst recht setzt er seine Bemühungen fort, sich einen Namen zu machen. Seine Mittel in diesem Kampf sind oft verwegen, manchmal auch geschmacklos und liefern ihn der Lächerlichkeit aus. Da findet er in einer jungen Dänin, Johanne Molbech, eine kongeniale Gefährtin. Die hohe religiöse Begabung dieser Frau befähigt sie, das Leben des Mannes in der Misère zu teilen und diesem Leben immer wieder die Deutung zu geben, die auch noch die erbärmlichste Situation sinnvoll durchleuchtet. Von Gläubigern aller Art verfolgt, flüchtet die Familie von Quartier zu Quartier. Zwei von vier Kindern sterben an Folgen der Unterernährung. Ein neuer Roman „La femme pauvre" hat nicht viel mehr Erfolg als „Le Désespéré". Nur Maeterlinck schreibt, wenn überhaupt in einem Werk der neuen Literatur Genialität zu entdecken sei, so in diesem Buch ...

Um 1900 kündigt sich etwas wie eine Wendung zum Besseren an. Einige Freunde, zumeist Konvertiten, scharen sich um den alternden Bloy. Endlich weiß er sich – zwar erst von wenigen – verstanden, doch auf diese wenigen kann er sich verlassen. Sie gewähren ihm großzügige Hilfe. Ihre Zuneigung besänftigt den zornmütigen Mann allmählich. Er gewinnt jene Milde und Weisheit, die dem „Alten vom Berge“, dem „Patriarchen“ zustehen, der durch „die Pforte der Demut“ tritt. Er schreibt sein schönstes Buch „Die Seele Napoleons“. Seine Freunde vergleichen ihn mit einer alten brandgeschwärzten Kathedrale, in deren Innerstem als einziges Licht das eucharistische Geheimnis erschimmert.

Seine letzten Jahre verbringt Léon Bloy in Bourg-la-Reine, in einem kleinen Haus, das Charles Péguy vor ihm bewohnte. Péguy ist 1914 an der französischen Ostfront gefallen. Bloy hat ihn nie kennengelernt. Trotzdem zeigt sich in jenem „Zufall“ eine Art tröstlicher Fügung an: Was Bloy immer schon erstrebte, eine neue Spiritualisierung des katholischen Lebens, ist auch von anderen erstrebt, gelebt und erlitten worden: „le renouveau catholique“ bahnt sich langsam, aber in leuchtenden Gestalten an.

Léon Bloy stirbt 1917 nach langem Leiden. Kurz vor seinem Tode antwortet er auf die Frage, was er jetzt empfinde: „Eine ungeheure Neugier.“ Es ist die Neugier des Christen auf die verheißene Anschauung Gottes, auf die Erfahrung einer „unerhörten Himmelfahrt in die Abgründe des Absoluten“.

★

Schon aus Bloys Biographie geht hervor, in welchem Maße ihm Bild Sinnbild war. Da ihm jedes Bild sogleich ins Sinnbildliche überging, verringerte sich ihm die Distanz, aus der der Künstler im allgemeinen zu betrachten pflegt. Das war seine Gefahr, seine Schwäche: er zieht sich nie hinter seine Darstellung zurück, im Gegenteil, er kommt ihr nur allzugerne, allzurasch durch sein Urteil zuvor. Das führt, wo er episch gestaltet, zum peinlichen Eindruck krasser Schwarzweißmalerei. Überdies verdirbt er die Erzählung durch Abschweifungen aller Art. Er wütet, tobt, schäumt, er türmt den Ossa auf den Pelion, fällt mit superlativischen Häufungen über den Leser her. Dennoch: in der Übertreibung gibt sich ein Prinzip kund, in der Willkür einer scheinbar grenzenlosen ärgerniserregenden Subjektivität Teilhaberschaft an Ordnungen höheren Ranges. Es mag Bloy an „Kunstverstand“ gemangelt haben –, das grandios Elementarische seiner Natur konnte „Kunstverstand“ in diesem Sinn nicht hervorbringen. Überhaupt ist Bloy Natur, sofern nur ein Schriftsteller Natur sein kann, Natur allerdings, die Geist werden will, Triebhaftigkeit, die keinen Augenblick darauf verzichtet, ins Spirituelle zu transzendieren. Die Bilderwelt seiner Sprache spiegelt das deutlich. In „La femme pauvre“ charakterisiert er seinen Stil:

„. . . seine wilde Farbigkeit, sein spitzfindiges und verschlagenes Barbarentum, die bohrende Beharrlichkeit, die, gleich einer Winde immer in sich zurückkehrend, nicht aufhörte, bestimmte grausame Bilder wieder und wieder aufzurollen . . . die unerhörte Kühnheit dieser Formen, die, vielfältig wie eine wilde Horde und – trotz schwerer Rüstung – behende waren . . . Der kluge Aufruhr des Wortschatzes, der einen Helm von Flamme und Asche trägt wie der Vesuv in den letzten Tagen von Pompeji – goldgestreift, eingelegt, ausgezackt und mit antiken Gemmen verzahnt wie ein Märtyrerschrein; vor allem aber die wunderbare Ausweitung, die ein solcher Stil der geringsten Behauptung zu verleihen imstande war . . .“

Da haben wir den ganzen Bloy: sein Barbarentum, seine bohrende Beharrlichkeit, sein Pathos; seinen Hang auch zum Unheilschwangeren (Helm von Flamme und Asche . . .), seine Lust an riesigen kunstvoll verschachtelten Perioden, das Ornamentale, Byzantinische seiner Ausschmückungen und, was seinen Wortschatz betrifft, dessen „kluger Aufruhr“ in der fast unbegrenzten Fähigkeit besteht, in den tiefen und abgelegenen Wassern der Sprache nach Perlen, aber auch nach Schlamm zu gründeln; zuletzt und trotzdem „vor allem die wunderbare Ausweitung“ ins Spirituelle, die manchmal von der fragilsten Basis aus gewagt wird, eine Art Tigersprung von der Nichtigkeit ins Universellste, ein Sprung, der durchaus nicht immer gelingt, doch immer wieder gewagt wird. Denn eben auf ihn kommt es Bloy an, auf ihn kann er nicht verzichten, denn „Bild“ transzendiert ihm immer sofort in „Sinnbild“.

Es ist vielleicht hier nicht ganz fehl am Platze, daran zu erinnern, daß ein Leben im „Glauben“ auch immer ein Leben in einer ganz bestimmten Symbolwelt ist. Diese Symbolwelt kann eine erfüllte Lebenslandschaft bilden. Je lauer der Glaube, desto flacher die Symbole. Für die Ungläubigen verdämmern sie zu chimärischen Schatten. Als Bloy sich bekehrte, trat er in das Christentum als in einen Raum ein, der von der christlichen Symbolwelt wie von Elementargewalten erfüllt war.

Bloy bezeichnete sich oft als einen mittelalterlichen Christen (ob zu Recht oder Unrecht, muß hier noch offengelassen werden). Jedenfalls war er entschiedener Dualist. Für ihn zerfiel die Welt in Gut und Böse, das moralisch Neutrale war für ihn nicht existent, nicht einmal in der Natur („Die Natur ist auf derselben Stelle gefallen, wo der Mensch fiel.“). Die Weltgeschichte erschien ihm als ein einziges Schlachtfeld, auf dem sich die Kräfte des Himmels und der Hölle messen.

Das hochtragische Moment dieses Kampfes liegt für Bloy darin, daß Gott darauf verzichtet, seine Macht in ihm zu entfalten, daß er seit der Erlösungstat Christi in freiwillige Passivität getreten und den Ansturm der Dämonen durch nichts anderes zu kompensieren entschlossen ist als durch die Unergründlichkeit seiner Leiden: Gott als der passive Held – ein, wie ich glaube – moderner Zug in Bloys Weltbild.
Selbstverständlich weiß Bloy, daß er in einer Epoche gleitender moralischer Wertungen lebt („alles verstehen heißt alles verzeihen"), daß sich der Begriff der Person immer mehr und mehr auf ein „Produkt von Vererbung und Milieu" einschränkt, daß die gängigste Idee seiner Zeit die allgemeine Relativierung und damit Entverantwortlichung des einzelnen ist.
Sein ganzes Werk, sein ganzes Leben ist ein Protest gegen diese Entwicklung.

„Ich gehöre zu jenen, welche in der Wüste rufen und welche, wenn ihnen die Raben das Brot nicht bringen, die Wurzeln des brennenden Dornbusches verzehren. – Ob man mich anhört oder nicht, ob man mit mir ist oder gegen mich, solange man mich nicht tötet, werde ich der Sprecher der Rache und der sehr gehorsame Diener des höheren Zornes sein . . . Es steht mir nicht zu, diesen Dienst aufzugeben . . . Die Ausbrüche meines Zornes sind nur der unendlich abgeschwächte Nachklang eines höheren Fluches, dessen Widerhall ich Unglücklicher sein muß."

Nun, dieser Nachklang eines höheren Fluches bewegt sich in Bloys Werk in einer unaufhörlichen „Spirale von Sarkasmen, Wutausbrüchen und Beschimpfungen". Man hat Bloy von jeher vorgeworfen, daß er „mit Dreck werfe". Und in der Tat könnte seine oft bis ins Manische gesteigerte Sucht, Menschen und Dinge als schmutzig, stinkend, verwesend zu bezeichnen, einen gewissen Hang zu eben diesem Schmutzigen, Stinkenden und Verwesenden verraten. „Mit bohrender Beharrlichkeit" rollt er Bilder auf, die das Scheußliche heraufbeschwören. In seinem Werk wimmelt es von wüsten Fratzen. Da ist ein Journalist „eine Ratte . . . auf seiner Nase, die einer spitzen Runkelrübe gleicht, reiten in seinem ausgemergelten Gesicht aus Insektendreck ruhelos glitzernde Äuglein, die einer Dogge Wut erregen könnten". Von einer kupplerischen Weibsperson wird gesagt, daß sie hätte die Pest verscheuchen können, und von einem Hinterhaushof, daß er einem krummbeinigen Derwisch, der sich damit beschäftigt, krepierte Kamele abzuhäuten, monomane Fluchtvorstellungen hätte einjagen können.
Diese Hyperbeln bewegen sich hart am Rande des Lächerlichen, doch nur für den, der nicht ermißt, inwiefern sich für Bloy in solchen Gestalten das Dämonische inkarniert. Für ihn ist die kupplerische Madame Chapuis eben

nicht eine beliebige unangenehme Kleinbürgerin, der Journalist Lerat nicht nur eine intrigante Schreiberseele, sondern Verkörperungen eines weltverderbenden Elementes; und das Quartier „am Ende einer Sackgasse des Petit Montrouge“ ist für ihn nicht irgendein düsterer Großstadtwinkel, sondern Tummelplatz der Dämonen.

„Aus einem kleinen häßlichen Keller schienen zu Beginn der Nacht schwarze Gestalten aufzusteigen, Ameisen der Finsternis . . . Ein unheimlicher Schmutz saß in allen Ecken.“ Überall herrschte Gestank . . . „er schwebte in den engen Räumen und entrollte sich hier wie ein Rauchband, bildete Kreise, Ovale, Spiralen und Knoten. Er strich über die Möbel, stieg zur Decke empor, senkte sich längs der Türen . . . und ließ überall eine Wolke von Verwesung und Grauen zurück.
Der Gestank ist ein Quartiermacher, der grausamen Gespenstern voraneilt, wenn sie aus der Tiefe des Abgrundes heraufsteigen dürfen, und die kalte Angst begleitet ihn . . . Und so wurde es zuerst Clotilde und dann auch ihrem Mann klar, daß sie . . . an einen dieser verfluchten Orte geraten waren, *die in keinem amtlichen Grundbuch verzeichnet sind, wo der Feind des Menschen sich amüsiert und Karussell fährt.*“

In keinem amtlichen Grundbuch verzeichnet! Das heißt, außer der gemeinhin erfahrbaren Welt und damit in Wahrheit: Welt an sich, ein, wenn man so sagen darf, metaphysischer Ort.
So ist für Bloy der von ihm so oft beschriebene Schmutz in den Pariser Elendsquartieren nichts als der Auswurf der teuflischen Geister, die hier hausen, Gestank das Fluid, das die Nähe der Dämonen anzeigt. Der böse Mensch ist häßlich, weil er böse ist. Man könnte Bloys Feder dem Pinsel des gotischen Künstlers vergleichen, der die Henkersknechte Christi als teuflische Fratzen malt.
Bloy transzendierte auch das, was wir nüchtern die soziale Frage nennen, in einen unerhörten und uns schwierig nachzuvollziehenden Aspekt.
Bloy war zeit seines Lebens ein „Armer“. Er hat viel über den Zustand der Armut nachgedacht und sie in erstaunlichen Bildern beklagt und besungen. Er kam dahin, den Zustand der Armut als einen Grundsatz der Schöpfung, ja, des Schöpfers aufzufassen in dem Sinne, daß Armut die Bedürftigkeit des Existenten nach mehr Existenz ist. Auch Gott nimmt an dieser Bedürftigkeit teil. Darum wird Er auch als der „Große Arme“ bezeichnet. „Die Schöpfung scheint eine Blüte der tiefsten Armut zu sein . . . Sich wie ein Dieb in äußerster Erniedrigung ans Kreuz schlagen zu lassen, war das höchste Meisterwerk Dessen, Der der Allmächtige heißt.“ Für Bloy sind Schöpfung und Erlösung Effekte intertrinitarischer Bewegung, ausgelöst durch „Armut“ und „im Hinblick auf irgendwelche unnennbare Wiedererlangung von liebesverschwendeter Substanz“.

Wie steht es aber dann mit dem Reichen, mit dem Menschen also, der, an irdischen Güter übersättigt, jene Bedürftigkeit nach mehr Existenz in sich erstickt hat? Er ist der „böse" Arme.

„Die Reichen haben Angst vor der Armut, weil sie ein dunkles Vorgefühl des Sühneausgleichs haben, in den sie durch das Vorhandensein der Armut verwickelt sind. Die Armut erschreckt sie wie das düstere Gesicht eines Gläubigers, der kein Erbarmen kennt. Den Reichen warnt ein höllischer Instinkt vor der Ansteckungsgefahr. Die Verfluchten ahnen nämlich, daß die Armut das Antlitz Christi selbst ist, das angespieene Antlitz."

Der Reiche überantwortet den Armen dem Elend und läßt es nicht zu, daß dieser, der die gerechte Bedürftigkeit nach mehr Existenz in sich fühlt, diese Bedürftigkeit je zu stillen vermöchte.

„Diese grausamen Wüstlinge, deren Freudenschreie der Arme hört, schwitzend vor Angst – auch sie wollen Christen sein? – Siehe da, alles, was auf Erden das Zeichen Gottes trägt, die Wegkreuze, die alten Heiligenbilder . . . die Toten, die auf dem Kirchhof schlafen und sich in ihren Gräbern die Hände reichen, sogar die Tiere, die über die Bosheit der Menschen erstaunt sind und so aussehen, als wollten sie Kain in den ruhigen Seen ihrer Augen ertränken – alles bittet für den Armen. Und alles bittet vergebens . . . Der Jäger verfolgt sein Opfer, ohne den Erlöser zu bemerken, der – in seinem Blut – herbeieilt und ihm seinen Leib anbietet."

Die süddeutschen Mundarten kennen den Ausdruck „Bluetgeld" und bezeichnen damit einen äußerst geringen Entgelt für schwere Leistung. In diesem Bild zeichnet sich das Gefühl ab, daß hier Erpressung an dem geübt wurde, der das „Bluetgeld" anzunehmen gezwungen ist. Etwas Ähnliches ist, scheint mir, in Bloys Gleichsetzung von Geld und Blut der Armen miteingeflossen. Doch auch hier erfolgt sogleich die Tranzendierung in das religiöse Symbol.

„Man lebt vom Geld und stirbt daran seit Jahrhunderten. Es ist der Inbegriff aller Leiden, es ist häßlich und anbetungswürdig, offenbares und blutüberströmtes Symbol Christi." „So ist das Geld *Sein Abbild:* das Geld, das gegeben, das ausgeliehen, das verkauft, das verdient, das gestohlen wird. Das Geld, das tötet und lebendig macht, das Geld, das man anbetet, das eucharistische Geld. Alle Aspekte des Geldes sind Aspekte des Gottessohnes, der das Blut schwitzt, durch das alles vollbracht wird."

Wir zögern, wenn wir einer solchen Symbolisierung begegnen. Wir setzen uns dagegen sogar zur Wehr. Doch stellen wir dabei in Rechnung, daß für Bloy, der viele Jahre seines Lebens damit verbrachte, geringe Summen unter allen erdenklichen Mühen und Demütigungen aufzutreiben, ja, oft geradezu zu erbetteln, die Vorstellung „Geld" mit furchtbarer Gefühlserfah-

rung belastet war! Für ihn hatte „Geld" immer den Charakter eines verweigerten Lösegeldes, dessen ein Gefangener bedurft hätte, um aus dem Kerker seiner Qualen entlassen zu werden.
Andernteils ist gerade an solche Passagen wie der oben zitierten abzulesen, in welcher Weise sich die bereits seit Jahrhunderten mehr oder minder verfestigten Ordnungen der christlichen Symbolwelt in Bloys Werk in Bewegung setzen, wie hier aus dem Zugrundeliegenden, das man lange auf sich selbst beruhen ließ und dessen Oberflächen bereits als vernutzt empfunden wurden, Bewegungsenergien entbunden werden. Bloys Identifikationen haben etwas von tektonischen Schüben, unter deren Wirkung sich die Glaubenswelt aus einer scheinbar längst festgelegten und reglementierten Landschaft in vulkanisches Neuland rückverwandelt.
Für Bloy ist jede, also auch jede historische, Erscheinung Präfiguration oder Nachahmung religiöser Gehalte.

„Jeder Mensch ist auf Erden, um etwas zu bedeuten, was er nicht kennt, und auf diese Weise eine Parzelle oder einen Berg unsichtbarer Materialien zu schaffen, aus denen die Stadt Gottes erbaut wird . . . Zweifellos stellen wir zumindestens Figuren Gottes dar, Monstranzen seines Mysteriums."

Von einem solchen Grundsatz ausgehend, konnte er aus der Weltgeschichte den Stoff zu grandiosen Deutungen schöpfen.

„Er wandte sich nunmehr entschlossen der Geschichte zu. Sie war der größte Ehrgeiz und die heißeste Liebe seines Geistes . . . Er träumte davon, ein Champollion historischen Geschehens zu werden, der die göttlichen Hieroglyphen einer sich in Symbolen mitteilenden Offenbarung enträtselte . . . Der Gedanke an den Symbolismus der Geschichte war ihm durch seine exegetischen Studien erweckt worden. Befeuert von der Versicherung des Heiligen Paulus, daß wir alles ‚im Rätseldunkel' schauen, hatte er vom Symbolismus der Heiligen Schrift auf einen universalen Symbolismus geschlossen."

Natürlich wird Bloy zum wütenden Widersacher des schulmäßigen Historismus. Er fordert, die Begriffe von Zufall und Freiheit zu annullieren, die von den Historikern, „brillenbewaffneten Nagetieren", gehandhabt werden. Zufall – für Bloy eine unerträgliche Blasphemie. Ihn „führt die Meditation immer wieder zur Schau einer einzigen erhabenen Geste zurück". „Gott allein handelt in der Welt. Freilich erscheint sein Wirken verhüllt, im Medium seiner Geschöpfe gebrochen." Die Geschichte, welch ein Gewirr!

„Alle Hände der Nacht haben an diesem Chaos gesponnen. Die drei bösen Gelüste hatten gleich unermüdlichen Spinnereien die Stränge geliefert, und die sieben Todsünden hatten sie, nach allen Richtungen dahinjagend, aufgehaspelt und durch die Wirbel der Ereignisse um alle Generationen und zwischen ihnen hindurchgeschlungen. Der Geist des Menschen . . . sprach: Nicht groß genug kann diese Wirrnis sein! und er gebot: Es werde Finsternis! Finsternis, das heißt, daß sich der Ruß der Vergangenheit, im Tintenschwarz unserer Drucker aufgelöst, in untilgbaren Krusten über die leuchtenden Mosaiken der Vorsehung lagerte. Man war dazu gelangt, die nur ansatzweise entwickelten Grundideen der Geschichte derart unkenntlich zu machen, daß die erstaunlichsten und offenkundigsten Tatsachen nunmehr verwaist von ihren Ursachen und verwitwet von ihren Konsequenzen, ihrer Mitte entfremdet, von aller Gemeinsamkeit exkommuniziert, kopflos und kastriert, schließlich nur mehr als fragmentarische Abkömmlinge des Zufalls herumirrten."

Da für Bloy „die Geschichte ein gewaltiger liturgischer Text" und der Urtrieb seiner menschlichen und künstlerischen Existenz „Deutung" eben dieses Textes ist, unternimmt er es, „die Grundidee" verschiedener geschichtlicher Figuren zu entwickeln und sie in Kontexten zu verankern, von denen die Betreffenden – wenigstens in etlichen Fällen – nicht einmal geträumt haben dürften. Er feiert Marie Antoinette als „die geborene Königin der Tränen", er deutet Christoph Columbus' Verlangen, in See zu stechen und den Wasserweg nach Indien zu erschließen, als das Gerufen-Sein einer Seele, die „den unhörbaren Schrei der heidnischen Welthälfte über den Ozean hinweg vernimmt und aufbricht, jenen die längst verlangte Erlösung zu bringen". Vor allem aber gilt Bloys Verehrung Napoleon. Im Korsen sieht er einen Vorläufer endzeitlicher Ereignisse, begreift ihn als Präfiguration weltumspannender religiöser Gehalte.
Immer greift Bloy in seinen Sinngebungen in die höchsten Regionen, so auch, wenn er von Liebe und Ehe spricht.

„Ich, der nur an absolute Ideen glaube, pfeife auf alle bekannten Psychologien und gehe schnurstracks auf die ungeheuerliche Behauptung los, die mir alles erklären kann: Jede Frau ist – bewußt oder unbewußt – davon überzeugt, daß ihr Geschlecht das Paradies ist. Gott der Herr hat von Anfang einen Lustgarten gepflanzt . . . Der Körper jeder Frau ist, seit Maria Gott ihre Jungfräulichkeit opferte, damit der Welterlöser erscheinen konnte, der mögliche Tabernakel eines lebendigen Gottes . . . Ermessen wir daran, was die Frau gibt, wenn sie sich hingibt, und ermessen wir den Gottesraub, wenn sie sich verkauft. – Niemand ist imstande, dem solidarischen, d. h. für jede Frau geltenden Charakter dieses bestürzenden Mysteriums Grenzen zu setzen."

An dieser Stelle – wie an so vielen anderen des Bloyschen Werkes – zeigt sich sein tiefgewurzelter Hang zur Identifikation des offenbar Andersartigen, ja tief Widersprüchlichen. So war ihm Geld gleich Blut des Armen gleich Blut Christi, die Allmacht Gottes gleich Gottes Ohnmacht, Gottes Reichtum gleich Gottes Armut und die Fülle der Schöpfung – eine Blüte der tiefsten Bedürftigkeit. Die tiefste Erniedrigung des Gottesstreiters wird

zum Signum der Auserwähltheit – hierher gehört auch Bloys fürchterliches Wort, er werde mit einer Krone aus Menschenkot ins Himmelreich eingehen.
Seine Tagebücher sind durchsetzt von Einfällen solcher Identifikationen. Sie sind manchmal großartig, manchmal grotesk. Widerstandslos läßt sich Bloy von ihnen hinreißen. Man kann sagen, die Glut seiner mystischen Religiosität wird immer wieder durch das Glück solcher Einfälle angeblasen. Dazu eine Stelle aus „Die Seele Napoleons“:

„Die Fleischwerdung (Christi) ist nicht nur ein Mysterium, so wie man's lehrt, sie ist die Mitte aller Geheimnisse ... Liest man, Gottes Sohn sei Fleisch geworden, so ist das genau so, als läse man, er sei Erde geworden, da ja die Erde das Fleisch des Menschen ist ... Wenn man Erde sagt, so ist es also Jesus Christus selbst, den man bezeichnet, und es scheint jede exegetische Beharrlichkeit zu entmutigen, wenn man entdeckt, daß in der Vulgata das Wort terra mehr als zweitausendmal hingeschrieben wurde, ohne das Wort humus, das den homo beschwört ... Schlaget, erfüllt von solchen Gedanken, das Heilige Buch auf, und ihr werdet etwas erleben wie das Zerreißen des Schleiers über dem Abgrund. Ihr werdet erschütterte Zeugen der Trauung des Schreckens mit der Wonne sein ... Man käme nicht zu Ende, wollte man, mit zitternder Hand und mit einem Herzen, das gleich den Glocken des Dreikönigsfestes schlüge, all diese Einklänge aus dem heiligen Text entwickeln.“

Man sieht, die Lust an der mystischen Identifikation war „Schrecken und Wonne“ und Antrieb der Bloyschen Existenz. Aber: diesem Zug zur Identifikation entspricht – fast notwendigerweise – ein Zug zur Ent-Individuation.

„Was mich seit jeher entflammte, war die Ungewißheit über die Identität der Person. Niemand weiß, wer er ist. Niemand weiß, wessen Last er trägt.“ „Niemand weiß, welche letzte Aufgabe er auf dieser Welt hat, womit seine Handlungen, seine Gefühle und Gedanken verbunden sind, wer ihm unter den Menschen am nächsten steht, noch, welches sein wirklicher Name ist, sein unvergänglicher Name im Buch des Lichtes.“

Über der ganzen Menschheit waltet eine geheimnisvolle Solidarität. Bloy nennt sie „die Gemeinschaft der Heiligen“, die sich ihm keineswegs auf die Kanonisierten beschränkt. Sie ist für Bloy vielmehr die Teilhaberschaft am Leibe Christi, zu der jedes Menschenwesen, ob getauft oder ungetauft, berufen ist. Diese gemeinschaftliche Teilhaberschaft ist „das große Gegengift, der gigantische Gegenschlag gegen die babylonische Zerstreuung der Menschheit, eine göttliche und erhabene Verbundenheit ... die notwendigerweise auch seine unendliche Bürgschaft in sich schließt“.
Von diesem Gedanken aus entwickelt Bloy in einem Zeitalter, das die Moral relativiert und auf die Ent-Verantwortlichung des Individuums zutreibt,

die These einer generellen und unbeschränkten Verantwortung des einzelnen für das Welt-Ganze.

„Die geringste unserer Taten hallt in unendlicher Tiefe wider und läßt alle, Lebende und Tote, erzittern ... Was wir schaudernd und anbetend wissen könnten, ist das beständige Wunder eines unfehlbaren Gleichgewichts zwischen den menschlichen Verdiensten und Verschuldungen, so daß der Schwache Beistand erfahren kann durch den Starken, der Furchtsame Hilfe erhalten kann durch den Starkmütigen. – Irgendeine Bewegung der Gnade, die mich vor einer ernsten Gefahr errettet, mag ihre Ursache haben, die heute morgen oder vor fünfhundert Jahren von einem mir ganz unbekannten Menschen vollzogen wurde, von einer unbekannten Seele, die mit der meinen in einer geheimnisvollen Verbindung steht. Umgekehrt aber ist jedem erlaubt, sich zum Verursacher vergangener oder auch gegenwärtiger Katastrophen zu machen ... Jeder, der eine freie Handlung setzt, wirft seine Person in die Unendlichkeit."

Aus diesen Passagen ist zu ersehen, wie sich Bloy vom Prinzip der Kausalität im hergebrachten Sinn losmacht, indem er Ursache und Wirkung der zeitlichen Abfolge löst und diese für verkehrbar hält. „Zeit" ist für ihn „eine der Illusionen, der das Menschengeschlecht unterliegt". Man könnte sich gerade über diesen Umstand wundern, da ja Bloy als Christ die „gerichtete Zeit" anzunehmen hatte, die im Akt der Weltschöpfung ihren Anfang nimmt, ihren Zenit in der Erlösung und ihr Ende im „Letzten Gericht" hat. Doch gerade als Christ lebte er auch „zyklische Zeit" und lebte sie intensiv im Ablauf des Kirchenjahres, ja im täglichen und bis dreimaligen Besuch der Messe. Im Meßopfer findet eine Art Verewigung der Erlösungstat Christi statt. Pascals Wort, daß Christus immer am Kreuze hänge und seine Agonie bis ans Ende der Tage dauere, ist wie ein Stachel in Bloy gedrungen, es bewegt sein Herz zu überströmendem Mitleid einesteils, zur Raserei andernteils. Das für den Historismus vergleichsweise punktuelle Geschehen auf Golgatha wird ihm zum Grundsatz der Welt überhaupt und das Kreuz (dieses Schmerzenszeichen) zum Ordinatensystem, außerhalb dessen für ihn nichts denkbar ist.

Daß Leben und Erfahrung durch Zeitabfolge gebunden sind, empfindet Bloy als Minderung der Idee „Mensch". „Von allen unseren Fähigkeiten ist unser Gedächtnis durch die Erbsünde am meisten in Mitleidenschaft gezogen – Zeichen dafür, daß uns die Zukunft dunkel ist." Anderenteils „ist der Prophet ein Mensch, der sich der Zukunft *erinnert*".

Aus allen diesen oft zerstückt oder widerspruchsvoll vorgetragenen Stellen ist doch zu entnehmen, welche revolutionierende Kraft von Bloy ausging. Er hielt sich für einen Menschen des Mittelalters, er war es wahrscheinlich viel weniger, als er wissen und ahnen konnte. Wenn wir sehen, daß Bloy den einzelnen Menschen gleichsam in die Mitte eines unabsehbaren magnetischen Feldes der moralischen Wirkung stellt, wenn er die sichtbare Welt als „Luftspiegelung", als Spur des Unsichtbaren, Raum und Zeit als Illusion des Geistes bezeichnet und solcherart relativiert, so scheint er seiner Mitwelt weit vorauszueilen; von solchen Punkten aus stellen sich uns Assoziationen mit ganz anderen Bereichen her, an deren erster Erschließung Intelligenzen durchaus gegensätzlicher Richtung eben damals zu arbeiten begannen. Freilich: Bloy lehnte die moderne Naturwissenschaft und deren Ertrag, die Technik als „Schreckensschöpfung" grimmig ab; sah er doch vor allem ihre drohenden, die Gestalt des Menschen gefährdenden Aspekte. Trotzdem war er nicht empfindungslos für die Großartigkeit der Moderne. Wir haben ein Zeugnis dieser Empfindung für das Technisch-Grandiose aus Bloys mittleren Jahren in seinem Bericht über die Ersteigung des damals noch nicht ganz vollendeten Eiffelturms.

Dieser erscheint ihm als „ungeheurer Magnet, der Millionen Soldaten von zwanzig Armeen heranziehen" und ein Zeitalter heraufbeschwören werde, in dem Massaker und Ausrottung auf der Tagesordnung stehen werden. Aber:

„Ich gestehe, daß, als ich diesen lotrechten Tabernakel erstieg, mein Erstaunen alle meine Erwartungen übertraf. Ich wußte bis dahin nicht – und werde wohl noch einige Mühe haben, es zu glauben –, daß die Ausbreitung, die Ausentwicklung der brutalen Kraft, wo sie von der strengsten Mathematik bedient und gebändigt wird, die Seele in denselben Schichten und mit derselben Kraft erreichen kann wie die Kunst selbst. Das erfuhr ich hier nicht ohne Bestürzung. Vor meinen Augen entfalteten sich die dunklen Eingeweide des Monstrums, diese unübersehbare Schlosserarbeit, die phantastische Armatur, dieses Traumbild eines zyklopischen Paqueboots, dessen Ziel unbekannt ist, dessen Takelwerk aber in seiner Regungslosigkeit nur dazu da zu sein scheint, die Stürme zu zerfetzen."

Auch an dieser Stelle ist abzulesen, mit welcher Entschiedenheit sich Bloys Bilder auf Dynamisierung zubewegen. Denn „das Traumbild eines zyklopischen Paqueboots, dessen Ziel im Unbekannten liegt", fordert Vorstellungen von Weiträumigkeit, majestätischer Bewegung und nicht absehbarer Effekte heraus, die dem Bild entsprechen, das wir auch heute noch von der Technik haben.

Ich habe hier versucht, Bloys Symbolwelt zu charakterisieren, indem ich sie vor allem auf seine Konfessionen und Thesen bezog; ich hätte auch einen anderen Weg einschlagen und sie an seiner Metaphorik aufrollen können.

Dazu bedürfte es allerdings einer umfassenden Katalogisierung seiner Bilder und Gleichnisse. Indessen dürfte sich aus den hier angeführten Zitaten doch wenigstens die erstaunliche Reichweite seiner Bildersprache ergeben haben. Immer wieder nimmt Bloy seine Vergleiche aus kosmischen Weiten, so wenn er versichert, die Liebe sei ein Kleinod, das sich nicht einmal „mit dem Diamantengewicht der Nebelflecke" bezahlen ließe. Viele Male spricht er vom „Abgrund Gottes". „Abgrund" ist geradezu sein Lieblingswort. Bis zum Übermaß gehäuft finden wir: unsäglich, ungeheuer, unschätzbar, unausdrückbar. In diesen Negationen, so scheint mir, gibt sich Bloys leidenschaftliches Verlangen nach neuen Dimensionen kund. Doch seine Ausweitung ins Unendliche bedeutet durchaus nicht den Verzicht auf Sinnenhaftigkeit und Plastizität. Im Gegenteil. Er ist Dichter, schreibt wie ein Dichter, konzipiert wie ein Dichter. Der Anblick der jüdischen Händler auf dem Markt von Hamburg löst schlagartig den Plan zu seiner Schrift „Das Heil durch die Juden" bei ihm aus. Obgleich die meisten seiner Werke nicht epischer, sondern deskriptiver Natur sind, handelt er seine Themen nicht ab, er stellt sie dar. Das Vehikel seiner Sprache gehorcht keinem logischen Steuer, sondern wird von seiner Bildkraft und von ihr allein bewegt. Man möchte bei Bloy beinahe von Bild-Verfallenheit reden. Wenn er sagt: Der Name eines Dinges sei das Ding selbst, so könnte man von ihm sagen: Das Wesen seiner Welt sei das Wesen ihrer Bilder, der Bilder, zwischen denen er haust, mit denen er umgeht, die sich über ihm auftürmen, über ihm zusammenstürzen und ihn mit sich reißen.

In der Tat: er war Dichter, wie man „Löwe oder Haifisch, Sintflut oder Erdbeben ist". Das Tier (siehe Löwe und Haifisch) spielt eine große Rolle. Die Liebe zu Gott vergleicht er einem blinden Löwen, der in der Wüste nach einer Quelle sucht. Zum Tod eines Kindes findet er das wunderbare Wort: „Es ist nicht so sehr die Begegnung mit dem Tod, die ein solches Leiden verursacht, es ist vielmehr *die ganze vergangene Freude, die sich erhebt und aufbrüllt wie ein Tiger.*"

Dann wieder spricht er vom „schweinsköpfigen Löwen der Pubertät, der umherschweift, um seine Opfer zu verschlingen". Die ihm widerwärtige Bürgerklasse nennt er eine Schweineherde. „Der Bürger ist das Schwein, das an Altersschwäche sterben will." Brunnen- und Architekturbilder tauchen auf: das gefallene Mädchen Clotilde lebte dahin „unter dem schrecklichen Grundwasser ihrer Reue". Von manchen Menschen heißt es: „Sie sind Verräter aus allen Festungen des Gewissens." Auch aus seinen Erfahrungen als Bauhilfsarbeiter schöpft der Dichter Bloy: „Die Hebewinde des

Glaubens". Über das jüdische Volk: es habe den Strom der Weltgeschichte vermauert, wie ein Damm ein Tal vermauert, um den Wasserspiegel zu heben. Ein Scheinheiliger wird witzig „ein Weihwedel" genannt.
K. Pfleger nennt Bloy eine religiöse, nicht eine literarische Erscheinung. Gewiß: er selbst glaubte, daß die Kunst kein Wort mehr zu sagen habe, wenn Gott sich offenbare, und am Ende seines Lebens glaubte er seinen Beruf verfehlt zu haben. „Ich hätte ein Prophet oder Wundertäter werden sollen. Was bin ich geworden? Ein Literat." Und: „Es gibt keine andere Traurigkeit als die, kein Heiliger zu sein."
Nun, ein Heiliger war er nicht, doch ein Prophet dürfte er wohl genannt werden, ein Prophet, dessen Weissagungen sich nicht nur in dichterisches Gewand gekleidet haben, sondern dichterisch, d. h. vom Bild her konzipiert worden sind. Wenn er von Napoleon sagt, er sei wesenhaft ein Dichter gewesen, so sagt er, wie immer, wenn er historische Figuren abhandelt, nur über sich selbst aus: Napoleons Vorhaben hatten, obwohl oder gerade weil sie sich nicht realisieren ließen, „in seiner Seele ohne Zweifel eine prophetische Dichte, ein Wirklichkeitsgewicht, dessen nur er allein sicher war. Er hatte . . . eine verzückte Vorahnung von dem, was durch die vergänglichen Zufälligkeiten ausgedrückt werden sollte – das eben war es, was ihn zum Dichter machte."
Zum Dichter, zum Deuter des „Sinnbildlichen": dazu fühlte sich Bloy unabweisbar berufen. Sein Wesen war Widerspruch und grenzenloses Verlangen nach Koinzidenz. Diese Paradoxie durchzieht sein Leben und sein Werk. Sein Widerspruchsgeist war nahe daran, ihm Leben und Werk zu verderben; da er jedoch zugleich das Verlangen nach Koinzidenz bestärkte, beflügelte und diesem zum Absprung verhalf, muß wohl auch er hingenommen werden. Auch hier gilt, daß unter der Oberfläche und „den vergänglichen Zufälligkeiten" einer Existenz die innere Figur wahrgenommen werden sollte, die Figur, die „nur Leben hat im Bezug auf das Sinnbildliche". Denn: „Wahr ist nur das Absolute."

Aus der Werkstatt

Das Problem der Polarität

Gedanke und Form im Kunstwerk
(1960)

Im Sommersemester 1960 fanden an der Universität Innsbruck einige Vorträge mit anschließender Diskussion über das Thema „Polarität: Gedanke und Form im Kunstwerk“ statt.

Wenn ich hier als erste in einer Reihe von Vortragenden zum Problem der Polarität von Gedanke und Form im Kunstwerk sprechen soll, so werden Sie, meine Zuhörer, von mir, wie ich hoffe, keine neue eigenständige Kunsttheorie erwarten. Ist es doch weniger meine Aufgabe, zu theoretisieren als mein Handwerk zu treiben, das bittere, herrliche, unsterbliche Handwerk des Geschichtenerzählens.

Aber da stocke ich schon –.

Wenn ich nämlich dieses eine Wort *Geschichtenerzählen* bedächtig ausspreche, wenn ich es mir überlege und hineinlausche, dann hat mich unsere Problematik, schon am Wickel.

Geschichtenerzählen – gehen wir doch einmal daran, uns dieses Wort auseinanderzulegen. Da ist zuerst einmal von Geschichten die Rede. Geschichte kommt von Geschehen. Es ist also irgend etwas einmal geschehen. Nun, es geschieht vielerlei in der Welt, das ganze Leben ist voll Bewegung und Ereignis. Ist alles, was geschieht, auch schon eine Geschichte? Nein. Es ist nur Rohstoff für Geschichten. Denn in diesem Wort Geschichte schwingt noch etwas anderes mit: nämlich Schichte. Das, was sich ereignet, setzt sich ab, wie sich etwa Gesteinsschichten absetzen oder Jahresringe eines Baumes. Wo aber setzen sich die Schichten ab? Im Bewußtsein des Menschen, der mit dem Geschehen in Berührung kommt. In ihm schichtet sich das Ereignis, es ordnet sich, es gewinnt Festigkeit und Struktur.

Wir wissen: wenn hundert Menschen denselben Vorgang erleben und ihn nachher schildern sollen, so wird doch ein jeder den Vorgang anders darstellen. Jedem wird sich der Vorgang in einem anderen Aspekt spiegeln, er wird eine andere Schichtung aufweisen. Vielleicht ist einer unter den hundert, der imstande ist, dem Vorgang einen tieferen Sinn zu unterlegen und diesen Sinn sichtbar zu machen.

Hier nähern wir uns dem Fall einer künstlerisch erzählten Geschichte. – Nehmen wir ein einfaches Beispiel: das „Unverhoffte Wiedersehen“ aus dem „Schatzkästlein“ von Johann Peter Hebel.

Johann Peter Hebel hat diese Geschichte nicht erfunden. Er war auch gar nicht der erste, der sie wiedererzählte. Aber nur seine Version ist als ein Glanzstück der Epik in die Literatur eingegangen. Warum wohl? Weil in seiner Erzählung mehr sichtbar wird als ein reales Ereignis.
Hebel drang in tiefere Schichten vor; die schlichte Fabel wurde zum tiefgründigen Gleichnis: wir erfahren aus ihm, wie Zeit und Ewigkeit einander berühren.
Wie brachte das Hebel zuwege? Fügte er der Fabel einen Exkurs über die Vergänglichkeit der Welt und die Erhabenheit der Ewigkeit an? Keineswegs. Er tat nichts anderes als seine Vorgänger, von denen er die Fabel erfahren hatte: er erzählte sie. Aber wie er sie erzählte . . .
Da sind wir nun bei dem zweiten Glied des Wortes: Geschichtenerzählen. Was sagt uns dieses kleine bescheidene Verb: Erzählen? Es scheint mit Zahl zusammenzuhängen. Was aber hat erzählen mit Zahl zu tun? Wir werden es gleich sehen, wenn wir nämlich Erzählen mit Aufzählen vergleichen. Der gute Erzähler zählt nicht nur Fakten auf, er legt sie nicht nur nebeneinander auf den Tisch wie irgendwelche beliebige Gegenstände, die untereinander unverbunden sind. Er *er*zählt eben – in der kleinen Vorsilbe „er" steckt etwas anderes, Konstruktives drin. Diese winzige Silbe deutet uns an, daß hier etwas von Grund auf geschieht und mit Bedeutung geschieht: so ist *er*bauen mehr als bauen; *er*scheinen mehr als scheinen; *er*finden mehr als finden; *er*weisen mehr als weisen. Erzählen heißt, so kommt es mir wenigstens vor, aus einer zwar abzählbaren, also überschaubaren Anzahl von Fakten eine Welt, ein Ganzes erstehen lassen, dessen Charakteristikum die Vielschichtigkeit, die Tiefgründigkeit ist.
Nun haben wir auf unserem Weg also schon einiges über das Kunstwerk – mindestens über das epische Kunstwerk – erfahren: erstens, daß es mehrere Bewußtseinsschichten berühren sollte, weil es auch mehrere Bewußtseinsschichten widerspiegelt; zweitens, daß es eine konstruktive Ganzheit darzustellen hat, in der alles aufeinander bezogen ist: das Kunstwerk ist *welthaltig*.
Kehren wir zu unserem Beispiel, dem „Unverhofften Wiedersehen", zurück. Sie werden vielleicht fragen: was kann eine so kleine Geschichte an „Welt" enthalten? Vielleicht denken Sie, ich habe mir da ein schlechtes Beispiel ausgesucht, ich hätte höher greifen, etwa den „Wilhelm Meister" anführen sollen; ja, da wird eine ganze Welt gezeigt, Individuelles und Gesellschaftliches, Natur und Kunst, eine Fülle von Schicksalen und Gestalten, schuldhafte Verstrickung und naturelbische Unschuld, Ratio und Nai-

vität, das ganze Orchester menschlicher Möglichkeiten ... Aber diese kleine Geschichte aus dem gemütlichen „Schatzkästlein“: wo ist da die Welt?

Es ist, ich gebe es zu, eine engere Welt, eine einfachere, überschaubarere Welt – und doch ein kleiner Kosmos. In der Mitte steht das einfachste, redlichste menschliche Gefühl, die Liebe des Bergmanns und seiner Braut. Sie ist so schlicht und zurückhaltend geschildert und hat doch das Gewicht, den großen Zeitbogen, der über sie gespannt wird, auf sich zuzuordnen. Die Gestalten der Liebenden sind mit so einfachen Linien gezeichnet, daß sie gleichsam *die Liebenden an sich* werden, exemplarische Gestalten. Ihre individuellen Züge sind auf ein Minimum reduziert, so daß das Symbolische sofort an ihnen hervortritt. Die ergreifende Zuversicht des jungen Bergmannes, der seine Braut küßt und ihr „auf Luziä“ die Hochzeit verheißt, prädestiniert ihn für das tragische Schicksal, das ihn in der Grube erwartet, aber auch für die unverwesliche Schönheit, in der seine Gestalt dort unten erhalten bleiben wird.

Und nachdem das Unglück geschehen ist, wie macht uns der Dichter die lange Zeit sichtbar, die dann verstreicht? Er zählt uns die Geschehnisse in der Welt auf, die so viel Aufsehen und Lärm verursachen, Kriege, Erdbeben, die Teilung Polens, die Hinrichtung Struensees, die Französische Revolution und der Tod mehrerer Kaiser – Dinge, die Völker und Kontinente in Bewegung setzten, und instrumentiert damit, ohne viel Worte darüber zu machen – die Stille des Grabes, in dem der junge Bergmann so viele Jahrzehnte schlummert. Der Dichter weist sich damit auch als Kind seines Jahrhunderts aus, er spricht damit seine Zeitgenossen an und sagt ihnen: Seht, all das hat uns Menschen im Tageslicht bewegt – wieviel ist geschehen, wie rasend rollte die Zeit über die Erde, während dort in seinem finsteren Stollen der Tote ruhte und nicht verfiel.

Wir spüren: hier wird uns auf die einfachste Art das Rätsel Zeit aufgerollt, das Rätsel der Vergänglichkeit und irdischen Dauer, das die Menschen von jeher tief beschäftigt hat; hier wird die Kurzlebigkeit der Welt mit der Dauer konfrontiert, die dem gewährt wird, der im Geheimnis ruht, der sozusagen zu den Müttern abgestiegen ist. Aber diese Konfrontation genügt dem Dichter noch nicht. Er sieht in der geheimnisvollen, aber immer noch irdischen Dauer, die die Gestalt des jungen Bergmannes über die Jahrzehnte bewahrte, nur ein Sinnbild ewiger Dauer. Darum läßt er die alte Frau am Ende die wunderbaren Worte sprechen: „Schlafe nun wohl, noch einen Tag oder zehn im kühlen Hochzeitsbett und laß dir die Zeit nicht lang werden. Ich habe nur noch ein wenig zu tun und komme bald, und bald wird's wieder Tag. Was die Erde einmal wiedergegeben hat, wird sie zum zweiten Mal auch nicht behalten.“ Denn wir werden, so meint es die alte Frau, gemeinsam auferstehen zu einem niemals wieder endenden Tag, zu Gottes Tag, zur Ewigkeit.

So sehen wir die beiden Liebenden gleichsam im Zentrum einer Weltenuhr stehen, die in dreierlei Maßen mißt: die rasch pulsierende irdische Zeit, die Zeit des Archetypus und die Ewigkeit. Kann eine kleine Geschichte mehr enthalten?

Und doch wäre sie nicht das große Kunstwerk, das sie ist, läge ihr geheimster und undurchdringlicher Zauber nicht in ihrer Sprache, in der ganz eigentümlichen Syntax der Hebelschen Prosa, im Atem der Erzählung, die so ganz individuelles Leben ist, daß wir sagen können: in jeder einzelnen Periode offenbart sich Hebels eingeborenes episches Temperament.

Hier fällt uns der Satz der Naturalisten ein, den Zola formuliert hat: Kunst ist Wirklichkeit, durch ein Temperament gesehen.

Mit der Gleichsetzung: Kunst = Wirklichkeit können wir heute nichts mehr anfangen, aber Zolas Nachsatz können wir voll und ganz zustimmen: . . . durch ein Temperament gesehen. Die Form eines Kunstwerks ist durchaus vom Temperament des Künstlers durchseelt – von seiner inneren Temperatur abhängig. Diese Temperatur kann kalt sein oder heiß, oder – wie im Falle Hebel – von einer wunderbaren zarten lebensspendenden Wärme. Der Stil verrät den ganzen Menschen: ob er pedantisch ist und ängstlich, großzügig und freimütig, ob er leise und geschmeidig seinen Weg zwischen den Dingen sucht, wie Rilke es tat, ob er die Dinge groß und unerbittlich auf sich zukommen fühlt, wie es bei Trakl der Fall war. So ist jede Begegnung mit einem Kunstwerk auch die Begegnung mit einem ganz bestimmten Temperament, mit einem individuellen Charakter.

Über diese Dinge wäre sehr viel zu sagen. Aber schweifen wir nicht ab, fassen wir zusammen: Bis jetzt haben wir drei Merkmale eines epischen Kunstwerks herausgearbeitet: erstens seine Vielschichtigkeit, die jeweils verschiedenen Bewußtseinsschichten entspricht; zweitens seine Welthaltigkeit, mit der es eine pars pro toto setzt; drittens, daß es die Individualität eines bestimmten Temperaments – eines ganz eigentümlichen Charakters – zeigt.

Nun fragen wir uns: Welche dieser Merkmale entsprechen der Gedanklichkeit eines Kunstwerks, und welche sind Träger seiner formalen Bewältigung?

Wahrscheinlich nehmen Sie an, daß ich Temperament und Charakter des Künstlers – als die Rhythmus und Melodie des Stils bestimmenden Faktoren – als Träger der formalen Qualitäten erkläre, während ich Vielschichtigkeit und Welthaltigkeit des Kunstwerks als spezifische Leistung des Gedankens verstanden haben will.

Sie haben mit dieser Annahme recht – und doch auch wieder nicht ganz recht. Inwiefern, will ich gleich erklären.

Ich sagte: die Vielschichtigkeit eines Kunstwerks spricht verschiedene Bewußtseinslagen an, doch ist das Vehikel, mittels dessen die Kommunikation zwischen den verschiedenen Bewußtseinslagen vor sich geht, nicht der Gedanke allein, im Gegenteil: denn hier handelt es sich weniger um Definitionen und Folgerungen als um Ahnung der Zusammenhänge.

Ein Kunstwerk ist auch für einen Menschen erlebbar, der nicht imstande ist, das Besondere daran zu definieren. Ja sogar der Künstler selbst muß sich nicht einmal darüber Rechenschaft ablegen können, welchen Konstruktionsgesetzen sein Werk unterliegt, an welchen Begriffssystemen es teilhat. So dürfte sich Hebel z. B. durchaus nicht im klaren darüber gewesen sein, daß er in seiner kleinen Geschichte das Problem der Relativität der Zeit aufgerollt hat. Die gesamte Kunst- und Literaturgeschichte wimmelt von Begriffen, die lange nach der Entstehung der Kunstwerke gefunden wurden, auf die sie doch angewendet werden. Ich möchte sagen: im status nascendi eines Kunstwerks herrscht in der Regel Unklarheit über das Eigentliche seiner Struktur, der Künstler folgt in vielen, ja in den meisten Fällen einem Faden, den er eben noch ertasten kann, dessen Enden sich aber vor ihm im Dunkel verlieren; das Glück des Schaffens besteht oft darin, an diesem Faden in ein Licht geleitet zu werden, von dessen Existenz vorher kaum eine Ahnung vorhanden war, zu der aber der Schaffende mit einer Folgerichtigkeit hineingeleitet wird, die nur in Erstaunen versetzen kann.

Das soll nicht heißen, daß der Künstler in der Regel ohne Plan arbeitet. Es gibt zwar Schriftsteller, die eine Geschichte aus einem Satz entwickeln, ohne sich vorher über die Fabel klar geworden zu sein. Es gibt auch Maler, die ihren Pinsel ansetzen und nicht wissen, soll, was sie da malen, eine Madonna, ein Stilleben oder ein abstraktes Gebilde werden. Doch dieses Ins-Blaue-hinein-Arbeiten ist nicht die Regel.

Die Regel ist, daß ein Plan wohl vorliegt, ein Bild, eine Fabel vorgedacht wurde, daß aber dann das wachsende Werk dem vorgedachten Bild nicht genügt, oder – der glücklichere Fall – daß es das Bild überrundet. Ich bin überzeugt: alles, was an einem Kunstwerk als Erleuchtung und Prophetie hervortritt, das Eigentliche, Wesentliche ereignet sich ungeplant, unvorausgesehen. Es tritt aus dem Unbewußten hervor und kann erst danach wahrgenommen werden. Ich erwähne Menzel als Beispiel, der sein bestes Bild, das Balkonzimmer, in dem der ganze Impressionismus bereits vorweggenommen war, als ein mißglücktes Werk wegschloß, in eine finstere Kammer steckte; niemandem hat er sein Meisterwerk gezeigt, nie hat er gewußt, daß er auf dieser kleinen Tafel eine Geistestat ersten Ranges gesetzt hat.

Wie kann, fragt man sich, so etwas geschehen?

Wie kann ein Künstler sein eigenes Werk so mißverstehen?

Auch der Künstler unterliegt dem allgemeinen menschlichen Schicksal, daß er nämlich über sein eigenes tiefes Selbst im unklaren ist; erst in einem späteren Stadium – wie im Falle Menzel – wird die tiefere fruchtbare Schichte aufgedeckt.

Wir leben freilich in einer Zeit, die dem Gedanken gern die Vorhand läßt. Das analytische Denken schreitet auch in den Bereichen der Kunst vor. Uns stehen eine Menge Begriffe, eine Unzahl von Abstraktionen zur Verfügung. Der Künstler nimmt an ihnen teil und kann Begrifflichkeit, Abstraktion und Analyse kaum mehr aus dem Schaffensprozeß entfernen. In der Prosa stellt sich das Bemühen ein, die Schichten, die vordem das Ganze einer Geschichte ausmachten und gleichsam organisch ineinander gewachsen waren, voneinander zu trennen und die Hohlräume sichtbar zu machen, die zwischen den verschiedenen Bewußtseinslagen existieren. Die Konstruktionsgesetze werden nicht nur geübt, sondern sie werden auch selbst zum Thema, sie schießen in die Fabel ein und können sie sogar sprengen.

Neben der Kunst steigt ein anderer Zweig unseres Geisteslebens mächtig empor, ein Zweig, der viele Jahrhunderte lang kaum nennenswert dahinkümmerte, jetzt aber zu einem gewaltigen System anwächst: die Kritik. Hier herrscht das gedankliche Element vor, Definition und Folgerung. Unermüdlich nimmt die Kritik den Bestand der Formen auf, um ihn nicht nur zu registrieren, sondern auch zu definieren und auf seinen Symbolwert zu analysieren.

Kunst und Kritik berühren einander heute an unzähligen Punkten. Dieser Zustand hat seine Gefahren: die analytische Methode könnte auf die Dauer der Spontaneität der Kunst den Boden rauben, das Wasser abgraben.

Trotzdem ist es nicht angebracht, über die Entwicklung zu jammern. Erstens ist sie durchaus nicht unumkehrbar: schon morgen könnten sich Kunst und Kritik wieder getrennt haben, auf Überraschungen muß man jederzeit gefaßt sein; in ihnen tut sich ja die wesenhafte Freiheit des Menschen kund. Zweitens haben wir in dem Phänomen, daß Kunst und Kritik einander heute so sehr durchdringen, doch auch ein echtes Charakteristikum unserer Zeit zu erblicken: das Formdenken der Menschen hat durch die Naturwissenschaft eine ungeheure Bereicherung erfahren. Der Begriff des Menschen von sich selbst hat durch die Errungenschaften der Biologie einesteils, der Psychologie andernteils an Umriß vielleicht verloren, aber an Tiefe und Strukturierung gewonnen. Wir sehen wohl: das Formdenken des modernen Menschen hat sich in Bewegung gesetzt, hat sich zu verwandeln begonnen. Aber es wagt diese Verwandlung nicht isoliert durchzuführen. Es ruft immer wieder den Gedanken zu Hilfe.

Noch nie hat ein Zeitalter sich selbst so sehr gerade in seiner Kunst bespiegelt, wie das unsere. Der Mensch versucht Selbstverständnis zu finden, indem er im Buch der künstlerischen Form liest. So sehen wir die Welt des Gedankens und die Welt der Formen in echter Polarität einander zugesellt. Doch Polarität heißt allemal nicht nur Gegensätzlichkeit, sondern auch Entsprechung.

Das hohe Kunstwerk hat in der Vergangenheit stets die Geisteswelt gespiegelt, aus der es erwachsen ist; auch in der Zukunft wird der Intellekt nicht darauf verzichten können, die Sprache der Formen zu vernehmen, in denen der Welt-Geist zu Wort kommt.

Sprache zwischen Tradition und Abenteuer

Notizen zu einem Forumgespräch 1977

Sprache beruht auf Tradition – und verweist doch ins Abenteuer. Sprache ist Verständigungsmittel und als solches Überlieferung, denn nur als Überliefertes und Überlieferbares kann sie verstanden werden. Trotzdem fordert sie uns auf, diese Überlieferung zu überschreiten, sie fordert uns auf zur Eskapade, zur kreativen Spontaneität, zur Neuerung. Nur so kann sie 1. dem jeweiligen Bedürfnis des Lebens angepaßt – und nur so kann sie 2. auch Kunst werden.

Also meine Notizen. *Die erste Notiz.* Die Sprache bietet uns ein vertrautes Instrumentarium von Benennungen an, sie benennt Zeit, Ort, Personen, Gegenstände, sie benennt Tätigkeiten, Eigenschaften, Begriffe. Sie sagt: Vater – Mutter, Himmel – Erde, hier und dort. Sie bietet uns Farbbezeichnungen an: rot, blau, gelb und etliche Mischfarben – Geschmacksbezeichnungen: süß, herb und bitter – ein paar Begriffe: Liebe – Haß, Freundschaft – Feindschaft, Reichtum – Armut.

Soweit ist Sprache etwas, was wir handhaben lernen. Sie ist lexikalisch und regelhaft – und übersetzbar – deckungsgleich übersetzbar auf weite Strekken in fremde Sprachen –. So scheint es jedenfalls. Und so konnte sogar die Idee entstehen, daß man Kunstsprachen schaffen könne, Esperanto und Volapük, aus denen alle Schwierigkeiten und Zweideutigkeiten der natürlichen Sprachen ausgerottet werden sollten . . . Und wirklich: solche Hilfssprachen bewährten sich – sie genügten zur Verständigung am Wirtshaustisch im fremden Land –, ja, sogar in den Konferenzsälen internationaler Symposien. – Manchmal . . .

Aber: Für den, der näher zusieht, liegen die Dinge schon anders, und ganz anders liegen sie für den Schriftsteller, und sei er auch nur ein Epiker. Gehen Sie doch einmal hinaus im Frühjahr, im Sommer und werfen Sie einen Blick ins Grüne, in einen bescheidenen Gartenwinkel: ein paar Bäume, ein paar Büsche, ein paar Schöpfe Gras . . . und dann versuchen Sie zu beschreiben, was Sie an Grünem sehen, in seiner Vielfalt, in seiner Nuancierung. Sie sehen Helles, Dunkles, Sattes, Blasses, Samtiges, Silbernes, aber so genau Sie zu beschreiben versuchen und so viele Bilder Sie dazu bemühen mit „Erbsengrün", „Efeugrün", „Türkis" und „Smaragd" – Sie werden der ganzen Vielfalt und Fülle nicht habhaft werden können, die doch Ihr Auge – dieses glückliche Organ – in Sekundenschnelle wahrnimmt.

Nun aber: Es gibt Schwierigeres zu beschreiben als das Grün eines Gartenwinkels. Versuchen Sie sich einmal am Spiel junger Katzen, die sich um einen Wollknäuel balgen, beschreiben Sie den Vorgang des Springens, Gleitens, Sich-Überkugelns, – die Art und Weise, wie das hin- und herhetzt, sich verknäuelt, flüchtet, angreift, graziös und täppisch, wild und zärtlich, wie das Schatten wirft und selbst wie ein Schattengetümmel vorüberhuscht – Ihr Sprachvermögen wird vor dem Vorgang verzweifeln. Lieber werden Sie zur Filmkamera greifen und sie abschnurren lassen: vor den Möglichkeiten des Apparats kapituliert Ihre Sprache.
Aber es gibt Schwierigeres darzustellen als das Spiel zweier Katzen; versuchen Sie etwa eine Gesellschaft zu schildern von fünf, zehn, zwanzig Personen, das Kommen und Gehen, das Grüßen und Lächeln, die gespielte Würde, die überspielte Schüchternheit, die Erwartung des einzelnen, die Enttäuschungen, die sich ereignen, die kleinen Heucheleien, die unterdrückten und explodierten Affekte! Welch eine Sprachkraft müßte da entwickelt werden, um diesen doch ganz alltäglichen Vorgang zu erfassen?
Und doch gibt es noch viel Schwierigeres: Geschichtliche Veränderungen etwa – das Auftauchen eines großen Gedankens – sein Aufkeimen da und dort und unter den verschiedensten Bedingungen. Seine Gründe und seine Ziele, Kämpfe, Siege, Niederlagen über dem unendlich breiten Fächer der Interessen, der Charaktere und persönlichen Schicksale. Hier werden sich dicke Bände füllen, und zu den dicken Bänden werden Kommentare und Gegenkommentare geschrieben werden, ganze Bibliotheken werden entstehen – und doch: niemand wird des Ganzen habhaft werden. Also: Ob wir einen grünen Gartenwinkel, eine Party oder einen geschichtlichen Vorgang beschreiben, immer wird unsere Sprache dabei aufgefordert sein, etwas Äußerstes zu leisten. Wir werden sicherlich nicht mit dem Basic-Deutsch auskommen, das wir vorhin beschrieben haben. Wir werden – um der Wahrheit willen – unsere Sprachgrenzen auszudehnen, wir werden sozusagen den Innenraum der uns überlieferten Sprache zu erweitern versuchen – so wie jemand, der in einer geschlossenen, innen geglätteten Kuppel sitzt und neue Nischen, neue Konchen in die Wände zu graben versucht. Eine winzige Erweiterung ist schon ein Sieg.

Zweite Notiz.

Mir fällt ein Wort von Thomas Mann ein, ein Bonmot. Es lautet: Der Schriftsteller ist derjenige, dem das Schreiben besonders schwer fällt.

Das klingt kokett – nicht wahr –, kokett aus dem Mund eines Mannes, der ein solcher Virtuose, ein solcher Ballettmeister der Sprache war wie Thomas Mann – „der Zauberer", dem, so könnte man meinen, alle – auch die raffiniertesten – Utensilien seines Handwerks spielend zu Gebote standen. Und doch sagt er: Schriftsteller ist der, dem das Schreiben besonders schwer fällt. Warum wohl?
Sicher wird sich der Schriftsteller – besonders der Epiker – immer um mehr, um farbigere, plastischere, lebendigere Wirklichkeit bemühen als der normale Zeitgenosse. Aber der Schriftsteller schreibt ja nicht nur aus diesem Grund, er schreibt ja aus noch ganz anderen Gründen. Er bringt sich ja selbst mit in sein Schreiben ein. Er hat also nicht nur Schwierigkeiten mit dem Material seiner Umwelt. Er hat auch Schwierigkeiten mit sich selbst. Er ist ja keinesweg nur ein Beschreibender. Er ist ein Gestaltender. Als Gestaltender ist er nicht so sehr der Wirklichkeit verpflichtet, die ihn umgibt, – also der IMPRESSION –, als einem schwer faßbaren, schwer definierbaren ETWAS in sich selbst.
Was ist dieses ETWAS?
Ich könnte sagen: seine innere Welt, sein innerer Kosmos, sein inneres Gesetz. Nun, das wären schöne Worte. Ich möchte es ein wenig nüchterner ausdrücken. Ich möchte sagen: Was den Schriftsteller zum Schreiben bewegt, ist sein innerer Haushalt. Und all das, was zu so einem inneren Haushalt gehört: Produktion und Konsum, Bevorratung und Verschleiß und ein Budget, das immer überzogen ist, das eine zumeist exorbitante Verschuldung aufweist.
Und es gibt da in diesem inneren Haushalt des Kreativen ganz wie in einem richtigen Haus gute Stuben, in denen man repräsentiert, und finstere Rumpelkammern, in die man um keinen Preis Einblick gewähren will. Es gibt Keller, in denen der Moder gärt, und lichte Turmzimmer (Oberstübchen genannt), es gibt Müllgruben und Hausaltäre.
Und es gibt ein leises, heimliches, aber geschäftiges Hin und Her zwischen oben und unten, Hellem und Dunklem, es gibt den strengen Türhüter, der niemanden einläßt – und den Affen, der das lange gehütete Gold zum Fenster hinaus auf die Straße wirft. Es gibt im weitläufigen Gebäude der kreativen Persönlichkeit eine Art Paternoster zwischen den Stockwerken, zwischen Bewußtem und Unbewußtem. Was wir in früherer Kindheit erlebten und was sich unbewältigt in uns ansammelt, der Moder im Keller, er will hinauf und ans Licht. Er drängt zur Expression. – Andernteils wieder schaudert unsere Vernunft vor der rationalen Dürre unserer Tageswelt und

will zur Rekreation hinab ins Dunkle, Höhlenhafte, Mütterliche, in Frühzeit und Traum. Und was das Wesen eines richtigen Haushalts mitbestimmt, Produktion und Wertzuwachs – auch das will geleistet sein. Wir nennen es mit anderen Worten Werk und Sublimation. Im Werk objektiviert sich die verworrene Problematik des seelischen Haushalts – und erreicht Sublimation – vielleicht sogar Katharsis.
So gesehen könnte Thomas Manns kokettes Bonmot eine sehr tiefgründige Wahrheit enthalten. Der Schriftsteller ist der Mensch, dem das Schreiben besonders schwer fällt, weil es weit mehr ist als Beschreiben. Es ist ein Sich-frei-Schreiben, Sich-hinauf-Schreiben – ja, ein Sich-Einschreiben – Sich Einschreiben – wohin?

Da ist meine *dritte Notiz:*
Wir alle suchen Rechtfertigung. Niemand will ins Unrecht gesetzt sein, niemand will ganz und gar unrecht haben.
Beruht nicht alle Religion letzten Endes auf der uralten menschlichen Sehnsucht nach Rechtfertigung? Gerechtfertigt will etwa der Christ sein und – wie Luther es sagt – einen gnädigen Gott kriegen. Gerechtfertigt will aber auch der säkularisierte Agnostiker, ja der militante Atheist sein in einem „gnädigen Urteil", das er sich selber fällt oder die Gesellschaft oder die Nachwelt oder ein nicht näher definierbares nebuloses, trotzdem mächtiges ES. Niemand will existieren, ohne in der großen Weltenrechnung auf irgendeiner Seite einen kleinen, wenn auch noch so kleinen positiven Stellenwert zu erlangen.
Seit Hegel ist von einer Weltvernunft die Rede, die sich stufenweise entwickle. Der Positivismus hat diese Vernunft zu einem kruden Fortschrittsglauben umfunktioniert – er wirkt, trotz aller Verschattung, bis in unsere Zeit. Doch Fortschritt und Entwicklung – oder wie man die Summe der Veränderungen nennen will –, sie substituieren das Bild und den Begriff Gottes, sie wurden zum Maßstab der Dinge, zum Maßstab des Denkens, des Beurteilens, zum Maßstab also auch der Rechtfertigung, die gnädig zugestanden oder auch höchst ungnädig verweigert werden konnte.
Kürzlich Verändertes galt für gut, längere Zeit Unverändertes für schlecht. Tradition als Inbegriff des seit langem Stabilen wurde verteufelt.
Dieses Stadium scheint nun allmählich abzuwelken. Vielleicht weil es sich herausstellt, daß auch die entschiedensten Neuerer angefangen haben zu altern, Traditionen zu bilden, zu Traditionen zu werden. Auch Dada fand seine Denkmäler, auch die rabiatesten Chaotiker ihre Systematik.

Wir begreifen allmählich, daß sich auch der kühnste Ausbruch ins Abenteuer allmählich in Geschichte verwandelt – und daß das Urteil der Zeit nicht zum Verstummen gebracht werden kann, das Urteil darüber, was nun wirklich Avantgarde war, was wirklich als kühne und wegbahnende Vorausgruppe unter Opfern und Mühen unverlierbares Gelände gewann – oder was vielleicht doch nur mitlaufender marodierender Haufen ist . . . Nun, wo die eigene Position auch liege – bei der mutigen und beweglichen Avantgarde oder beim Gros, das sich langsam und behäbig dahinbewegt – oder bei der faulen Etappe – oder bei den Marodeuren und Plünderern –, jeder will doch das Gefühl haben, teilzunehmen an einem geschichtlichen Prozeß, an einem Eroberungszug des menschlichen Geistes, am Abenteuer der Menschheit, zu sich selbst zu gelangen. Er will am Ende (wie Goethe) sagen können: Hier oder dort, wir sind mit dabei gewesen.

Meine *vierte und letzte Notiz* besteht aus zwei Zitaten. Das eine kurze ist von Claude Mauriac, dem Biographen Marcel Prousts, und lautet: „Es gibt keine Literatur ohne ein mühseliges Urbarmachen von Regionen, die bislang noch nicht erforscht worden sind.“ Das zweite, längere, stammt von Proust selbst aus dem 7. Band der „Suche nach der verlorenen Zeit“. Da schreibt Proust darüber, was eine große Dichtung, ein großes episches Werk sein soll . . .
„Wie glücklich würde der sein, dachte ich, der ein solches Buch zu schreiben vermöchte, doch welche Arbeit liegt auch vor ihm. Um davon eine Vorstellung zu geben, müßte man Vergleiche aus den höchsten und verschiedenartigsten Künsten entnehmen: denn dieser Schriftsteller, der im übrigen bei der Gestaltung jedes Charakters, um ihn plastisch darzustellen, die entgegengesetzten Seiten aufzuzeigen hätte, müßte sein Buch sorgfältig unter unaufhörlicher Umgruppierung der Kräfte wie eine Offensive vorbereiten, es ertragen wie die Qual der Ermüdung, wie eine Ordensregel auf sich nehmen und wie eine Kirche erbauen, ihm folgen wie einer ärztlichen Weisung, es überwinden wie ein Hindernis, erobern wie eine Freundschaft, hegen und pflegen wie ein Kind, es schaffen wie eine Welt, ohne jene Geheimnisse außer acht zu lassen, die ihre Erklärung wahrscheinlich nur in anderen Welten finden, deren erahntes Sein jedoch das ist, was im Leben und in der Kunst am tiefsten zu bewegen vermag.“

Tagebuch-Notizen
1943

9. Februar 1943
Es ist später Nachmittag. Durch die noch nicht verdunkelten Fenster schaut die verschneite Landschaft, Nordkette und Brandjoch düster unter klargelbem Himmel. Bei Vaters Bett brennt die kleine Lampe. In dem auf leise gestellten Radio spielen sie Beethoven und Weber. Traudi schläft in ihrem Körbchen neben mir, satt, zufrieden, in ihrer süßen rosigen Sanftmut. Ich habe den ganzen Nachmittag geschrieben, dazwischen geflickt, wieder geschrieben . . . Welch ein Friede.
Und doch ist das hier nur noch Hülse, Hülle, die uns gnädigerweise noch gewährt ist, geliehen für eine Zeit. In Wirklichkeit rücken wir jeden Tag weiter fort aus diesem ruhigen Dasein ins Unbekannte, Bedrohliche, vielleicht in den Untergang.
Immer wieder überfällt mich der Gedanke: von uns wird nichts mehr bleiben, weil niemand mehr da sein wird, dem es bleiben könnte.
Stalingrad. Man hat es in den Zeitungen immer wieder mit den Kämpfen an den Thermopylen verglichen, mit dem Opfertod der 300 Lakedämonier. Mit solchen schönen Vergleichen sucht man den Abgrund zuzudecken, der da aufgerissen wurde. Man will uns glauben machen, da sei Vergleichbares geschehen. Aber ich sehe nichts Gleiches. Die Lakedämonier starben in Griechenland, *ihr* Land doch auch. Die Unseren irgendwo in einer fremden Steppe. Der Tod der 300 wurde fruchtbar für ihr Volk. Die Unseren haben bei ihrem Sterben nichts gehabt, worauf sie hoffen konnten, es werde fruchtbar werden. Sie starben einfach in die Fremde, in *das* Fremde hinein. Sinnlos.
Vorhin bin ich zutiefst erschrocken: Plötzlich – vielleicht durch einen Windstoß – flog der Fensterladen von außen zu; als jähe Finsternis dröhnte er gegen das Fenster. Es war mir wie ein Zeichen.
Ja, wie ein Zeichen. Überall, immer vermuten wir Zeichen. Die Ängstlichkeit! Der Krieg verstört uns. Der Krieg zerstört uns. Wie lange wird das noch weitergehen?

7. April 1943
Eine Zeitlang nichts geschrieben, nicht einmal in diesem Tagebuch. Zuvor gut und zügig mit den „Brüdern von Lasawa“ vorangekommen. Merkwür-

dig, wie das Allzukünstliche des ersten Planes ganz von selbst in sich zusammenfällt. Wenn sich die erdachte Handlungskonstruktion mit Sprache auffüllt, setzt sich fast von selbst das Einfachere durch.

Vom 16. bis 19. Februar in Düsseldorf gewesen. Die Altstadt ist total zerstört, auch in den Außenbezirken große Verheerungen. Wohnte im Breidenbacher Hof, der auch nur noch zur Hälfte vorhanden ist. Da freilich war alles noch intakt, das Nobelhotel in Betrieb wie immer. Heizung und Warmwasser funktionierten, sogar der Handtuchhalter im Badezimmer angewärmt. Das Wetter war gut, strahlender Himmel, böse Zeit heutzutage, da Angriffswetter. Gegen fünf Uhr nachmittags belebten sich die Straßen mit hastenden Frauen, Kinderwagen schiebend, Koffer schleppend, alle auf dem Weg in die Bunker. Dort verbringen sie dann die Nächte in winzigen Kojen, elender Enge, gräßlich verbrauchter stickiger Luft. Aber seit diese 1000-Kilo-Bomben fallen, ist kein Keller mehr sicher.

Die Vernichtung greift um sich. Auch in Straßenzügen, die noch mehr oder minder intakt erscheinen, reihen sich Scherbenhaufen, Trümmerhaufen. Also ist auch dort, hinter den Fassaden, schon einiges passiert. In sturem Eifer wird der Schutt zusammengekehrt, die angekratzte Wohnung wieder geschrubbt. Aber die Mienen der Leute verraten Verzweiflung. Sie machen einen wahnsinnig angespannten, gepeinigten Eindruck. Kein Wunder. Nacht für Nacht in diesen Bunkerhöllen – wer soll das aushalten?

Dabei spielen die Theater weiter, Konzerte werden aufgeführt . . . Saß einen Abend mit Gefion Helmke zusammen – hab sie in München hochheroisch als Krimhild von Hebbel gesehen. – Jetzt ist sie fertig. Mitten im Gespräch begann sie auf einmal zu weinen.

Die letzte Nacht dann kam wirklich Alarm. Wir saßen Stunden im Keller. „Essen", so hieß es. „Heute geht der Segen auf Essen nieder."

In der Tat soll die halbe Stadt hinüber sein.

Früh hastete ich dann mit meinem schweren Koffer zum Bahnhof. Kam im letzten Moment vor Zugabfahrt. Die gute Hildegard Eckert wartete auf mich, stürzte auf mich zu, drückte mir ein Päckchen in die Hand – einen Kuchen. Sie hatte ihn in der Nacht – trotz Alarmstufe 3 – gebacken. – Er kam mir sehr zustatten. Die Fahrt nach München dauerte fast zwanzig Stunden. Als der Zug losfuhr, stand ich noch auf dem Trittbrett. Ich kam kaum hinein, so gedrängt standen die Leute. Ein Mann packte mich und zerrte mich herauf. Seine Frau zeterte los: „Laß doch die Dame in Ruh'. Du belästigst die Dame." Ich fühlte mich gerettet, als es ihm gelang, die Tür hinter mir zuzuzwängen. Die Frau zeterte weiter. Eine Groteske!

Bis Bonn stand ich im Gang. Danach drang ich bis in ein Abteil vor. Ich teilte es mit zehn, elf Frauen und einem Mann. Der Lümmel saß die ganze Zeit. Wir Frauen wechselten uns beim Sitzen ab. Die meisten ausgebombt. Eine – noch von der letzten Nacht in Essen – in angesengten Kleidern. Eine andere auf der Fahrt zu ihrem Sohn: er liegt in Stuttgart – lahmgeschossen in einem Lazarett.
Obgleich das alles so wüst war und bedrohlich (denn wann wird es bei uns im Süden dasselbe sein?), bin ich irgendwie gefestigter und ruhiger nach Hause gekommen. Der Krieg ist hart geworden, sehr hart, auch für Innerdeutschland. Das darf uns ein besseres Gewissen machen, ein besseres als damals, als wir immer nur siegten. Damals meinten so viele, es werde uns gelingen, nur auf dem Rücken der anderen Weltgeschichte zu machen. Das kann nicht gelingen. Und da wir uns einmal auf dieses verfluchte Ding eingelassen haben, Weltgeschichte zu machen . . .
Übrigens: auf dieser Reise erfolgte nebenbei auch eigene Belehrung. Vor Jahren, als ich das erstemal im Rheinland war, schaute ich ganz hochmütig auf Landschaft, Städte, Bauten. Mir kam das alles so häßlich vor, häßlich das Neugebaute, häßlich das Alte, Restaurierte. Jetzt bleiben solche Maßstäbe weg. Jetzt schaut man jedes Haus, auch die geschmackloseste Hütte, mit Liebe an, sofern sie nur noch ganz ist und Leben beherbergen kann.

1944

15. Jänner 1944
Heute bei der Ärztin gewesen. Meine Vermutungen haben sich bestätigt: das dritte Kind also, im fünften Kriegsjahr. Gnade ihm Gott und uns.

4. Februar 1944
Der berühmte Kollege war bei mir zu Besuch, genauer gesagt: zwei berühmte Kollegen waren gekommen. Sie hatten eine Flasche Wein mitgebracht, so hatte ich etwas einzuschenken.
Der eine zog im Lauf des Gesprächs einen Stoß Fotografien aus der Rocktasche und zeigte sie uns. Es waren Aufnahmen von Erschießungen, Erschießungen in Rußland.
„Lauter Plünderer", sagte er. „Sie wissen, was ihnen bevorsteht, aber sie plündern trotzdem. Dann macht man kurzen Prozeß. Ihr seht es."
Ich betrachtete die Bilder. Sie kamen mir schrecklich vor. „Ist denn das nötig?" fragte ich.

„Es würde sonst nicht geschehen", antwortete er.
Später blieb ich mit dem anderen (berühmten) Kollegen allein. „Und was sagst du?" fragte ich. „Was sagst du zu diesen Bildern?"
Der andere zuckte die Achseln. Er sagte dann: „Solche Bilder sagen mehr aus über den, der sie aufnimmt und in der Rocktasche herumträgt, als über das, was sie zeigen."
„Das ist richtig", sagte ich. „Ja, das ist richtig!" Und fühlte mich fast erleichtert, als habe der Vorgang an Schrecklichkeit verloren. Er war, sozusagen, in die Kompetenz des Bilder-Herzeigers übergegangen.
Erst nachher fiel mir die Täuschung wieder ein; und fiel mir wie Blei auf die Seele.

21. Juli 1944
Eben aus München zurück. Der Serienangriff – drei vier Tage lang – hat die Stadt so gut wie fertig gemacht. Bei uns ist nichts passiert. Noch nicht. Bis zweihundert Meter von unserem Haus reicht die Zone der Verwüstung. Manche Stadtviertel sind nicht wiederzuerkennen. Wo Straßen waren, liegen rauchende Trümmer in breiten Halden. Wo Häuser waren, ist Luft. Daneben ragen einsame Trümmerzinnen auf, an denen noch ein Stück Treppe, ein Fenster, Erker, ja, da und dort noch ein Bild hängt. Die Wohnung von Marie Luise (immer so nett, so gepflegt) – eine Wüstenei. Das Haus von Björksten – ein Bombentrichter. (Dort sollten wir einmal einziehen. Doch als ich den Luftschutzkeller sah, das winzige Waschküchenloch, weigerte ich mich: Da hinein bringt mich niemand.) Natürlich gab es weder Wasser noch Gas noch Licht in der ganzen Stadt. Von Zeit zu Zeit gingen Zeitzünder hoch. Von Zeit zu Zeit stürzte eine Ruine ein.
Und wieder Alarm. Wieder Anflug. Wieder Bomben. Den letzten Angriff überstanden wir in Großhadern. Der Boden schwankte. Die alte Frau Dietz lag platt auf dem Kellerboden und wollte, auch nach der Entwarnung, nicht mehr aufstehen.

5. August 1944
Abschrift Falkenberg beendet. Jetzt muß ich nur noch die Korrekturen anbringen. Dann schicke ich drei oder vier Exemplare an verschiedene Adressen. Vielleicht bleibt doch eins übrig?
In diese Arbeit hab' ich soviel eingebracht. Alles, was ich kann, hab' ich in sie hineingelegt. „Arm ist der Mensch, der mehr zu geben nicht hat als sein Leben . . ."

1945

15. Jänner 1945
Gestern haben wir Vater begraben. Eisige Kälte. Ganz wenig Menschen auf dem Friedhof. Die Kinder schickte ich zum Totengräber hinein, damit sie sich nicht die Füße erfrören.
Auf dem Sarg ein Kranz aus Tannenreisern. Keine Blume. Keine Schleife. Es war nichts zu bekommen.
Fünf, sechs Trauergäste kamen nachher zum Tee zu uns, darunter auch der fatale H. Obgleich mich jedes Keks reute, stellte ich anstandshalber doch einen Teller hin. Die anderen nahmen je ein Stückchen, bedankten sich und gingen. Nur H. angelte sich eins nach dem anderen, bis der Teller ratzekahl war. Ich sah mit einer Art Verzweiflung zu. Die letzten Keks. Wann werden wir wieder backen können?
Das Holz geht zu Ende. Auch Kohle ist kaum noch da. Wir haben während Vaters Krankheit doch einfach zu stark geheizt. Dabei stand das Eis immer fingerdick auf dem Fensterbrett.
Mein Gott, Keks und Kohlen, das sind meine Gedanken in dieser Nacht, der zweiten, die Vater im Grab liegt.
Sogar die Trauer um diesen geliebtesten Menschen hat es mir weggezehrt.
Es. ES. E S.
Wie nenn' ich's?
Das Ende, das schwarze Loch. Das schwarze Loch Zukunft.
Wenn die Kinder nicht wären. Und diese Angst um sie.

16. Jänner 1945
Der Wehrmachtsbericht meldet: Gestern sind die Russen in breiter Front aus den Weichselstellungen zum Angriff angetreten.

14. August 1945
Seit Tagen von nichts anderem die Rede als von dieser neuen Bombe, die die Amerikaner auf Hiroshima, angeblich auch noch auf eine andere Stadt, geworfen haben. Ungeheure Aufregung. „DAS also war die Wunderwaffe, die Deutschland entwickelt hat, die die Amis uns dann entwendet, mit der sie jetzt ihren ostasiatischen Krieg beendet haben." Ich glaub's irgendwie nicht. Und selbst wenn es so wäre . . . Mich widert es an, daß das jetzt so hochkommt: „Seht ihr – Hitler hat *doch* recht gehabt. Nur war er zu spät daran. Hätten wir doch eher . . . alles wäre anders gekommen. Jetzt wären wir die Sieger."

Ich kann's nicht mehr hören!
Als die Nachricht von dieser Vernichtung kam, da war ich zum erstenmal froh, daß Deutschland den Krieg verloren hat, froh, ja, ich war froh! Noch nie hat der Mensch eine so entsetzliche Waffe angewendet. Sollen wir traurig sein, daß nicht wir diese Entsetzlichkeit in die Welt gebracht haben? Was da heraufkommt an neuer Menschenmacht und neuer Menschenmöglichkeit, das ist so grauenhaft, daß es besser ist, nichts damit zu tun zu haben. Und mit Macht haben wir nichts mehr zu tun. Wir sind ausgetreten aus der Weltgeschichte – ausgetreten durch unsere Niederlage, wir sind in einen geschichtslosen Raum hinübergewechselt. Wir tragen keine Verantwortung mehr.
Gestern sprach ich mit Mimi Kathrein über diese Situation. Sie übersetzte sie gleich ins Religiöse: „Wir sind also wie in einer Vorhölle . . . Da ist nicht Licht noch Schatten." Mir leuchtete das Bild ein. Ich konnte ihr beipflichten.

20. August 1945
Immerfort verdichten sich die schlimmsten Nachrichten aus dem Osten, vor allem aus Böhmen, was da den Deutschen passiert sei. Zugleich treffen täglich neue Berichte aus den KZ's ein. Berichte, Bilder, Grauenhaftes. Es heißt, die Besatzungsmächte lassen Filme laufen und zwingen die Bevölkerung, sie anzusehen. Wenn mir das geschieht – ich halte mir die Augen zu. Schon des Kindes wegen, das ich erwarte. – Seit Jahren hab' ich mich entsetzt über die Entsetzlichkeiten des Krieges, hab' Schreckensvisionen gehabt, nächtelang. Jetzt, wo alle drüber reden, wo auf jedem Zeitungsblatt, einfach überall diese Greuel durchgehechelt werden, jetzt krümm' ich mich weg. Hört auf, denk ich, hört auf, ich weiß alles, alles weiß ich längst, nicht aus Fakten, sondern aus Ahnung und Angstträumen.
Ich weiß: Wir sind verdammt. Die ganze Welt ist sich einig darüber, daß wir verdammenswert sind. Gut so, recht so. Verdammt uns, aber macht es besser, macht es besser, endlich, endlich besser!

1976

20. Jänner 1976
Ein Tagebuch schreiben, das ist für unsereinen doch immer wieder eine niederträchtige Sache. Denn – entweder schreibt man für die Öffentlichkeit, dann ist die private Geste ein Als-Ob, Verstellung und Schaumschlä-

gerei; oder man schreibt nur für sich selbst, das innere Kontrollorgan, das wacht und überwacht, ein böses, ein teuflisches Auge, das durch alle Hüllen dringen will, dem nichts entgehen soll und vor dem auch bald nichts Bestand hat, nicht das Ich, nicht das Du; es nimmt keine Rücksicht, es schont keine Lebens-Notwendigkeit.
Dieses Kontrollorgan, das sich an sich selbst schärft, sendet Röntgenstrahlen aus und wie Röntgenstrahlen zerstört es auch, es zerlegt, löst auf.
Man sollte sich nicht darauf einlassen.
Trotzdem: ein Tagebuch schreiben?
Ja, trotzdem. Nämlich: gegen die Zeit, die Vergänglichkeit, gegen das eigene Vergessen.
Es ist gefräßig, dieses Vergessen, und wird immer übermächtiger. Es verschlingt Tage, Monate, ganze Jahre, das halbe Leben. Drum: mach fest, was sich festmachen läßt, mach fest, soviel du kannst, in einigen Worten, einigen Sätzen, armseligen zumeist: Ich habe heute . . . Ich bin heute . . . Mir geschah heute . . . Ich erfuhr heute . . .
Fragmente, Skelette, Spuren, nur Spuren.
Immerhin Spuren.

25. Jänner 1976
Letzte Korrekturbogen Donaubuch gelesen.
Taste den Text Satz für Satz, Wort für Wort ab, panische Angst, daß sich irgendwelche Unrichtigkeiten eingeschlichen haben, das Thema war ja so ungeheuer, vielschichtig-verschlungen. Da können sich immer Hohlräume bilden, in die falsche Vorstellungen einsickern.
Hab' mir die Sach' nicht gerade leicht gemacht.
Aber das Schwerste war doch, kommt mir jetzt vor, das Zusätzliche jeweils in Handlungen aufzulösen, dem Baedekerstil zu entkommen, den statistischen Verben, die Langeweile verbreiten.
Jetzt sehne ich mich richtig nach einer handfesten Geschichte.
(Und kenne mich doch: Sobald dramatisches Geschehen eine bestimmte Fließgeschwindigkeit erreicht, flüchte ich mich in Altwassergebiete und simuliere Stillstand.)

22. Februar 1976
Sonntag, Halb-zehn-Uhr-Messe, schöne und rührende Predigt des alten böhmischen Pfarrers, den Tonfall behielt ich im Ohr den ganzen Tag.

Am Nachmittag gearbeitet: *Das Würfelspiel,* dann mit Luis Scrabble gespielt. Das Buchstabenspiel fasziniert mich, es lehrt mit Elementarteilen umgehen, mit Wort-Bausteinen, von denen ja nicht alle gleich leicht einbaubar sind, manche wie Fremdlinge, die sich nur schwer einpassen lassen wie J, V und natürlich Y.
Spät abends im TV Gespräch Nenning – Erich Fromm; sehr gut. Fromm, Psychologe, Religionsphilosoph (übrigens Jude), kritisiert Lorenz' These vom Aggressionstrieb, der diesen verharmlost und auf eine rein naturgeschichtliche Darwinsche Kategorie reduziert habe. Fromm dagegen: Neben diesem naturgegebenen und deshalb auch notwendigerweise (?) defensiven Aggressionstrieb gebe es den gefährlicheren Destruktionstrieb, der enthalte Sadismus und Nekrophilie. Sadismus definiert Fromm als Freude daran, den anderen zu beherrschen und total zu kontrollieren. (Insofern wäre jeder diktatorische Staat instrumentaler Sadismus.) Nekrophilie leitet Fromm ab von Perversionen an Leichen. Mag sein. Ich möchte aber erweitern: es gibt ganze nekrophile, d. h. vom Tod besessene, von Untergängen faszinierte Kulturen, abzulesen aus Edda, Nibelungenlied und so weiter; aber auch weite Bereiche der hellenischen Kultur waren nicht frei von dieser Todesbesessenheit, siehe die Blutfeste der Ilias, die Hochgesänge auf „männermordende Schlachten". Schließlich hat Hitler solche Züge gezeigt – und nicht nur dort, wo er haßte, auch dort, wo er liebte, zu lieben vorgab. Er wollte ja Deutschland zu einer einzigen Nekropole machen mit seiner Architektur: Ruhmeshallen, Ruhmestempel, Ruhmesalleen. Ruhm ist ja etwas, was Tod voraussetzt, im Gegensatz zu „Erfolg", der als Lebensbewegung definiert werden könnte, wie das Wort schon sagt: Erfolg ist ja auch Folge, deutet Mitgehen, Nachgehen, Nach-sich-Ziehen an.
Noch etwas zu Fromm: Auf die Frage, wann der Mensch zum Menschen geworden sei, antwortete er: Durch Wachstum des Gehirns, Verlust der Instinktbestimmung. Schon der höhere Säuger zeige solchen Verlust. Mich hat die Antwort nicht befriedigt. Ist leider eine Nur-Negativ-Definition.

2. März 1976
Heute vor einer Woche sind wir nach Feldkirch gefahren, wir fuhren mit dem „Montfort"; diese neuen Züge haben etwas Heiter-Festliches an sich, und wenn dann das Wetter auch noch schön ist und die Landschaft strahlend –!
In Feldkirch sind wir im „Löwen" gelandet.

Die hiesige Berufsvereinigung hat eine Gast-Ausstellung arrangiert, Luis hat zehn Reliefs dafür zur Verfügung gestellt, darunter „Stadt“, „Phönix“, also das Beste. Die Ausstellung im kleinen Palais Lichtenstein, sympathisch bescheidener Renaissance-Barockpalazzo inmitten der netten kleinen, teilweise noch immer wirklich schönen Stadt. Waren viel unterwegs, auch auf der Schattenburg; ich auf den Spuren jenes Krankenhauses, in dem damals – 1919 – meine Mutter gelegen ist. Ich kann nie in diese Gegend kommen, ohne daran zu denken. Das Gebäude ist nun abgerissen, ist dem neuen Tunnelbau zum Opfer gefallen, so ist auch dieser Zeuge verschwunden. Nur der Fluß ist noch da, der das Wesen davontrug, damals, das mein Geschwister und damit mein Beinahe-Ich geworden wäre.
Immer noch Trauer.
Am Nachmittag spazierten Luis und ich in den Wildpark hinaus. Stilles, warmes Wetter. Abends war ich ziemlich nervös, da es lange dauerte, bis sich ein Häufchen Besucher einfand. Dann aber erschien Vetter Karl Tizian, erschien auch Arnulf Benzer. Freundliche Begegnung. Ich hatte dann meinen kleinen Vortrag zu halten, war leider schlecht in Form, unkonzentriert, versprach mich, schämte mich. Es taugt doch nichts, wenn ich wanderpredige.
Anderntags Besuch in Bregenz, dann nach Lech. Herrliche Landschaft, doch ganz zerwühlt vom Verkehr, mit Liften und Leitungen übersponnen. Gutes Wiedersehen mit den Kindern: Caroline sofort sehr zutraulich. Davon durchwärmt und beglückt. Sonntag Morgen Spaziergang gegen Zug hinauf, herrlicher Weg in den breiten Talgrund hinein, ganz einfache Landschaft, durch die Schneedecke noch einmal vereinfacht, der Himmel wolkenlos, beinahe schwarz-blau, alle Schatten gestochen scharf. Der Schnee, wo ungespurt, von fast unnatürlich kristallisch blühender Unberührtheit. Sonntagsmesse in kleiner nüchterner Kirche.
Abends Abreise, Hall.
Als wir dann Dienstag zurückkamen, lag die Nachricht da von der Deutschen Verlagsanstalt, daß es vorläufig doch nichts würde mit der Taschenbuchausgabe der „Pulvermühle“. Die Nachricht traf mich wie ein Tiefschlag, mir wurde auch sofort schlecht.

Heute, 4. März, hab' ich den Schock schon wieder überwunden.
Habe auf Wunsch einer Maturaklasse einen Text über „Jugend“ geschrieben. Lang dran herumgeklaubt, vier Stunden damit verbracht. Das sind so „Geschäfte“, die nichts einbringen und viel Mühe kosten: Luftwurzeln, die

man ausschickt – ob sie je etwas ansaugen? Das ist so meine Methode jetzt schon seit Jahrzehnten: Ins Blaue arbeiten, ins Blaue hoffen. Viel Vorgabe. Manchmal staune ich über meine eigene, beinahe infantile Zuversicht. Fastenzeit. Will versuchen, ohne Abendtrunk auszukommen bis Ostern.

14. März 1976
Salzburg. Kokoschka-Ausstellung, sehr schön; fast nur Graphik, einige wenige, allerdings herrliche Ölbilder. In den Zeichnungen ist ein weiter Weg zurückgelegt von einer ersten unangenehm flackernden, manieriert zackigen Phase mit allzuviel Schraffuren, waagrechten, senkrechten (nur um interessante Effekte zu erzielen), zu einer Phase viel ruhigerer Mittel. Die äußere Expressivität wird abgelöst von innerer, sehr souveräner, alle Erregungen sind objektiviert, sind in die Gegenstände selbst eingegangen, haben sich in die Spannung der Formen übersetzt. Ausgezeichnetes Porträt der Mutter; daneben gute Selbstbildnisse. Eine graphische Serie „Lear", eine andere „Odysseus". Die alten abendländischen Motive spenden noch immer Kraft.
Abends wieder daheim. Nach Jahren wieder Brochs *Tod des Vergil* aufgeschlagen. Hingerissen von den ersten Sätzen, ersten Seiten: zauberhafte Genauigkeiten, Zartheiten, hoch- und höchstgezüchtete Reize.
Trotzdem meine ich: schon diese ersten Passagen verraten, daß das Ganze als Roman mißlungen ist, mißlingen mußte. Diese Überanstrengung schon bei den ersten Schritten! So beginnt ein hochbegabter, ein genialer Dilettant, kein Meister – Meister im Sinn eines Balzac.
Auch kündigt sich sofort das Überborden der Meditation an. Das philosophische Raisonnement verschlingt den epischen Impuls.

25. Mai 1976
Heute den ganzen Tag damit verbracht, für Pen-Veranstaltung Adressen zu schreiben. Die Einladungen müssen weg. Ich flüchte mich in diese idiotische Arbeit. Halte mir selbst höhnisch vor: echte Frauenarbeit. Stricken und Häkeln auch nichts anderes.
Schulfunksendung *Hanneles Himmelfahrt* fertig. Heute *Griseldis* von Hauptmann gelesen. Wenig Freude daran. Historischer Schinken, schwerfällig vertrackt. Glaub's wohl, daß Hauptmannns Erfolg damit nur sehr mäßig war. Während die *Weber,* der *Biberpelz* und *Hannele* irgendwelchen latenten Bedürfnissen des Publikums entsprachen, sprach dieses Stück kein Bedürfnis an. So blieb es echolos, tot.

Nach der Lektüre fühlte ich mich selbst wie tot. Hohlraum, leergesogen, leergetropft. Die tägliche laue Wohltat im Du. Sehr vermißt, wenn sie fehlt. Aber kaum Impulse.
Nur die schwarze – siehst du sie nicht? –, schwarzgetürmte, schwarzschweigende wachsende Wolkenwand. Sie schluckt alles. Demnächst.

14. Juli 1976
Heute hat die Meisenmutter das erstemal aus meiner Hand gefressen. Sie kam mit ihren vier Jungen, die saßen im Weinstock, während wir auf der Terrasse zu Mittag aßen, und flog gleich auf den Tisch. So mutig war sie noch nie! Freilich, die Jungen wachsen und ihr Hunger wächst noch mehr. Luis meint, die Mutter müßte in Not sein, weil sie sich so todesmutig an den Futterplatz wagt. Sie habe wahrscheinlich den Meisenvater eingebüßt, müsse ihn ersetzen. Tapferes kleines Tierchen. So winzig, so verzweifelt, so eifrig, seine Brut weiterzubringen.
Beschämt so manche Menschenmutter. Ach ja.

17. Juli 1976
Stiller wohltätiger Arbeitstag.
Habe noch einmal *Das Testament* abgeschrieben, Unklarheiten bereinigt. Aber jetzt, wo ich fertig bin, setzt mir die Frage zu: Wohin damit? – Widerwärtig diese alte qualvolle Unsicherheit, dieses lächerliche Schwanken: Wer kann das Stück brauchen, wem wird es gut genug sein? Kann ich es überhaupt aus der Hand geben?
Immer noch die (allmählich lächerlich gewordene) Angst vor Ablehnung. Hochverletzliche Stelle.
Andernteils: Mit welcher Selbstverständlichkeit lehne ich selbst ab? füge Verletzungen zu?
(Muß es freilich auch. Gesiebt muß werden. Erst am Ausschuß definiert sich Gelingen.)

5. September 1976
Erste Proben für den *Aufstand.* Noch wünscht mich Stögmüller nicht dabei zu haben, er meint, ich würde über das Bruchstückhafte, Ungeordnete erschrecken . . .
Er unterschätzt meinen Sachverstand.
Aber ich glaube, diese Furcht vor dem Autor und seinen irrationalen Einwänden, Protesten, Wehklagen ist ganz allgemein.

Was ich so höre, sind alle mit Begeisterung bei der Sache: Eder, Guschlbauer, der Bühnenbildner, die Sänger, nicht zuletzt Schossmann, der Stefan, die Hauptfigur, die *nicht* singt.
Na, geb's Gott.
Hab ja nie gedacht, daß ich je ein Libretto schreiben würde!

27. September 1976
Zum erstenmal *Aufstand*-Probe. Ende des ersten, Anfang des zweiten Bildes.
In unglaublicher Spannung dagesessen, zuerst geduckt, aus purer Angst, als wenn ich erwartete, daß eine Lawine über mich niederginge.
Nun, eine Lawine war es. Aber . . .
Staunen, was aus meinem Text gemacht worden ist.
Raumgewinn nach allen Seiten: von der Musik, vom Bühnenbild, von den Figuren. Ganz erstaunlich der Chor.
Norberts Verführungsrede und Ausbruch der Massen.
Obwohl fast alles anders war als von mir vorgestellt (wohl notwendigerweise anders), nahezu restlos einverstanden.
Schossmann sehr gut, der Narr vorzüglich, auch der Kaiser; recht beglückt heimgekommen. Mit Luis bis ein Uhr nachts geredet. Er wird die Generalprobe sehen, da ich ja nach Wien muß. Bin schon ganz gespannt darauf, was er sagt.

3. Oktober 1976
Die Uraufführung – gestern abgerollt. Bestens.
Alle Kinder hier gewesen, auch Felix Berner.
Heitere Stimmung.
Stein vom Herzen.
Rührend – mein Jungvolk. Alle waren so wunderbar überzeugt, da hätte ich was Gutes gemacht.
Als I. einen Einwand äußerte, fielen sie alle über sie her und verteidigten . . .
Aufstand soll siebzehnmal aufgeführt werden. Immerhin. Gerücht, er werde auch nach Salzburg ins Festspielhaus kommen. Und ins Fernsehen. Erfreut.

10. Oktober 1976
Durch *Aufstand* etwas gelernt. Was Teamwork ist, was geschehen kann, wenn ein doch vorerst einsam entworfener Model unter die Leute kommt, ergriffen, weitergeformt, ausgegossen wird; wie er mehr werden, wie er sich auffüllen kann.
Ich habe doch bisher immer nur das Individuelle gesehen, die in sich gekehrte autistische Welt des Ausgedachten, in Sprache Gebrachten.
Jetzt merke ich: das Werk verändert sich, wenn es unter die Leute kommt. Selbst wenn es etwas so „Fertiges“ wie ein Roman, eine Erzählung ist. Denn der Prozeß des Lesens verpflanzt ja meinen Text in eine fremde Vorstellungswelt, auf die Bühne dieser Vorstellungswelt. Meine Figur X, die ich mir so und so vorstelle, wird dort mit einer anderen Figur ausgefüllt, die meiner bestenfalls ähnlich ist. Wenn ich niederschreibe: Haus – so stellt sich ja der Leser sein Haus vor, ein Haus aus seiner Erfahrungswelt. Wenn ich niederschreibe: *Wald* – so holt sich der Leser einen Wald aus seiner Welt herbei. So gebe ich auch als Romanschreiber nur Stichworte: das Wesentliche geschieht jenseits meiner Verfügungsgewalt.
Gut so. Gut. – Ich will's von nun an beherzigen, wenn ich schreibe.

21. Oktober 1976
Anruf Rundfunk: ich soll etwas über Krolow schreiben. Ich erschrak zuerst. Über Krolow? mußte mich erst auf den Umriß seiner Lyrik besinnen, damit mir auch nur eine einzige Formulierung einfiel. Dann stundenlang in seinen *Gedichten* geblättert: Hochgestochen, gewiß. Aber von Botschaft, Okkupation des Gefühls, von Weltveränderung, wie bei anderen großen Lyrikern, nichts entdeckt. Sicher wurde hier das Instrumentarium der Sprache um etliche raffinierte Bestecke, um etliche wohlkonstruierte Greif-Zangen, Verschluß- und Trenngeräte bereichert. Wenn ich's mir genauer überlege: Krolow hat eine eher chirurgische Leistung vollbracht, Transplantation von Wortfeldern, Perforation zäher verholzter Schichten, Exstirpation gewisser verhedderter Sprachnester, das alles ist ihm glänzend gelungen. Er hat sich sicher auch den gesamten Bestand der Weltliteratur durch den Kopf gehen, hat ihn Revue passieren lassen und zu vielen Themen gescheite Thesen und Notizen gefunden. So hat er sehr schmal, sehr trocken, sehr selbstbedacht seinen Weg genommen. Die junge Generation will einen anderen Weg gehen. Sie will, daß ihre Texte verstanden, gesungen, sogar gegrölt werden. Heimlichkeitspfade – nein. Nicht mehr.

Für sie wird Krolow (und seinesgleichen) demnächst schon etwas nur Prätentiöses, Fremdartiges sein.
Die lyrische Geheimniskrämerei der Nachkriegsjahre ist zu Ende. Jetzt werden die Schubladen aufgezogen und umgekippt.

1977

14. März 1977
Gestern, Sonntag, Messe im Dom mit Primiz-Segen eines jungen Negerpriesters; war durch einen hiesigen Priester assistiert.
Als ich die beiden nebeneinander betrachtete: zwei Männer, zwei Welten. Frage, was unterscheidet sie grundsätzlich? Der Schwarze: präzise Formen, beinahe tierisch, dabei schön, ohne jede Verunklärung geformt von Rasse und Gattung. Der Weiße dagegen – individualisiert bis zur Aufweichung. Wieder erinnere ich mich an Portmanns Definition vom Menschen: *das* Tier, das von seinen Trieben nicht mehr eindeutig definiert ist; immer sind bei ihm mehrere Strebungen zugleich im Spiel, das Bewußtsein ist der Raum dieser Auseinandersetzung. – Die Auffächerung, Aufklüftung bedingt dann mit der Zeit die Verunklärung auch der Form und führt zu unserer beinahe generellen, typisch europäiden Häßlichkeit.
Dann Ausflug mit Luis und Lukas zur Schaunburg. Dieses Wetter, kühler Wind, Sonne sehr blaß im Dunst, die Natur noch ganz schläfrig in sich zurückgezogen. Das graue Gras an den Böschungen erinnerte an Totenhaar.
Abends (nach Lektüre von Brecht) über Liebe und Glück:
Das Glück eines Menschen A. besteht darin,
daß er die Phantasie eines anderen, B.,
in fromme Wallung versetzt. Nur so, wenn es A. gelingt,
die Phantasie des B.
lang genug,
fromm genug,
heftig genug für sich wallen zu lassen,
kann A. darauf hoffen,
geliebt zu werden ein Leben lang.
Nur dann, wenn A. seine Phantasie
lange, fromm und heftig genug
für einen B. in Bewegung setzte,
kann er hoffen,
B. fürder zu lieben in Ewigkeit.

19. April 1977
Heute morgen wieder an Bauernkrieg-Einakter herumgebosselt. Dann zum Friseur. Dort in Michael Landmann *Die entfremdete Vernunft* gelesen. Sehr gut. Was im Grunde ganz klar und einfach ist und was ich doch niemals so überzeugend formuliert fand: daß der Drang zur Freiheit in der Form der Spontaneität ein zweifacher ist: nach oben und nach unten; daß es also sozusagen eine große und eine kleine Spontaneität gibt, eine hohe und eine niedrige, und daß unsere Zivilisation und besonders unsere Gefälligkeitsdemokratie auf ihrer Suche nach immer breiterem, also immer billigerem Consens, die niedrige Spontaneität über Gebühr anspricht, ja, ad infinitum entfesselt, bis dann – (das füge ich hinzu) – der unerträglich gewordene Zustand umschlägt, umschlagen muß in eine Diktatur grausamster Art.

1. Mai 1977
Heute lange im Garten gearbeitet. Bin erschöpft davon, aber glücklich. Dieser kleine Fleck Erde, 1000 m², bindet doch starke seelische Valenzen. Erinnere mich: wenn wir von Hall aus auf die Berge stiegen und ins Tal hinabsahen: zuerst suchte das Auge das winzige Fleckchen dort am Stadtrand, unseres. Die ganze Landschaft schien uns um diesen Punkt zentriert. Es muß schwer sein, ohne solche Bindungen zu leben. Keinen Fußbreit Erde zu haben, am Ende nur das Grab, auch das nur auf Zeit.
Man muß sich das nur einmal genau vorstellen, dann versteht man Unwillen, Verweigerung, Aufstand, Haß.

9. Mai 1977
Arbeit an *Pilatus*. Ich leide. Das Beste muß ich hinauswerfen, um die Handlung zu straffen, um sie überhaupt in Bewegung zu halten. So „dramatisch" der Evangelienbericht über die Passion ist, so überschreitet diese Dramatik doch alle ästhetischen Kategorien. Die Spannung liegt nicht dort, wo die Personen einander begegnen, nicht etwa in der Konkurrenz Synhedrion und Burg Antonia, die Spannung liegt in der eben so großartigen wie grausigen Tatsache, daß der Gottessohn verurteilt und gekreuzigt wird, also auf einer Ebene kosmischen Geschehens, und ist somit aller Kunstdimension entrückt.
Und doch ist die Passion tausendfach zum Gegenstand der Kunst geworden, soll auch Gegenstand der Kunst sein, vielleicht sogar bleiben.
Da ist ein Nadelöhr, in das man sich nur bücken, tief bücken kann . . .

Rike schickte mir zwei Fotos von ihren letzten Collagen. Farbig reizvoll, Märchenwelt, mit Anmut nacherzählt. Ich bin nun schon wirklich froh, daß diese Tochter nichts „Modernes“ macht. Nach dem was ich erst neulich wieder in Wien in den Galerien sah: als ob alle diese Maler und Macher Verdammte wären, gerade aus der Hölle gekommen, ein bißchen von der Hölle beurlaubt, um rasch mal auszustellen, was dort als Höllenmobiliar in Gebrauch ist: Trümmer, Mißgeburten, Folterwerkzeuge. Dabei sind die meisten ganz vergnügte junge Leute, die sich wohl auch mal gern einen guten Tag machen. Doch die Attitüde des Höllischen ist nun mal gefragt, gefordert. Darüber ist Übereinkunft erzielt, conditio sine qua non. Eine anstrengende Haltung. Wie jede Manier.

19. Mai 1977
Langes Gespräch mit Raimund.
(Ein Gespräch, das im Grund damals begonnen hat, als dieser Sohn in Berlin studierte, und das nie endete seither, fortgeführt auch, wenn wir getrennt waren, ja, da erst recht.)
Also Gespräch mit Raimund.
Natürlich bin ich konservativ.
Aber ich will's nicht auf billige Weise sein. Ich bin wütend, wenn ich die alte ausgeleierte Klappermühle höre: Das gehört sich nicht, das macht man nicht, das ist nie so gewesen.
Wütend allerdings erst recht, wenn die Konservativen ohne Versuch einer Gegenwehr in die Knie gehen, den anderen alles überlassen: Argumente, Vokabular, das ganze Feld.
Man kann nur fechten, wenn man sich gute Waffen besorgt.
Und man kann nur dann gute Waffen haben, wenn man unermüdlich ist, sie immer wieder zu schärfen. Man darf es sich nicht bequem machen.
Ich meine, es stünde meiner Generation an, nach neuen Gründen, nach neuen Perspektiven zu suchen, um das Hergebrachte, Unverzichtbare, das Fundamentale neu zu entdecken, neu auszuleuchten.
Gott sei Dank fällt mir im Gespräch dazu auch manchmal etwas ein: Den Raum erweitern, darum geht es jeweils, den Raum, in dem die Dinge stehen.
Das gängige Urteilsvermögen bestreicht nur Flächen. Die gängigen Ideologien bieten nur Flächenhaftes an: da läßt sich dann Schwarz und Weiß leicht verteilen. Hab aber erst mal mit dem Raum zu tun, dem drei- oder gar vierdimensionalen, da wirst du Wunder erleben!

Was uns nottut: Raumsonden. Und Tiefenbohrungen.
Und eins zum anderen in Bezug gebracht.

3. Juni 1977
Mit Luis eine Flasche Wein ausgetrunken. Kleiner Schwips, Gefühl, als wäre das Gehirn nicht ganz fest verankert in der Schädelhöhle, wäre in eine dünne Schicht Gallerte gebettet. Angenehm, dieses leise Schlingern und Schaukeln, in Richtung Sensibilisierung, in Richtung auch des Extremen: Extrema der Hoffnung, des Vertrauens, Extrema freundlicher Vorstellungen, z. B., daß wir alle drei, Luis, Lukas, ich, demnächst nach Ägypten oder Istanbul fliegen. Ich weiß, das ist nicht möglich, weiß, soviel Geld ist nicht da, trotzdem erlaubt sich das in der Schädeldecke nicht mehr ganz fest verankerte Gehirn in solchen Vorstellungen zu baden, besser gesagt, auf ihnen zu fahren – wie auf einem Schlitten zu fahren.
Das Gleiten der Kufen im weichen Element, alte Freude aus Kindertagen, so oft genossen auf den Telfer Hügeln, nun ist sie wieder da, nur eben innen, in meinem Kopf, Schneelandschaft, Schneeungewißheit, Schneeweiche, Schneeunendlichkeit. Gleich werde ich darin versinken.
Einsinken. Ja, das kommt doch täglich vor dem Einschlafen. Ich halte mich dabei oft recht genau in Evidenz, passe auf und registriere, wenn sich zwische die normalen, wachen, gelenkten (woher gelenkten? aber eben doch gelenkten) Gedankenbahnen fremdartig unwillkürliche Elemente drängen, sich darunter mischen wie etwa ein Strähn sich in andere Strähne mischt, zwischen ihnen hervorquillt und jene schließlich zudeckt . . .
Dann hat der Traum begonnen.
Heute in Puchberg gelesen. Voller Saal. Wohlmeinendes lachlustiges Publikum. Ich habe *Zeppelin* gelesen, *Alte Dame* und ähnliches. Die Auswahl war richtig. Die Leute hatten einen langen Seminartag hinter sich. Sie quittierten jede Andeutung von Ironie mit dankbarem Gelächter. Wurde beinahe selbst von ihrer Lachlust angesteckt.

15. Juni 1977
Bei den Kindern in München gewesen. In stillen Stunden – zwischen Besuchen, Spaziergängen, langen Gesprächen – in Hennings umfangreicher psychologischer Bibliothek gestöbert. Immer derselbe Tenor: Scham (vor allem sexuelle) und Furcht (oder Angst) im Kindesalter in allen Spielarten verdammt, als Hauptquelle neurotischer Störungen diagnostiziert, rein negativ abqualifiziert.

ABER: haben Scham und Furcht nicht auch Warnungscharakter? warnen also vor (durchaus realen) Gefahren, sind auch schon im Kindesalter leider notwendige Einübungen, auf seiner Hut zu sein?
Sind deshalb phylogenetisch gesehen unverzichtbar?!
– Übrigens wird gerade heute durch viele durchaus progressiv firmierte Medien eine ganz allgemeine Angst herangezüchtet: Angst vor vergifteten Lebensmitteln, Angst vor verdorbenem Wasser, falschen Medikamenten – es gibt nichts, wovor nicht gewarnt wird. Zurecht – zuunrecht –? Der Furcht-Pegel steigt. Die individuelle Bedrohung mag sinken, die generelle wird ständig ins Bewußtsein geschossen, erzeugt Irritation, Aggression, Überdruß.
Eine merkwürdige Gleichung:
Die Wissenschaft bemüht sich Angst abzubauen.
Die Wissenschaft bemüht sich Angst aufzubauen.
A = A.
Das Karussell dreht sich. Augenblicksweise sieht das Ganze nur wie ein modischer Riesenrummel aus. Augenblicksweise packt einen selbst das Grauen.
Wären nicht die Kinder und, vor allem, die Enkel, man könnte das Ganze als Komödie sehen.
So aber . . .

4. September 1977
Gestern Literaturtagung in W., Prof. R. hielt ein Seminar über neue Texte, Zenker, Rühm, Jandl, einiges von Celan, auch Schutting und Artmann. Einiges sehr matt, anderes quietschend vor Haß; wieder anderes schön, reich, wahr.
R. sprach geschickt, erwies sich in der Diskussion als anpassungsfähig und informativ. Dann folgte ein Vortrag über Österreichische Literatur. R. sprach eine Stunde lang, ich kam in seinem Referat natürlich nicht vor, nicht einmal aus Höflichkeit erwähnte er mich – wie neulich etwa Kurz, der einen Satz en passant über mich einflocht; ich verstand warum.
Ich weiß es, ich bin literarisch einfach nicht existent, ich habe nie die richtige Schiene gefunden, auf der man auf das Forum gelangen kann, auf den elitären Literatur-Markt. Au fond wundere ich mich nicht einmal darüber, das Formale war für mich seit jeher auf problematische Weise unproblematisch. Obgleich ich mir immer das Äußerste an Klarheit, Gliederung, Treffsicherheit der Aussage abverlangte, so verfuhr ich doch andererseits naiv,

zu sehr besessen von der Realität, wie ich sie begriff und die wegzuschieben ich einfach nie den Mut besaß. So wollte ich immer Realität bauen, genauer gesagt, an Realität *an*bauen, richtig so, wie man ein Haus oder ein Zimmer anbaut. Verfremdung, Spiel mit willkürlichen Verschiebungen, dieser oft wohl nur simulierte Irr-Sinn, Wirr-Sinn, diese künstliche Labyrinthisierung – ich brachte sie nie fertig und, wo ich sie versuchte, langweilte sie mich rasch, ich habe für sie kein Organ mitgebracht.
Dabei bin ich nicht so naiv mir einzubilden, ich hätte auch nur eine Ahnung, was REALITÄT ist.

21. Oktober 1977
Nach Staatspreisfeier: Zum Terrorismus!
Pilatus wäscht sich die Hände
allerwärts,
auch ministeriell.
Mit starkem Ausdruck wird belegt
die Brut, die sorgfältig ausgeheckt,
endlich auf eigene Beine gekommen.
Die Konsequenz
liegt nun auf dem Tisch
und riecht – pfui, pfui –
nach Pulver und Blei.
Die Avantgardisten von gestern
schielen nach dem Hasenpanier.
Hurrah. Hurrah.

18. November 1977
Heute hätte ein guter Arbeitstag sein können, war's aber leider nicht. Ich lief immer wieder vom Schreibtisch weg, zerstreut, unlustig, gab mir im Haus zu schaffen, ohne doch etwas zu Ende zu bringen. Den Vormittag verschwendete ich an einen ganz unnötig ausführlichen Brief an eine Frau W., die sich bitter bei mir beklagt hatte, weil sie nicht in die *Rampe* aufgenommen wurde. Warum ihr Text schlechter sei als andere? Sie forderte Auskunft.
Solche Auskünfte, wohin führen Sie? Ins Bodenlose. Man müßte jeden Satz des abgelehnten Textes analysieren, die Ergebnisse an fixen Wertungen messen und dann diese noch einleuchtend machen. Unmöglich. Eine Sisyphus-Arbeit.

Obwohl ich weiß, wie sinnlos, lasse ich mich doch immer wieder auf solche ein.
Gegen Abend war ich dann endlich soweit, daß ich bei der Arbeit blieb: Interpretation der *Flechtenkunde* von Enzensberger.
Diesen Text liebe ich sehr, er ist mehr Text als Gedicht, aber imponierend in seiner Weiträumigkeit, ganz einfach. Natürlich fragte ich mich, was mich gerade an diesem Text so anzieht? Ich mußte mir zugeben: es sind die in ihm verstreuten theologischen Elemente, seine religiösen Anspielungen: „Sei bei uns, großes Gedächtnis . . . wir alle träumen von Manna."
Da schlägt bei mir die Glocke an.
Nietzsche hat sicher recht, wenn er sagt, im europäischen Nihilismus verwalte die Kunst als letzte die Reste der Metaphysik. – Ja, hier ist noch Leuchtkraft, Nach-Leuchtkraft, durch Sinnfälligkeit. Hier mag die Metaphysik noch überdauern, bis sie von anderwärts her wieder Substanz gewinnt. Hoffnung, Zukunftsmusik.

1978

12. März 1978
Eine Sensation auf dem Gebiet der modernen Theologie versprach sich die Masse der Zuhörer, die sich am letzten Donnerstagabend im überfüllten Saal des Dr.-Karl-Renner-Instituts zum Vortrag Küng eingefunden hat. Und ich muß ehrlich sagen: Auch ich habe mir, wenn nicht Sensation, so doch aufregenden (wie sagt man?) Denkanstoß erwartet.
Nun, die Sensation blieb aus (wenn sie nicht darin bestand, daß der begrüßende Bundeskanzler vergessen hatte, den gleichfalls anwesenden Bundespräsidenten zu begrüßen und erst von Küng am Vortragspult darauf aufmerksam gemacht werden mußte. Darauf Kreisky: Der Herr Professor sagt mir eben, ich hätte den Herrn Bundespräsidenten nicht begrüßt . . . Ich habe es vergessen . . . Also, ich begrüße den Herrn Bundespräsidenten. – Und nach dem Vortrag bei der Dankesansprache: Meine Damen und Herren . . . Herr Bundespräsident!).
Das nur nebenbei.

Der Vortrag: Prof. Küng gab eine recht genaue Bestandsaufnahme der bekanntesten Einwände gegen Kirche und Religion, der wichtigsten Argumente gegen die Existenz Gottes. Nachdem er das Arsenal der antireligiösen Argumentation ziemlich sorgfältig ausgelegt hatte, wandte er sich – im letzten Drittel des Vortrags – den eher schmalen Nischen zu, in denen der wissenschaftlich denkende Mensch heute noch von Gott reden, über Gott meditieren kann: Bekanntlich könne kein Gottesbeweis Gottes Dasein beweisen; andernteils sei aber auch kein ganz schlüssiger Beweis gegen Gottes Existenz zu erbringen. Zwar hätten Feuerbach, Marx und Engels die Religion ganz zurecht als menschliche Projektion, als Opium fürs Volk und als kindliche Illusion bezeichnet, doch niemand habe eindeutig darlegen können, ob Religion nicht doch noch mehr als Projektion, Opium und Illusion sei. Diese Möglichkeit bestünde immerhin ...

So riet Küng, ein gewisses „vernünftiges" Vertrauen zu fassen, denn es werde dem Menschen nie möglich sein, auf die Sinnfrage *gänzlich* zu verzichten, er werde es kaum über sich bringen, die Metaphysik endgültig auf sich beruhen zu lassen. So sehe er, Küng, eine Art Tendenzwende heraufziehen, wenn diese auch nicht mehr als eine Minimalposition anzubieten habe.

Damit endete der Vortrag. Er hatte sehr lange gedauert. Nun begann eine Diskussion. Aber der Saal leerte sich. Dennoch wurden eine Menge Anfragen gesammelt. Nachdem ich die ersten gehört hatte, machte ich mich auch davon. Die Art der Anfragen, die Art der Antworten entmutigten mich ganz und gar ...

Ich hatte nichts gehört, was ich nicht schon längst gewußt hätte. Im Grunde geschah hier nur, was in jeder Philosophiestunde auf einem Gymnasium geschieht. Die alte Leier. Die Theologie wird vor den Richterstuhl der Wissenschaft gestellt. Eigentlich spricht alles dafür, daß sie verurteilt d. h. abgeschafft werden muß. Aber ein winziges Argument könnte noch für sie vorgebracht werden. Und da die Wissenschaft ein *wirklich* gerechter, tadelloser Richter sein will, spricht der „tadellose Richter" die Theologie aus Mangel an Gegenbeweisen frei – vielmehr, er schickt sie zurück in Untersuchungshaft. Und – o Schande – die Theologie bedankt sich noch speichelleckerisch für das faire Verfahren.

So stehen die Aktien.

Und so ist auch nichts mehr zu retten.

Zu einem Credo tamquam absurdum hat niemand mehr den Mut. Geschweige denn zu jener anderen Vernunft, die alle Argumente wegfegt, weil ihr der raptus eines neuen Entwurfs die Kraft verleiht. Kraft, Wut, Unwiderstehlichkeit.

Veni creator ...

Dankesrede

aus Anlaß der Überreichung des
„Österreichischen Ehrenzeichens für Wissenschaft und Kunst"
am 11. Juni 1981

Ich stehe hier, um zu danken. Ich habe eine hohe Auszeichnung erhalten, die vielleicht höchste, die der Staat Österreich an einen Autor, an einen Künstler zu vergeben hat. Naturgemäß stellen sich nicht nur den Verleihern, es stellt sich auch dem Kreis der Interessierten die Frage, ob der Geehrte die Ehrung verdient. Auch er selbst, der Betroffene, hat sich die Frage zu stellen. Verdiene ich diese Insignien der Anerkennung? Verdiene ich es, einem kleinen auserwählten Kreis anzugehören?
Ich muß antworten: Ja und nein. Zuerst einmal: nein. Es ist nicht die Stunde, falsche Bescheidenheit zu demonstrieren. Und doch sage ich: nein; nicht als die, die ich jetzt vor Ihnen stehe: ein Mensch, der viele treue Sympathien genießt, der sich in einem Kreis von Freunden aufgehoben weiß. Wer das Glück hat, schon seit Jahr und Tag Billigung und Zustimmung zu registrieren, für den hat sein Beruf den Charakter des Wagnisses, des einsam bestandenen und oft schmerzlich ertrotzten Abenteuers verloren.
Aber – ich denke an eine andere Zeit zurück, als ich – eine junge Frau in übler Lage – hartnäckig an meinem Lebensplan festhielt, Bücher zu schreiben; als ich mich nicht dazu herbeiließ, vom Anspruch auf eine gewisse Qualität herabzusteigen, obwohl mir das Wasser bis zum Munde stand; als mir Teilhaberschaft an Dichtung noch immer wichtiger war als das tägliche Brot, obgleich es eben an diesem fehlte; als ich Widerstand leistete gegen das Angebot der Zeit und auch, als ich sogar gegen die Drohung der Macht mein winziges Stückchen Freiheit nicht aufgeben wollte.
Diese junge Frau, die ich einmal war, ja – sie hat sich sehr weit von mir entfernt. Bin ich heute noch dieselbe? Ihr freilich möchte ich in der Rückerinnerung Anerkennung zubilligen. Aber ich weiß, daß es viele gibt, die dieselbe Unbeugsamkeit unter noch viel schlimmeren Umständen bewiesen haben und noch beweisen. Ich weiß, daß es so manchen gibt, der keine Mühe scheut, der keiner Vereinsamung ausweicht, keine Zurücksetzung und Nichtbeachtung als so unzumutbar empfindet, als daß er nicht fortführe das Seine zu tun, das, wozu ihn der Demiurg in seinem Inneren antreibt. Für diese Haltung habe ich die hohe Ehre stellvertretend angenommen – und stellvertretend danke ich auch.

Mit Recht erwarten Sie, meine Damen und Herren, daß ich – über diesen meinen Dank hinaus – in dieser Stunde auch zu einem allgemeineren Thema spreche. Ich habe lange überlegt, welches ich wählen soll. Das Thema: Kunst und Staat? Individuum und Öffentlichkeit? Oder gar: das Mißtrauen des Staatsbürgers gegen staatliche Ehrungen?
Schließlich habe ich mein Thema im Motto dieser Feier gefunden: Wissenschaft und Kunst . . . Kunst und Wissenschaft. Ein Paar – und wie alles Gepaarte: voll Problematik; Übereinstimmung auf der einen, Entzweiung auf der anderen Seite.
Uralt ist die Verknüpfung: ars et scientia. Sie traten schon im Mittelalter immer zu zweit im allegorischen Kosmos auf. Das geschlossene Weltbild einer vom Christentum und von der Antike bestimmten Tradition wies den sublimeren Regungen des menschlichen Geistes einen Rang zu, nicht so hoch angesiedelt wie Religion und auch nicht so hoch wie imperium und regnum, aber doch weit über industria, commercium und über der mühseligen Zone der labores. Eh das Wort, ehe der Begriff Kultur gefunden war, hatte man schon dem Inbegriff des Kulturellen in dem Schwesternpaar Kunst und Wissenschaft gehuldigt. Was sich um bewußteren Lebensstil, um feinere Differenzierung bemühte, es schwenkte hier ein: Zuerst das Klosterwesen, bald auch das weltliche Regiment. Kaum ein Fürst, der nicht nur als „Mehrer des Reichs" (seines Reichs), sondern auch als Schutzherr der Künste und Wissenschaften gelten wollte. So auch der Adel, die Kirche, die Städte . . . und schließlich auf breiterer Linie das Bürgertum bis Kleinbürgertum des 18. und 19. Jahrhunderts. Gerade in dieser Stadt Wien ist das so deutlich und liebenswert agiert worden.
Sozialer Aufstieg war keineswegs nur ökonomisch definiert. Unübersehbar trug er sich auch kulturell vor: Man schaffte ein Klavier an, man richtete einen Bücherschrank ein, man ließ sich porträtieren. Aber auch ein Globus durfte nicht fehlen, das vielbändige Konversationslexikon gehörte dazu, womöglich Fernrohr und Mikroskop. Wissen und Kunstsinn traten in freundlicher Gemeinsamkeit auf. Nach außen eine ideale Geschwisterschaft.
Aber innen eine schon längst schwelende Konkurrenz, eine im öffentlichen Bewußtsein noch nicht wahrgenommene, weggespielte, doch für Insider immer deutlichere Unvereinbarkeit.
Wieso?
Nun, Kunst ist und bleibt ein Denken in Bildern und Bildkonstellationen, in Tönen und Tonkonstellationen – und was die Literatur angeht – in sprach-

lich evozierten Sinnfälligkeiten. Kunst verarbeitet zwar reale Erfahrung, aber sie schaltet frei mit ihr zu individuierten, in sich autonomen Gebilden. Wissenschaft hingegen (der Name sagt es) ist Wissen von, Wissen um . . ., immer in Pflicht genommen durch das Objekt, das erforscht, subsumiert und von einem Gesetz her definiert werden soll. Also strenge Sachbezogenheit.

Nun, ich brauche hier nicht weiter auszuführen, daß die Wissenschaft als solche erst sehr viel später als die Kunst zu sich selbst gelangte. Durch ein Jahrtausend, von der Völkerwanderung bis zur Renaissance, hielt sie sich selbst in Abhängigkeit von älteren Traditionen. Sie forschte weniger als daß sie deutete, und bestenfalls – und darin war sie wieder den Künsten verwandt – bewegte sie sich in visionären Spekulationen.

Während die Kunst längst zu ganz neuartigen grandiosen Entwürfen – denen etwa der gotischen Baukunst – geschritten war, hielt sich der cognitive Geist des Menschen immer noch bei Buchstaben auf – und wendete Aristoteles und Ptolemaios hin und her.

Dann allerdings änderte sich die Szenerie. Die Wissenschaft verließ den engen Kokon, in dem sie einen langen Winterschlaf verbracht hatte, und begann ihren Höhenflug, bis zum heutigen Tag.

Wo blieb ihr Geschwister, die Kunst?

Nun, sie blieb noch für Jahrhunderte was sie war: Denken in Bildern, Denken in Tönen, Denken in Sinnfälligkeiten – und blieb weiterhin auch Handwerk, ganz wie früher; *fast* ganz wie früher.

Denn irgendetwas hatte sich doch geändert. Ein Element der Reflexion, ein Element der Begrifflichkeit sickerte ein. Symptome häuften sich: die Entdeckung der Perspektive, der Abbau handwerklicher Anonymität, die erste Niederschrift kunstgeschichtlicher Fakten durch Vasari, das alles waren Signale, sie wiesen auf Klimaänderung hin. Mit Bewußtsein kommt Selbstbewußtsein, aber auch Problembewußtsein. Die französische Klassik verpaßt sich einen Panzer aus starren Regelhaftigkeiten. Aber Regeln sind dazu da, hinterfragt zu werden. Die deutsche Klassik setzt mit einer Gestalt wie Lessing ein, dessen größte Leistung vielleicht nicht in den eigenen Dramen, sondern in der Hamburgischen Dramaturgie bestand. Goethe: ein Amateur-Naturforscher. Schiller: Historiker und Philosoph. Erste entschiedene Abwertung des Ästhetischen durch Kant. Dann die Romantik: was ist sie anderes als ein riesiger emotionaler Schub, der sich an sich selbst bricht, sich selbst ironisch in Frage stellt: Newton hatte nicht umsonst die Zusammensetzung des Lichts aus dem Spektrum des Regenbogens entdeckt: von nun an wird sich der menschliche Geist – und somit auch die Kunst – nicht mehr so vertrauensselig zwischen unreflektierten Sinnfälligkeiten bewegen können.

Naturerkenntnis setzt sich immer deutlicher gegen naive Erfahrung durch. Man entdeckt die Beugungsfähigkeit des Lichts – und beginnt impressionistisch zu malen. Man akzeptiert nach längerem Zögern die Genesis des Menschen von tierischem Stamm – und trennt sich von Stunde an vom aufgeschönten würdevollen Porträt.

Man liest Marx und seine Analyse von der Erarbeitung des kapitalistischen Mehrwerts durch entfremdende Arbeit – und verurteilt das Ornament als Verbrechen (Adolf Loos).

Von nun an, so hört man, habe der Künstler, vorab der Schriftsteller, wissenschaftlich vorzugehen.

Das geschieht oder wird wenigstens versucht. Thomas Mann drapiert seine großen Romane auf gefällige Weise mit Ergebnissen der Medizin, Musikwissenschaft, Evolutionslehre und Religionsgeschichte. Weniger kokett geht Musil mit den Theorien seiner Zeit um. Am gründlichsten verfährt wohl Joyce. Laborarbeit leistet die konkrete Poesie an sprachlichen Materialien, Schrift und Sprachpartikel werden ihr zum Versuchsfeld. Die optische Erschließung von Makro-, vor allem Mikrostrukturen beschert allen Galerien und Museen der Welt einen Boom abstrakter – scheinbar abstrakter – Bildkonzeptionen. Die Collage simuliert die Entwürfe des Zufalls, der Surrealismus Kälte und Distanziertheit vivisektorischer Vorgänge. Wer möchte, wer könnte sich dem Ansturm immer neuer – und auf immer neue Grenzüberschreitungen programmierter Thematik widersetzen?

Selbstverständlich liefern auch die Humanwissenschaften, Medizin, Psychologie und Gesellschaftslehre der Kunst fruchtbare Motive. Kein Romancier dürfte heute wagen, einen Charakter zu entwerfen, ohne die Findungen Freuds mit in Betracht zu ziehen. Jede Metapher durchläuft heute das psychoanalytische Sieb. Wir sind umstellt von Deutungen, die dem Schaffensprozeß vielfach zuvorkommen, ihn begleiten, umranken, dann und wann auch verwirren.

Das Denken in Bildern, Tonkonstellationen, sprachlich vermittelten Sinnfälligkeiten, dieses Denken, das sich so lange im Rahmen der Tradition für autonom hielt, sieht sich jetzt einer alles übergreifenden Subsumierung unterworfen.

Nun, es mag gerecht sein, daß die Wissenschaft die Kunst an die Kandare nimmt, da es doch eine Zeitlang, wenn auch in ferner Vergangenheit, eher

umgekehrt der Fall war. Aber die Kandare wird, wie mir scheint, immer schärfer angezogen.
Unterworfen hat sich die Kunst nicht nur der der Wissenschaft innewohnenden Analytik, sondern auch dem ihr eigenen Innovationsdruck. Es ist klar: Wissenschaft kann als originäre Leistung immer nur das jeweils erbrachte Ergebnis gelten lassen. Nicht Wissen als solches zählt, nur Neu-Erforschtes. Jeder Dissertant muß in irgendeinem Winkel seines Faches ein solches Ergebnis leisten. So geschieht Zuwachs, das Gewußte und Wißbare verdoppelt sich, wie man hört, alle fünf Jahre, nimmt also in geometrischer Reihe zu. In treuer Nachfolge des Cognitiven hat sich auch die Kunst auf ähnlichen Innovationskurs begeben. Auch sie möchte am liebsten nur mit neuen und immer neueren Ergebnissen aufwarten. In manchmal hektischer Hast verwirft sie die Abwandlung zugunsten des Ausbruchs, verläßt noch fruktifizierbaren Boden zugunsten unbekannten und in manchen Fällen wohl auch unfruchtbaren Neulands.
Wie lange wird die Kunst die Anspannung dieses Wettlaufs aushalten? –

Daneben stellt sich eine weitere, mächtige Problematik: Sie ist uns allen wohlbekannt. Spätestens seit Erfindung der Dampfmaschine liegt sie klar zutage. Die Naturwissenschaft trat von allem Anfang mit dem Anspruch auf, die Welt nicht nur zu erkennen, sondern auch sie zu unterwerfen, dienstbar zu machen und Apparaturen dieser Dienstbarkeit hervorzubringen. Also Technik! Ohne Wissenschaft keine Technik, keine Macht über Dinge, Energien, Beschleunigungen, letzten Endes auch über Menschen. Zuerst vermittelt das Anwachsen der Apparaturen Freude, Stolz, unendliche Hoffnung. Alles scheint machbar, alles möglich. Ja, alles möglich .... Aber was passiert? – Plötzlich kippt gerade diese Verheißung in Drohung um.
Ich kann mir Näheres ersparen. Wir leben in einer kulturpessimistischen, genauer gesagt, in einer zivilisationspessimistischen Zeit. In allen Winkeln formieren sich grüne Wellen. Zwar: an der Wissenschaft lassen wir vorläufig noch nicht mäkeln – oder wie? Erheben sich nicht auch schon Stimmen im Hintergrund, die am Sinn weiterer Naturforschung zweifeln: Da nicht alles gemacht werden dürfe, was gemacht werden könne – sei es dann wünschenswert, alles zu wissen, was gewußt werden kann, da sich dieses Wissen immer in Gefahr befinde, in falsche Hände zu fallen?

Der Zeitgeist scheint sich entschieden zu haben: Gestern noch vom Zuwachs der Apparaturen berauscht, ergreift er heute Partei gegen sie und für den Menschen.
Hat die Naturwissenschaft nicht zum endgültigen Glück beigetragen, nun so werden vielleicht die Humanwissenschaften verläßlicher sein.
Ratlos geworden wendet man sich an sie: Ihr Soziologen, ihr Psychologen, sagt uns, was wir zu tun haben?
Jedermann hat noch die großen Botschaften der sechziger Jahre im Ohr, sie kamen aus der Ecke der Humanwissenschaften mit einem ungeheuren Angebot früher nie vernommener Terminologie. In ihnen, so schien es, so hört es sich an, waren neue Verheißungen enthalten. Eine neue Bildungssprache schien den Aufbau eines neuen Menschen anzubieten.
Nun freilich, es stellte sich heraus, daß hinter dieser Terminologie keinerlei einhellige gesicherte Ergebnisse standen. Auch unter Fachleuten – kein Konsens. Jürgen Habermas, Erbe und Vollender der Frankfurter Schule, stellte in seiner Arbeit über „Umgangssprache, Wissenschaftssprache, Bildungssprache" dar, auf wie schwankenden Boden sich die humanwissenschaftsgläubige Gesellschaft begeben hat, als sie ihre Normen an die neue Botschaft delegierte. Von allen Seiten drang eine von Erfahrungen noch ungedeckte Begrifflichkeit in unsere Alltagssprache (und damit natürlich auch in die Literatur) ein. „Dadurch war" – ich zitiere Habermas wörtlich – „der Lebenswelt alle Naivität abgestreift . . . Eine Theoretisierung der Bildungssprache untergrub das Bewußtsein praktischer Gewißheiten . . ." An anderer Stelle: „Die Leistungsfähigkeit der Sozialwissenschaft möge noch so gering sein, ihre Begriffe und Hypothesen sind dazu gemacht, . . . handlungsorientierend zu wirken." Die Gesellschaft, so fährt Habermas fort, verfiel dem Mißverständnis, daß Wissenschaft weltanschauliche Fundamente legen könnte, sie verfiel diesem Mißverständnis, weil sie noch die Wahrheitsbegriffe der Theologie an die Ergebnisse der Wissenschaft anlegte; die Gesellschaft hätte voraussetzen müssen, daß Wissenschaft nur Hypothesen hervorbringt, Hypothesen auf dem Status des Wahrscheinlichen, nicht aber des Gewissen . . . Wer aus hypothetischen Denkgebäuden Verhaltenskonsequenzen ableitet, der, so läßt Habermas durchblicken, müsse damit rechnen, am Ende in Ratlosigkeit, Skepsis und Verängstigung zurückzubleiben.
Man lese und staune! Ratlosigkeit, Skepsis und Verängstigung, soll das das endgültige Fazit schrankenloser Wissenschaftsgläubigkeit sein? Das klingt nicht gut. Das klingt nach Ende aller Hoffnungen.

Noch einmal tiefer verstört blickt man sich nach Vielleicht-doch-noch-Hilfreichem um.

Wird es in der Kunst zu finden sein?

Seit geraumer Zeit verstärkt sich der Ruf nach dem kreativen Menschen, was auch immer darunter zu verstehen ist: der Bastler, der Sonntagsmaler, der Hausmusikant. „Mach selbst, was du selbst machen kannst." „Laß dir was einfallen." „Färble dein Haus, setz Grünes aufs Dach, Kinder, bemalt die Wände! Erzählt euch Geschichten" – und wer auch nur ein wenig auf der Gitarre klimpern kann, möge die Fußgängerzone damit beglücken.

Sehr gut. Schon längst sind wir zu faul, zu einfallslos, zu uniform geworden. Spontan sei unser Verhalten, frisch, fröhlich, frei, und wenn nicht frischfröhlich, so doch kritisch-aggressiv, aus der Tiefe der unterdrückten Natur. Aus freigesetzten Trieben, aus infantilem Nachholbedarf verwandeln wir ein Streifchen unserer Welt in eine Spielwiese und, wenn es sein muß, in einen Kindergarten für vergreiste Kinder! Wird uns hier das Heil erwachsen? O ja, wir wissen es inzwischen: alles Große, was der Mensch je geleistet hat, ist miternährt aus den Tiefen seiner Person, aus Spieltrieb, Vorbewußtem, Unbewußtem. Kein Kunstwerk – und keine noch so strahlende menschliche Tat, die nicht irgendwie verriete, daß auch die Nachtseite des Daseins zu ihr motiviert hat.

Aber, wenn Bildende Kunst Denken in Bildern, Musik Denken in Tönen, Dichtung Denken in sprachzeichenhaften Sinnfälligkeiten ist, so sind diese Bilder doch nicht nur Bildfetzen, diese Töne Geräuschpartikel, diese Sprache doch nicht nur Stammeln oder Hervorbringen von Koprolalien.

Wir müssen den Menschen ernst nehmen und indem wir ihn ernst nehmen, mehr von ihm erwarten als Beiläufigkeiten. Bilder, Töne, Sprache sind auf Stimmigkeiten angewiesen, die nicht nur im Belieben des einzelnen, auch nicht nur in der Reizsituation des Augenblicks, geschweige denn in den Launen eines auf Sensation programmierten Marktes liegen. Wo dann? werden Sie sagen. Ja, wo dann?

Habermas ruft in der zitierten Arbeit den autonomen Menschen an – einen Menschen, der sich im Umgang mit Ungewißheiten bewährt und inmitten der schwankenden Welt der Hypothesen die Autonomie seines Ichs bewahrt habe. Von ihm erwartet sich Habermas – ja, was erwartet er sich von ihm? Korrektur der begangenen Fehler? Rückkehr zu lebensbegründenden Gewißheiten? Oder nichts weiter als Rückzug, Rückzug einiger bevorzugter „autonomer" Individuen in ein Capua der Unangreifbarkeit, in eine

neue Stoa, in die splendid isolation des Intellekts: Nach uns die Sintflut? Rund um uns die Sintflut?
Ich weiß es nicht, meine Damen und Herren. Ich ziehe mich lieber von Habermas' autonomem Menschen zurück zu dem Menschenbild, das Pascal beschworen hat, indem er sagte: L'homme se surpasse infiniment, der Mensch übersteigt sich selbst um ein Unendliches. Ja, das glaube ich auch. Hier sind die Weichen anders gestellt. Hier geht es nicht in die Autonomie intellektueller Überlegenheit und damit in eine Provinz elitären Hochmuts. Hier begegnen wir dem Menschen in seiner ganzen tragischen und großartigen, leidenden und überwindenden Substanzialität.
Der Mensch übersteigt sich selbst stets und immer wieder um ein Unendliches. Um ein Unendliches hat er sich übertroffen im analytisch forschenden Erkennen. Um ein Unendliches – leider auch in Irrtum und Mißgriff; um ein Nicht-Ausdenkbares an Potenzen der Naturgefährdung, der Selbstvernichtung.
Um ein Unendliches übertrifft sich der Mensch immer wieder im Ersinnen neuer Hoffnungen und Auswege. Um ein Unendliches möge er sich übertreffen in der Mobilisierung heilsamer Gegengifte und stabilisierender Reserven.
Seine Vernunft ist nicht nur rational, sie ist auch kreativ, sogar, wenn es gilt, sich selbst Verantwortung aufzubürden. Seine Vernunft ist nicht nur im Labor am Werk. Sie war auch im Spiel, als die Dome des Mittelalters erbaut wurden. Sie war mit im Spiel, als Bach und Beethoven komponierten. Sie wob mit an den Visionen, die die Stiftung der Religionen begleiteten. Sie brachte sich mit ein in Sinai und Bergpredigt. Wissenschaft und Kunst sind Spielarten menschlicher Vernünftigkeit, aber sie schöpfen sie nicht aus.

Nachwort

Die kleinen Prosastücke, die Gertrud Fussenegger in diesem Band unter dem Titel „Echolot“ vorlegt, sind Zeugnisse erörternder und berichtender Prosa, die ein eigenes Feld sprachlicher Betätigung darstellt. So lassen sie sich nicht einfach als Splitter aus der Werkstatt verstehen, sie sind keine bloßen Probestücke, wie sie bei größeren Arbeiten abfallen, noch Studien im Sinne Adalbert Stifters, in denen bestimmte Wirklichkeitsbereiche ausgemalt werden, um sie dann dem größeren Ganzen von Welt und Kosmos einzufügen. Klar und scharf werden von der Dichterin die Grenzen gezogen, die Erörterung und Bericht von der symbolischen Umsetzung der Wirklichkeit in der Dichtung abheben. Wenn die Sprache dennoch ihren inneren Glanz bewahrt, so bleibt sie doch Mittel, das einem Zweck gehorcht, nicht souveränes Spiel, das die Dinge in ihrer Eigenbedeutung erscheinen läßt. Es erhebt sich die Frage, worin die Zwecke liegen, denen die Sprache nachspürt, um ihnen einen tieferen Sinn abzufragen. Es ist nichts anderes als das Erwachen des Menschen in der Welt, das sich vor uns in den verschiedenen denkerischen Mustern vollzieht. Ich möchte in diesem Gedankengang dem Weg folgen, den Karl Jaspers in seiner „Philosophie“ einschlägt, obwohl ich gar nicht weiß, ob Gertrud Fussenegger dieses Werk kennt. Dennoch scheinen mir gewisse Parallelen unverkennbar, in denen sich der dialektische Dreischritt des Erkennens abbildet. Jaspers überschreibt seinen ersten Band mit „Philosophische Weltorientierung“, die er selbst mit folgenden Worten zusammenfaßt: „Zum Bewußtsein meiner selbst erwachend, sehe ich mich in einer Welt, in der ich mich orientiere; ich hatte Dinge ergriffen und sie wieder fallen lassen; es war alles fraglos und rein gegenwärtig. Jetzt aber, mich verwundernd, frage ich, was denn eigentlich ist; denn alles ist schlechthin vergänglich; ich war nicht am Anfang und bin nicht am Ende. Selbst zwischen Anfang und Ende frage ich nach Anfang und Ende.“ Das ist die Frage, die Gertrud Fussenegger in ihren einleitenden Aufsätzen „Orientierungen“ stellt. Sie sucht im Fluß der Dinge nach einem festen Punkt, von dem aus sie das Sein in ihren Blick fassen kann. Ist eine solche Formulierung nicht zu abstrakt? Geht der Weg nicht am Sinn ganz einfacher Sachverhalte vorbei? Wird damit Fall und Ereignis, Wandel und Gesetz nicht in eine allzu vordergründige Übereinstimmung gebracht? Es wird sicher so erscheinen! Die Dichterin geht von einem ganz schlichten Vorfall aus, der Erpressung durch eine zufällige Banknachbarin in der Schulklasse

oder dem beiläufigen Nebeneinander Eingesessener und Zugereister in einem Tiroler Dorf, um über das bestimmte Geschehnis auf das Grundsätzliche im Zusammenleben der Menschen zu sprechen zu kommen. Der besondere Fall wird zum Anlaß einer Ortsfindung in der Gegenwart, die das menschliche Sein in einer vielseitigen Abhängigkeit und in einer einmaligen Freiheit erkennen läßt. In der Abhängigkeit? Wer so fragt, der kommt schließlich mit Notwendigkeit dazu, über das menschliche Leben frei verfügen zu wollen, zu bestimmen, ob Leben sein darf oder ob es nicht sein soll. Eine aktuelle Frage unserer Zeit bricht aus dieser Situation auf. Die Dichterin macht sich in ihrem Essay „Ein Fremder klopft an" zum Anwalt der Ungeborenen, die nicht durch menschliche Willkür um ihr Leben betrogen werden dürfen, da sie aus der Tiefe des Ursprungs allen Seins zu einer jeweils besonderen Antwort auf die Urfrage nach dem Sinn des Menschen berufen sind. Dieses Problem kann nicht durch ein staatliches Gesetz gelöst werden, sondern nur aus der kosmischen Harmonie aller Kräfte, die in das Spiel der Welt eintreten, eine Antwort finden.
Das Ich muß sich gegenüber diesen wißbaren Inhalten von Augenblick zu Augenblick entscheiden, um zu sein. In dieser Entscheidung gründet die menschliche Existenz. Jaspers erörtert in seinem zweiten Band die „Existenzerhellung". Er versteht darunter „das Sein, das – in der Erscheinung des Daseins – *nicht ist,* sondern *sein kann und sein soll* und darum zeitlich entscheidet, ob es ewig ist". Diesen Vorgang, der Erkennen und Handeln in einem ist, beschreibt Gertrud Fussenegger in ihren Aufsätzen „Ankerplätze". In dem zentralen Stück „Über die Menschenwürde" wird eine Antwort gegeben auf die Frage, in der Jaspers die Existenz des Menschen ausgesprochen findet, wenn die Dichterin sagt: „Jeder Mensch ist sich selbst ein Wert, wenn vielleicht auch nicht der höchste Wert, so doch der einzig konstante, der vom Erwachen des Bewußtseins bis zum Tod mit sich selbst identisch bleibt. Jeder Mensch ist sich selbst kostbar. Er erlebt sich als unvertauschbar, und er erlebt sich als verletzlich. Sein ganzes Leben lang fürchtet er sich vor Verletzung. Verletzung kann erfolgen durch Krankheit, Unfall, Tod. Sie kann aber auch durch andere Menschen erfolgen. Gegen sie ist Abwehr nicht immer möglich. So wird eine andere Reaktion versucht. Der – möglicherweise gefährliche – Mitmensch wird zu mitmenschlicher Phantasie aufgefordert. Ihm wird anheimgestellt zu bedenken, daß auch er sich selbst kostbar, unvertauschbar und einzig, daß auch er verletzlich ist. Ihm wird der Analogieschluß nahegelegt, daß, wenn er verletzt, auch er verletzt werden kann." Es ist also der „Effekt der Lebensangst, die jede menschliche Krea-

tur erfüllt". Die einzig positive Antwort darauf ist die Liebe. In ihr gründet, was den Menschen zum Menschen macht, nicht als philosophisches oder sittliches Postulat, sondern als Entscheidung, die in seiner Existenz selbst zur Sprache gebracht wird.

Der Frage, die sich für die Dichterin mit Notwendigkeit in diesem Prozeß der Selbstfindung des Menschen auftut, lautet, welche Aufgabe der Kunst in diesem Vorgang zufällt. Die Kunst wurzelt ja in ihrer Entstehung in der besonderen Existenz, sie reicht aber in Geltung und Wirkung über den einzelnen Menschen hinaus. Sie kann nur als metaphysisches Ereignis begriffen werden. Im dritten Band, der den Titel „Metaphysik" trägt, kommt Jaspers zur Feststellung: „Vom Weltsein, es durchbrechend, komme ich zu mir selbst als möglicher Existenz. Ich bin darin als Freiheit und in Kommunikation auf andere Freiheit gerichtet. Dieses Darinsein eines Seins, das noch entscheidet, ob und was es ist, kann nicht aus sich heraus und sich nicht zusehen. Es ist nicht nur mit und durch anderes Sein der Freiheit, sondern ist selbst bezogen auf ein Sein, das nicht Existenz, sondern ihre *Transzendenz* ist." In der Kunst transzendiert der Mensch seine Existenz, er gewinnt Anteil am Ganzen des Seins, indem er sein Ich nur als Symbol eines übergreifenden Zusammenhangs versteht. Dieser Gedankengang kehrt in den „Überlegungen" von Gertrud Fussenegger fast wörtlich wieder: „Kunst ist ein Versuch zur Selbstverwirklichung. Kunst ist ein Versuch, die eigene Wirklichkeit zu transzendieren. Kunst ist ein Versuch, die Welt, das heißt alles, was uns der Fall zu sein scheint, zu deuten und die Summe dieser Deutungen zu einer Chiffre zusammenzuziehen."

Es könnte auf Grund dieser Thesen die Frage gestellt werden, was Kunst und Philosophie, Erkenntnis und Deutung im Wesen unterscheidet. In ihren Zielen herrscht Übereinstimmung. Der Weg aber, zu dieser Erfahrung zu kommen, ist völlig verschieden: „Die Deutung der Welt durch die Kunst geht nicht den Weg des Beweises. Das wäre ein gerader Weg und ein Weg des Gedankens. Sie wählt den labyrinthischen Umweg der Darstellung. Ihr Ziel ist nicht Erkenntnis, sondern Sinnfälligkeit." Die Mittel, die Welt in ihrer Sinnfälligkeit zu erfassen, zeigt ein Blick in die Werkstatt der Dichterin auf. Das Problem der Polarität, die Zubereitung der Sprache zwischen Paradigma und Neuschöpfung, das Verhältnis von Erfahrung und Symbol, das alles sind technische Fragen, die sich aber nicht als technische Einzelheiten allein verstehen lassen, sondern nur aus dem Kontext einer stetig sich erneuernden Beziehung von Mensch und Wirklichkeit im Akt des Schaffens beantwortet werden können.

Der aufgezeigte Gedankengang könnte die Vorstellung wachrufen, als ginge es in den Prosastücken der Dichterin um die systematische Darstellung einer Weltanschauung, ja sogar um eine Philosophie in dichterischer Form. Nichts liegt Gertrud Fussenegger ferner als eine durchgehende Systematik. Dazu ist für sie das Leben zu bunt und zu vielgestaltig. Der Ausgangspunkt ihrer Beschäftigung mit der Wirklichkeit ist immer das einzelne, nicht das allgemeine, der besondere Fall, der aber nicht auf seine übergreifende Bedeutung befragt wird. Das beweisen ganz besonders schön die Reiseschilderungen, die Beobachtung mit Beobachtung verknüpfen, aber doch immer wieder die Frage nach der metaphysischen Bedeutung einer bestimmten Landschaft stellen. Rom und Jerusalem, Delphi und Paris erstehen vor unseren Augen in der vollen Dichte ihrer gegenwärtigen Erscheinung, aber die Erscheinung ist doch nur der Schein, der ihren tieferen Sinn offenbart. Alle Schönheit enthüllt sich als Glanz von innen, als das Sichtbarwerden einer tieferen Wahrheit, die in der Evidenz des Bildes liegt. In dieser Kongruenz von Sinn und Bild kündet sich die Dichterin an, wenn auch die Absicht des Berichts zuerst Information, nicht eigentlich Darstellung ist. Wo aber Reflexion und Information aufbauen, die, indem sie durchleuchtet werden vom Feuer persönlicher Teilnahme, die Transparenz dichterischer Gestaltung erfahren, da gewinnt selbst die einfache Mitteilung den Charakter eines Gebildes, wird geformte Wirklichkeit, die das Erkennungszeichen echter Dichtung ist.

Eugen Thurnher

Quellennachweise

Im folgenden Quellenverzeichnis sind die Erstdrucke der Beiträge dieses Bandes angegeben. Es sei darauf hingewiesen, daß die Autorin eine Reihe von Texten für die Veröffentlichung in diesem Sammelband teilweise überarbeitet hat; bei manchen Beiträgen wurde der Titel gegenüber dem Erstdruck und anderen Drucken geändert.
Die in Klammern gesetzten Jahreszahlen nach den Titeln bezeichnen die Entstehungszeit der Texte.

Die Banknachbarin. Eine kleine Psychologie der Erpressung (1973)
Die Presse, 17./18. November 1973.

Mensch und Landschaft und etliche Sorgen (1977)
Vortrag bei der Akademie-Sitzung der Humboldt-Gesellschaft in Kassel am 23. April 1977. Erstveröffentlichung in: Landschaft und Mensch. Abhandlungen der Humboldt-Gesellschaft für Wissenschaft, Kunst und Bildung, Bd. 6, hrsg. von Gudrun Höhl und Herbert Kessler, Mannheim 1981, S. 185–206.

Ein Fremder klopft an . . . oder Die Ungeborenen (1972)
Die Presse, 9./10. Juni 1973.
Stimmen der Zeit, Bd. 191, 1973, S. 811–819.

Über die Menschenwürde (1971)
Die Presse, 29./30./31. Mai 1971.

Überlegungen (1971)
Vorarlberg 9, 1971, Heft 2, S. 29–30.

Sag mir, was ist gut? (1976)
Gertrud Fussenegger: Der große Obelisk. Gedanken und Erfahrungen beim Lesen und beim Reisen. Salzburg 1977, S. 83–100.

Aufzeichnungen von einer Reise (1964)
Wort in der Zeit 11, 1965, Heft 1/2, S. 105–107.

Lichtgott und Drache (1965)
Bisher ungedruckt.

Im Revier der Wölfin (1973)
G. F.: Der große Obelisk, 1977, S. 73–82.

Wie sah es in Jerusalem wirklich aus? (1970)
Ostern – Gottes großes Ja. Gedanken zu Kreuz und Auferstehung aus Dichtung und Theologie. Hrsg. von Wolfgang Erk. Stuttgart 1972, S. 52–58.

Gärten und Brunnen (um 1965)
Bisher ungedruckt.

Die Revolution ist älter (1964 bzw. 1972)
Antaios 6, 1965, Heft 5/6, S. 581–588.

Über das Sinnbildliche im Werk Léon Bloys (1961)
Antaios 3, 1961/62, Heft 1, S. 40–58.

Das Problem der Polarität (1960)
Wort im Gebirge 10, 1963, S. 7–14.

Sprache zwischen Tradition und Abenteuer (1977)
Unter dem gleichen Titel 1979 erschienen als Privatdruck.

Tagebuch-Notizen
Teilweise veröffentlicht in:
Literatur und Kritik, Heft 154, Mai 1981, S. 219–232.

Dankesrede (1981)
P.E.N. Informationen 9, 1982, S. 6–13.